hansenhansen

DRÖSEL UND DER ÜBERFALL AUF DIE SEEHUNDBANK

Kommissar Drösel sein
wahrscheinlich vielleicht fast schwerster Fall.
Jedenfalls beinahe.

DreimastBuch

IMPRESSUM

ISBN 978-3-9819364-6-9
Verlags-Nr. 978-3-9819364
Verkehrs-Nr. 14871

2. Auflage

Das Werk einschließlich aller Inhalte ist urheberrechtlich geschützt. Jede Verwertung, gesamt oder auszugsweise, ist ohne Zustimmung des Verlages und des Autors unzulässig. Dies gilt insbesondere für die elektronische oder sonstige Vervielfältigung, Übersetzung, Verbreitung und öffentliche Zugänglichmachung. Alle Übersetzungsrechte vorbehalten.

Die Handlung und die handelnden Personen sind frei erfunden.
Sofern existierende Orte und Unternehmen in diesem Roman namentlich genannt werden, stehen sie in keinem Zusammenhang zur Handlung des Buches.

DREIMASTBUCH
by Hansen Werbeagentur GmbH, Hannoversche Str. 46 b, D-30916 Isernhagen
www.dreimastbuch.de
Gesamtgestaltung und Verfasser © 2020 Klaus Hansen. Alle Rechte vorbehalten.
Lektorat: WortMarke, Dr. Detlev Rossa, 31303 Burgdorf
Umschlaggestaltung mit Bilddaten von © Shutterstock, Inc. Empire State Building 350 Fifth Avenue, NY 10118 USA, Fotografen: Ollyy, Gorich, yampi
Printed in Poland, PRINT GROUP Sp. z o.o., ul. Księcia Witolda 7, 71-063 Szczecin

Bibliografische Information der Deutschen Nationalbibliothek: Die Deutsche Nationalbibliothek verzeichnet diese Publikation in der Deutschen Nationalbibliografie; detaillierte bibliografische Daten sind im Internet über http://dnb.d-nb.de abrufbar.

Zu diesem Buch
Diese Geschichte entstand unter dem Eindruck wundervoller Urlaube, die ich mit meiner ebenso wundervollen Frau in Cuxhaven und in Büsum verbracht habe – zusätzlich inspiriert durch die jahrzehntelange Zugehörigkeit zu unserem wundervollen Kegelclub *Die Zickzack-Werfer*.

Ich bin mir natürlich des Problems bewusst, dass jeder unserer wundervollen Kegelfreunde nun argwöhnisch nach Ähnlichkeiten zu den Romanfiguren suchen wird. Auch wird man mich skeptisch beäugen, ob ich überhaupt noch vertrauenswürdig bin, und natürlich wird man jeden meiner Schritte misstrauisch verfolgen.

Vielleicht werden sie sogar die Kegelbahn so präparieren, dass ich künftig nur noch bemitleidenswerte Ergebnisse erziele, damit sie süffisant feixend auf mich herabblicken können. Laufe ich womöglich Gefahr, aus dem Kegelclub ausgeschlossen zu werden?

Ich werde demnächst vorsichtshalber eine Lokalrunde schmeißen. Dann bin ich wieder drin.

- hansenhansen -

Über den Autor
Aufgewachsen an der frischen Luft in Schleswig-Holstein betreibt Klaus Hansen heute eine sturmerprobte Werbeagentur in Isernhagen bei Hannover.

Seine Liebe zur Küste, zur Nordsee und zur Seefahrt reagiert er unter dem Pseudonym ›hansenhansen‹ in maritim geprägten Büchern ab. Allerdings schreibt er seine Geschichten nur, wenn keiner guckt. – Ist das jetzt ein Fall für die Klapse oder für die Bestseller-Listen? Man weiß es (noch) nicht genau.

Die handelnden Personen:

Robert Wutz
wähnte sich auf dem direkten Weg ins gehobene Management. Dann bekam er die Kündigung.

Elfriede Wutz
Seine Mutter. Lebt im Seniorenheim und süffelt gern mal ein Likörchen.

Ralf Heimlich, genannt ›Ralle‹
wollte erst Fernmeldemechaniker werden, dann Koch, dann irgendetwas anderes und schließlich nix mehr.

Helga Heimlich
ist Pharmazeutisch-technische Assistentin und hält Vorträge über die *Inspiratorische Bauchatmung in der Seitenlage*.

Eduard von Hademarsch, genannt ›Eddy‹
Wenn er nicht gerade mit seinen Krankheiten beschäftigt ist, veranstaltet er Stadtrundfahrten in Cuxhaven.

Charlotte von Hademarsch
sieht ihre Hauptaufgabe darin, die Aktentasche ihres Mannes mit Medikamenten aller Art laufend nachzufüllen.

Dr. Martin Durchdenwald
Vereidigter Sachverständiger für Brandschäden. Golfer und Jäger. Sein Schlafanzug ist vorne kaputt.

Grete Durchdenwald
Physiotherapeutin. Wer durch ihre Hände gegangen ist, weiß, was es bedeutet, am Leben geblieben zu sein.

Ernst-Wilhelm Köhler III
Seniorchef der *KSP Köhler Staubsaugerbeutel Produktionsgesellschaft mbH & Co. KG.* Hat nur noch zwei Haarsträhnen.

Aneta Kolinski
trägt knappe T-Shirts und will nicht mit nach Büsum fahren.

Heinrich Drösel
Kommissar bei der Kripo Heide. Zur Zeit im Behelfsrevier in einem stillgelegten Fischkontor auf der Büsumer Hafeninsel.

Kriminaldirektor Dr. Erich Haltermann
hat eine Voliebe für senffarbene Sakkos. Spielte vor der Wende Skat mit Günter Schabowski und Egon Krenz.

Mandy Leutselig-Eckershausen
Polizeianwärterin. Hat noch wenig Erfahrung mit der Durchführung von Verhören. Fühlt sich gerne belästigt.

Beverly Große-Kleinewächter
Umtriebige und dauerbeschäftigte Gleichstellungsbeauftragte der Polizeidienststelle.

Polizeiobermeister Runkel
Tritt den Verdächtigen mit Vorliebe in die Kniekehle, reißt ihnen den Arm auf den Rücken und greift ihnen in die Haare.

Göttinger, Brettschneider, Grotjohann, Wuttke, Wilke
Kriminalpolizisten, die ab und zu eine Rolle spielen.

Hannelore Mentzel
ist die dünne Frau mit dem dicken Hund. Erlebt das Ende des Buches nicht mehr.

Dieses Buch ist all jenen gewidmet,
die in dem Glauben nach Büsum fahren,
da ginge es geruhsam zu.

Manchmal ist es die Hölle!

1

Cuxhaven. An jenem Tag saß Robert Wutz lustlos an seinem Schreibtisch in der Finanzbuchhaltung der KSP Köhler Staubsaugerbeutel Produktionsgesellschaft mbH & Co. KG und spielte verdrossen mit einer toten Fliege, die er neben seinem Briefmarkenanfeuchter entdeckt hatte.

Briefmarkenanfeuchter – junge Leute werden sich jetzt fragen, was das denn für ein unappetitliches Utensil ist. Die älteren unter uns wissen natürlich, dass es sich dabei um ein rundes, meist grünes Gummibehältnis handelt, in dem sich ein Schwamm zum Anfeuchten gummierter Briefmarken befindet. Ein modernes Gegenstück für die digitale Generation – wie etwa einen E-Mail-Anfeuchter – gibt es allerdings nicht.

Mit einer Hand gelangweilt das Kinn abstützend, platzierte er die andere Hand vor die Fliege, um sie dann mit einem zackigen Fingerschnippen über den gelben Textmarker hinweg in den Ablagekorb zu schnippsen. Es gelang ihm nicht.

Nach dem fünften Versuch gab er auf, weil die Fliege mittlerweile etwas zerfleddert war und nicht mehr mitmachte.

Wutz seufzte. Von seinem Schreibtisch aus konnte er auf den Alten Fischereihafen blicken und beobachtete nur mäßig interessiert, wie das Küstenboot der Wasserschutzpolizei gemächlich seinen Liegeplatz ansteuerte. Die hatten es gut, die hatten keine Probleme.

Er hatte drei Probleme. Ein schwerwiegendes, ein mittelschweres und ein unwesentliches. Das schwerwiegende Problem betraf seine Mutter. Sie war mal wieder mit ihrem Rollator aus dem Seniorenheim entwischt, um am nahegelegenen

Kiosk einen zu zwitschern. Wutz kannte das. Mehrfach schon hatte ihn die Heimleitung darauf aufmerksam gemacht, dass seine Mutter nur allzu gern den Kiosk ansteuerte und sich dort den einen oder anderen Muntermacher gönnte. Mahnend hatte man darauf hingewiesen, dass solch ein Verhalten auf die Dauer nicht zu dulden sei, zumal sie im leicht angedüdelten Zustand dazu neigte, während der nachmittäglichen Kaffee-und-Kuchen-Stunde schlüpfrige Witze zu erzählen.

Und da einige der betagten Herrschaften die Pointen nicht mehr verstünden, nähme das seine Mutter zum Anlass, die Zweideutigkeiten sehr eindeutig und detailreich und leider auch allzu bildhaft zu erklären und vorzuführen. Ein Verhalten, dass die Heimleitung als nicht besonders schicklich missbillige.

An diesem Tag aber hatte sie es wohl übertrieben und sich am Kiosk mit drei Straßenarbeitern angefreundet, die nur kurz eine Zigarettenpause eingelegt hatten, derweil ihre Asphaltierungsmaschine mit laufendem Motor auf der Straße vor sich hinratterte.

Elfriede Wutz hatte sich vom Kioskbesitzer gerade eine Auswahl leckerer Mini-Fläschchen ausführlich zeigen und erklären lassen und sich schließlich für ein *Wild-Kirsch-Likörchen* entschieden, welches sie dann auch genüsslich und schlückchenweise wegsüffelte.

Solchermaßen gestärkt, verfiel sie auf die Idee, den Straßenarbeitern eine Bratwurst mit Kartoffelsalat und Gewürzgurke auszugeben. Das fanden die so nett, dass sie Elfriede spontan noch ein Fläschchen spendierten, diesmal ein *Erdbeer-Likörchen*. Daraufhin orderte ›Elfchen‹, wie die Straßenarbeiter sie bereits nannten, eine komplette *Jubilä-*

ums-Probier-Box mit zehn Fläschchen erlesener Spezialitäten von *Williams Christ-Birne* über *Champaign-Trüffel-Likör* bis hin zum *Pfirsich-Holunderblüte-Minz-Likörchen*.

Zunächst hatte der Besitzer des Kiosks noch amüsiert über die rüstige alte Dame geschmunzelt. Das Schmunzeln kam ihm dann aber ganz schnell abhanden, als die Straßenarbeiter begannen, derbe kasachische Trinklieder zu grölen und die alte Dame dazu unablässig die Klingel ihres Rollators malträtierte, während auf der Straße die Asphaltierungsmaschine verlassen vor sich hinratterte.

Nachdem ›Elfchen‹ von einem sehr freundlichen und geduldigen Polizisten ins Seniorenheim zurückgebracht worden war, hatte die Heimleiterin Wutz zu einem Gespräch eingeladen: *Heute Abend, 17 Uhr, bitte pünktlich sein!*

Das passte ihm nun überhaupt nicht in den Kram, denn für 18 Uhr hatte er sich schon mit Aneta verabredet. Aneta Kolinski war seine Wohnungsnachbarin von gegenüber. Sie sprach zwar kein Wort deutsch, sah aber blendend aus und war zudem noch ziemlich gesund gebaut. Das stach vor allem und fast buchstäblich deswegen ins Auge, weil sie immer sehr enge T-Shirts trug.

Vielleicht hatte sie kein Geld, sich neue zu kaufen. Oder sie stellte ihre Waschmaschine falsch ein. Oder sie trug die Sachen ihrer kleinen Schwester auf.

Wutz gefiel es, und so hatte er gestern auch gern mit angepackt, als es galt, die hundsschweren Pakete mit dem Bausatz ihres neuen IKEA-Kingsize-Doppelbettes die Treppen raufzuschleppen und in ihre Wohnung zu wuchten. Allein die Matratzen waren so unverschämt schwer, dass Wutz – mit Blick auf das im Hausflur wartende Bettgestell – bedauernd erklärte, leider jetzt sofort, auf der Stelle und unbedingt ganz dringend zum Zahnarzt zu müssen.

Aber so ganz ergebnislos wollte er dann doch nicht das Feld räumen und legte sich einen liebenswert charmanten Gesichtsausdruck zu.

»Ich dir helfen? Schrank aufbauen?«

Er führte ein paar Bewegungen mit der Hand aus, die zeigen sollten, wie virtuos er mit einem Imbusschlüssel umgehen kann.

»Ich guter Schrauber. Morgen Abend, 18 Uhr, okay?«

Zur Verdeutlichung hielt er ihr noch seine Armbanduhr entgegen und deutete auf die Sechs.

Aneta lächelte, nickte: »Świetny!« Dann sah sie ihn nachdenklich an: »Czy możesz to w ogóle zrobić?«

Wutz hatte zwar keine Ahnung, was das heißen könnte, aber er nahm es als hoffnungsfrohes Zeichen für eine vielversprechende Zukunft.

Mit dem Termin um 17 Uhr könnte das alles ziemlich knapp werden.

Das mittelschwere Problem ergab sich aus der Verabredung am morgigen Abend mit seinen Freunden Ralle, Eddy und dem ›Doktor‹ sowie deren Ehefrauen Helga, Charlotte und Grete. Zusammen bildeten sie den Kegelclub *Die Vollpfosten*. Morgen sollte Wutz Einzelheiten zur diesjährigen Kegelfahrt nach Büsum bekannt geben.

Leider hatte er sich en detail noch gar nicht drum gekümmert. Er hatte keine Bahnverbindung rausgesucht, kein Hotel gebucht, keine Stadtführung, keine Veranstaltung ... nix. Nur dass es übers Wochenende nach Büsum gehen sollte, hatte er den Kegelfreunden schon mal mitgeteilt. Mehr wussten die nicht. Wutz allerdings auch nicht. Doch er würde sich gleich morgen im Laufe des Tages drum kümmern – wenn er in der Tourismusinformation noch jemanden erreichte. Die machen ja auch immer früh Feierabend.

Wutz seufzte. Bis morgen müsste er sich was einfallen lassen. Es war aber auch zum Auswachsen! Immer blieb alles an ihm hängen! Nicht nur, dass er als gelernter Buchhalter für die Kegelkasse zuständig war, hatte er nun auch noch die jährliche Kegelfahrt an der Backe. Am besten wäre, er erzählt den Leuten irgendeinen Kram, hinterher könnte er das ja immer noch korrigieren, zumal sich wahrscheinlich sowieso keiner an das erinnerte, was er ihnen morgen erzählt haben würde – ihm hört ja eh niemand zu. Wutz seufzte wieder. Dieses Mal zutiefst bekümmert.

Das brachte ihm das nächste Problem in Erinnerung: Er sollte zum Chef kommen. Das war zwar das kleinste Problem, aber der Chef hatte ihn schon vor einer halben Stunde zu sich bestellt. Möglicherweise würde er sich deswegen ein wenig ungehalten zeigen.

Nicht, dass Wutz ihn nicht gerne aufgesucht hätte – er stand einem anregenden Gedankenaustausch immer offen gegenüber und konnte auch mit schwachsinnigen Argumenten recht gut umgehen – aber es fiel ihm insofern schwer, als er es sich an seinem Schreibtisch gerade so schön gemütlich gemacht hatte und angestrengt darüber nachdachte, was man in Büsum außer Krabben essen noch so alles machen könnte. Vielleicht Krabbenpulen?

Und nun sein Chef! Wutz überlegte, ob er Anlass zu irgendwelchen Beschwerden gegeben haben könnte und überschlug im Geiste schnell die letzten Wochen. Aber nein, er hatte nie mehr als einen Tag in der Woche gefehlt, er lag mit den Gehaltsabrechnungen nicht mehr als höchstens vier Tage zurück, und die seit einer Woche fälligen Leasingraten für die neue Staubsaugerbeutelschneidemaschine würde er ganz sicher in den nächsten Tagen überweisen. Insgesamt betrachtet lag also kein Grund vor, beunruhigt zu sein.

Derart moralisch gesichert, betrat Wutz das Büro von Ernst-Wilhelm Köhler III, dem Seniorchef der KSP Köhler Staubsaugerbeutel Produktionsgesellschaft mbH & Co. KG.

»Ah, Wutz! Schön, dass Sie kommen.« Köhler III deutete mit einer knappen Geste auf den geschmacklosen Stuhl vor seinem protzigen Schreibtisch.

»Nehmen Sie Platz.«

Das hörte sich höflich an. Möglicherweise hatte Wutz tatsächlich nichts zu befürchten. Der Stuhl knarrte unangenehm. Wutz räkelte sich, um den Stuhl noch einmal zum Knarren zu bringen. Nicht, dass Köhler noch auf die Idee käme, die Geräusche würde Wutz von sich geben – man weiß ja nie.

Köhler III hatte ein Puddinggesicht mit doppeltem Doppelkinn und zwei listigen, eng stehenden Knopfaugen, zwischen denen nicht viel Platz für große Gedanken war. Darüber wucherten buschige Augenbrauen, die über der Nase zusammenwuchsen und den Eindruck machten, als würden darin Vögel nisten können.

Sein Anzug war mindestens eine Nummer zu klein und zwei Generationen zu alt. Dafür hatte seine Krawatte ein Muster, das dazu angetan war, selbst den abgebrühtesten Wanderguru augenblicklich ins psychedelische Koma fallen zu lassen. Haare hatte Köhler III keine, außer zwei Strähnen, die er akkurat vom linken bis zum rechten Ohr über den ansonsten kahlen Schädel gekämmt hatte.

»Hören Sie, Wutz, ich will gar nicht lange um den heißen Brei herumreden: Sie sind einer unserer fähigsten Leute.«

Wutz war überrascht. Donnerwetter, das hätte er nicht gedacht. Der alte Junge bewies Menschenkenntnis!

»Sie haben Ihre Arbeit im Griff, sind einsatzfreudig und strebsam. Nun ja, ab und an erwischt Sie eine plötzlich einsetzende Krankheit, dann wiederum halten Sie Ihre Arbeitskollegen mit den Gehaltsüberweisungen in Spannung.«

Köhler hielt kurz inne. »Dass Sie die Raten für die neue Staubsaugerbeutelschneidemaschine regelmäßig verspätet überweisen, führe ich auf Ihr Bestreben zurück, mit dem Firmenvermögen so lange wie möglich Zinsen zu erwirtschaften, um den Gewinn zu mehren, richtig?«

Wutz nickte eifrig. »Äh ... ich glaub schon. Ja, klar ... Zinsen ... also Zinsen!«

Köhler musterte Wutz eindringlich. Offensichtlich nagte etwas in ihm, für das er nach einer geeigneten Formulierung suchte. Schließlich fuhr er etwas zögerlich fort: »Sie sind ein ... äh ... ein Mitarbeiter, der sich auch mal was traut. Sie gehen Ihren Weg und haben Ihre ganz eigenen Vorstellungen.«

Köhler wedelte unbestimmt mit der Hand. »An sich sind das alles gute Eigenschaften. Nichts dran auszusetzen.«

Wutz spürte eine angenehme Wärme in sich aufsteigen, die seine Wangen leicht erröten ließen. Dieser alte Fuchs! Dieses Urgestein hanseatisch geprägter Unternehmerkultur. Man mußte ihn einfach gern haben.

»Aber Chef!«, wehrte Wutz bescheiden ab. »Das ist doch selbstverständlich.«

»Nein, nicht unbedingt. Wissen Sie, Wutz, in meinem Betrieb gibt es keinen Zweiten, der sich die eben beschriebenen Eigenarten herausnimmt und sich auch noch traut, etwas zu tun ... also, ich sag mal so: das zu tun, was Sie tun.«

Plötzlich dämmerte es Wutz, worauf Köhler III hinaus wollte: Seine Beförderung stand an! Dieser liebenswerte alte Mann hatte ihn in sein geschmackvoll eingerichtetes Büro eingeladen, um ihm seine Beförderung mitzuteilen. Wutz fühlte Wellen selig machender Endorphine durch seine Adern schießen.

Sein Herz wummerte heftig und in Endlosschleife wie bei einer Techno-Party, wenn der DJ eingeschlafen ist. Endlich! Nach all den Jahren kreuzlahmer Schreibarbeiten in untergeordneter Position im dunkelsten Büro der Buchhaltung winkte ihm nun ein Platz an der Sonne, wenn nicht sogar ein Fensterplatz.

Die Gedanken rasten nur so durch seinen Kopf und überschlugen sich: Bilanzbuchhalter ... Leiter der Finanz- und Rechnungsabteilung ... Assistent der Geschäftsführung!

Schlagartig war Wutz hellwach. Jetzt hieß es, kühlen Kopf zu bewahren. Hier und jetzt musste er die Gelegenheit ergreifen, Köhler III zu beweisen, dass er der richtige Mann für ihn war. Mit weit geblähten Nasenflügeln atmete Wutz tief durch, zweimal, dreimal, so wie er es beim Kegeln machte, bevor er die Kugel auf die Bahn pfefferte und sich die Kegel vor Angst schon freiwillig flachlegten.

Das hier war seine Bühne. Alles wartete auf seinen Auftritt, und er spielte eine Rolle, die ihm auf den Leib geschneidert war. Ein Soloauftritt, ein Einpersonenstück, ein Kammerspiel, mit dem er sich endgültig profilieren und in die höheren Sphären des Top-Managements katapultieren konnte.

Jetzt musste er zeigen, dass er zu unternehmerischem Denken fähig war, die Attitüden des gehobenen Managements aus dem Effeff beherrschte und über das Charisma verfügte, das Führungskräfte nun einmal auszeichnet. Bescheidenheit war fehl am Platze. Hier mußte knallhart agiert, argumentiert und delegiert werden.

Wutz lehnte sich nachdenklich zurück, spreizte die Finger gegeneinander und sah Köhler III selbstbewusst und fest ins Auge. Er ließ sich Zeit, versuchte den Eindruck zu erwecken, als sei er von der schieren Größe und Bedeutung des Augenblicks überwältigt.

Schließlich sagte er mit betont ruhiger Stimme: »Wissen Sie, Chef, ich habe mir seit langem Gedanken über die Zukunft dieses Unternehmens gemacht. Es ist wahrlich höchste Zeit, den Betrieb von Grund auf zu reorganisieren und zu reaktivieren. Meine Vorstellungen zielen darauf ab, die Produktion zu straffen, schlanke Verwaltungsstrukturen zu schaffen und völlig neue Wege bei den Marketingstrategien zu gehen.«

Er legt eine wohl kalkulierte Pause ein, um die Wucht seiner Worte voll entfalten zu lassen, dann stach er energisch seinen Finger in Richtung Köhler III. »Und wir dürfen auf dem Weg zur Optimierung der Produktionseffizienz keinerlei Rücksicht bei Personalentscheidungen walten lassen.«

Peng, das saß!

Köhler III starrte ihn einen Moment lang völlig entgeistert an. Seine doppeltes Puddingdoppelkinn wackelte. Dann lächelte er dünn.

»Sie sagen es, Wutz! Keinerlei Rücksicht! Sehen Sie, das

schätze ich so an Ihnen: den Blick fürs Wesentliche, die präzise Formulierung auf den Punkt.«

Wutz durchströmte ein warmes Gefühl des Wohlbehagens. Er hatte ihn! Jetzt durfte er nicht nachlassen. Er holte tief Luft und ließ es heraus: »Ich schlage eine komplette Umstrukturierung des Unternehmens vor. Wir krempeln den ganzen Laden um. Wir fangen unten an und hören erst oben wieder auf.«

Köhler III war baff. Solch visionäres, unternehmerisches Denken hatte er ihm wohl nicht zugetraut. Wutz stand auf, stemmte beide Hände auf Köhlers Schreibtisch und beugte sich ihm entgegen. »Wir beide, Chef, Sie und ich, wir werden in diesem Saustall richtig aufräumen. Ich bin nicht mehr länger bereit, diesen Schlendrian hinzunehmen und werde mit harter Hand und eisernem Besen den Betrieb gnadenlos durchforsten.«

Wutz genoss das Erstaunen, mit dem Köhler III zu ihm aufsah. Tja, da hatte Köhler III einen jahrelang verkannten, unterbezahlten, vermeintlich niederen Angestellten zu sich gerufen und stand nun einem der führenden Manager dieses Landes gegenüber.

Wutz hatte zwar von der wirtschaftlichen Lage des Unternehmens keinen blassen Schimmer, dennoch klopfte er nachdrücklich auf den Schreibtisch und fügte entschlossen hinzu: »Ab morgen schreiben wir keine roten Zahlen mehr, Köhler.«

Köhler III schluckte.

Wutz wies auf den Barschrank mit den hochprozentigen Inhalten, die sein Chef für besonders wichtige Gesprächspartner bereithielt. »Ich glaube, es ist an der Zeit, ein kleines

Gläschen auf den neuen Aufschwung zu nehmen, was?«

Mit federndem Schritt und quietschenden Gummisohlen steuerte er die Bar an.

»Sie auch, Köhler?«

»Nein, danke, ich ... äh ... nein, nein!«

Wutz schenkte sich einen ziemlich doppelten Whisky ein und kippte ihn, ohne zu schlucken, hinunter. Eine gelungene Geste, die auch von Humphrey Bogart nicht besser hätte in Szene gesetzt werden können. Es war nur jammerschade, dass seine Mutter das nicht sehen konnte.

Mein Gott! Die Chance seines Lebens! Natürlich durfte er jetzt nicht übertreiben. Schön auf dem Teppich bleiben. Andererseits musste er Köhler nun auch zeigen, dass er sich nicht in Kleinigkeiten verstrickte, sondern zu den ganz großen Ideen fähig war.

Eine erfolgreiche Unternehmenssanierung zeigt sich nicht im kleinlichen Einsparen von Büroklammern, sondern in dem Mut, auch Bewährtes grundsätzlich in Frage zu stellen und – wenn nötig – völlig neue Unternehmensziele beherzt anzustreben. Und Wutz war klar: Hier war es nötig.

Plötzlich schoss ihm ein Gedanke durch den Kopf, der ihn für einen kurzen Moment irritierte: Was, wenn er durch seinen neuen Job, seine neue Verantwortung, nicht mit nach Büsum fahren konnte? Was würden die anderen dazu sagen, wenn er ihnen eröffnete: *Leute, ich habe in Büsum noch nichts gebucht, aber ihr könnt ja schon ohne mich mal losfahren. Ich muss hier erstmal ein paar Leute rausschmeißen!*

Er schüttelte den Gedanken weg und ging mit einem weiteren vollen Glas zu seinem Chef zurück und baute sich vor seinem Schreibtisch auf. »Der Knaller ist: Ich trage mich mit dem Gedanken, die Produktion vollständig umzustellen.«

»Umstellen? Die Produktion?«

Vor Aufregung fiel Köhler III eine Haarsträhne ins Gesicht, die er nervös wieder zuücklegte und umständlich parallel zur verbliebenen ausrichtete.

Wutz schwenkte ungerührt sein Glas und sah dem kreisenden Whisky zu. »Natürlich. Schon allein aus kostensparenden Gründen müssen wir die Produktion umstellen. Und zwar von Staubsaugerbeuteln auf Kondome.«

»Kondome?«

»Aber ja. Sehen Sie, Köhler: Wie lange dauert es, bis ein Staubsaugerbeutel voll ist? Häh? Genau! Ich schätze mal, dass eine normal gebaute Hausfrau ungefähr dreißig Mal über den Teppich schieben muss, bevor der Beutel voll ist und gegen einen neuen ausgetauscht werden muss.«

Köhler schluckte, sagte aber nichts.

»Darüber haben Sie noch nie nachgedacht, was? Aber ich! Anders als beim Staubsaugerbeutel wird ein Kondom in der Regel nämlich nur einmal benutzt. Ex und hopp ist hier die Devise. Dann kommt noch Folgendes hinzu: Wenn die Wohnung sauber ist, wird nicht mehr gesaugt. Anders bei Kondomen. Da spielt es keine Rolle, ob die Wohnung sauber oder dreckig ist, da wird ... naja, Sie wissen schon! Mit anderen Worten: Kondome braucht man fast täglich.«

Sein Blick schweifte ab, und gedankenverloren betrachtete Wutz sein Whiskyglas. Ein Zug von Traurigkeit umschattete seine Augen, als er leise hinzufügte: »Manche jedenfalls.«

Dann hatte er sich wieder im Griff. »Können Sie mir folgen?«

Köhler starrte Wutz fassungslos an.

Der war nun in seinem Element und steigerte sich: »Passen Sie auf! Das bedeutet kurzfristig: Wir verdoppeln unseren Umsatz und kommen damit nicht nur aus den roten Zahlen heraus, sondern machen sogar noch fette Gewinne dabei. Und ...«, er senkte die Stimme, »wenn wir's geschickt anfangen, vielleicht sogar am Finanzamt vorbei.«

In Köhler III schien ein Entschluss gereift zu sein. Abrupt wuchtete er seine schwabbeligen Massen aus dem stöhnenden Bürostuhl und gab sich begeistert: »Ich wusste es, ich wusste es! Sie sind ein Genie. Sie sind ja unbezahlbar!«

»Nun ja«, sagte Wutz und zierte sich wie ein Bischof bei seinem ersten Blind Date im Kellergewölbe der Kathedrale.

»Ganz billig bin ich natürlich nicht.«

Köhler III strahlte.

»Das ist der Grund, aus dem ich Sie zu mir gebeten habe. Genau darüber wollte ich mit Ihnen reden.«

Wutz strahlte. Jetzt ging es ans Kohlemachen.

Er setzte sich halb auf die Schreibtischkante und spielte wie beiläufig mit Köhlers goldenen Füllhalter.

»Sehen Sie, Köhler, auch darüber habe ich mir natürlich Gedanken gemacht. Als Mitglied des Top-Managements habe ich natürlich immense Ausgaben: Repräsentationskosten, Bewirtungskosten, Reisekosten, Bestechungsgelder etcetera, etcetera ...«

Köhler III riss die Augen auf: »Bestechungsgelder?«

»Ja, sicher! Glauben Sie, die Einkaufsleiter der internationalen Warenhausketten packen unsere Staubsaugerbeutel, – beziehungsweise demnächst die Kondome – umsonst in ihre Regale? Da muss schon die ›Marie‹ fließen und zwar reichlich und natürlich unter der Hand. Dazu kommt, dass ich den Respekt, der mir als führendes Mitglied der Geschäftsleitung zukommt, durch einen aufwändigen Lebensstil rechtfertigen muss.«

In ungläubigem Erstaunen wanderte Köhlers dicht gewachsene Augenbrauenhecke nach oben, verharrte dort einen Moment und fiel dann wieder runter.

Wutz setzte nach: »Tennis, Golf, Polo, Billard ...«

»Billard?«

»Naja, oder Reitpferde, ist doch egal.«

Bei dem Gedanken an Reitperde blähte Köhler unwillkürlich die Nüstern.

Wutz setzte nach: »Ich brauche eine repräsentative Limousine. Gepanzert. Und einen Chauffeur. Schwarz ... ich meine natürlich den Wagen. Mercedes oder Porsche. Was meinen Sie?«

Köhler zog die Schultern hoch, als liege das rein im Ermessen von Wutz. »Ja ... warum nicht?«

Wutz war nicht mehr zu stoppen. Er lief zur Höchstform auf und war sich sicher, seinen ehemaligen Chef und jetzigen Partner ungemein zu beeindrucken. »Möglicherweise muß ich mir eine Geliebte zulegen, der ich ein schickes Appartement bezahlen muss. Das wird teuer!«

Köhler III seufzte. »Wem sagen Sie das.«

»Vielleicht hat die sogar einen kleinen Bruder, den ich auf ein teures Schweizer Internat schicken muss, um ihn dem Einfluss seiner Drogen konsumierenden Klassenkameraden zu entziehen.«

Köhler nickte nachdenklich.

»Tja, Chef ...« Wutz rührte den Whisky mit dem goldenen Füllhalter um, leerte das Glas in einem Zug und setzte es hart auf dem Schreibtisch ab. »Das alles sind notwendige Ausgaben, von denen ich nicht einen Cent für mich habe. Ich meine, wir sollten jetzt über mein Gehalt sprechen.«

Köhler III lehnte sich in seinem Sessel zurück, faltete die Hände und dachte nach. Wutz kannte das, große Summen hatten seinem Chef schon immer Probleme bereitet.

Dann sah Köhler zu ihm auf. »Wutz, ich sagte Ihnen bereits eingangs: Sie sind möglicherweise mein fähigster Mann.«

Wutz nickte zustimmend und versuchte, die rechte Augenbraue hochzuziehen, so wie er es bei Gregory Peck in *Wer die Nachtigall stört* gesehen hatte. Es klappte nicht ganz so wie gewollt, weil auch sein rechter Mundwinkel mit hochging, was ein wenig albern aussah. Also ließ er es.

»Um ehrlich zu sein«, hörte er Köhler sagen. »Sie sind in meinem Unternehmen völlig unterfordert und vor allem unterbezahlt.«

Wutz nickte eifrig, verzichtete diesmal aber auf die Augenbrauennummer.

»Sie brauchen eine Aufgabe, die Ihren Fähigkeiten entspricht. Mit einem Gehalt, das ein Vielfaches von dem beträgt, was Sie jetzt bekommen.«

In Wutz' Hinterkopf begannen ganz leise die Glocken zu läuten. »Und an wieviel denken Sie da?«

Köhler hob die Schultern hoch, sog langsam und hörbar die Luft ein, dann stieß er sie schnaufend aus wie eine Dampflok, die nach langer Fahrt den Bahnhof erreicht und nun die Schnauze voll hat.

»So wie Sie sich darstellen, Wutz, bin ich absolut davon überzeugt, dass Sie mit Zweihunderttausend im Jahr noch unter Wert bezahlt sind.«

Wutz wurde schwindelig. Endlich war er am Ziel all seiner Träume. Endlich konnte er sich alles das leisten, was er sich schon immer gern geleistet hätte. Vielleicht würde er sich sogar schon einen Vorschuss geben lassen und doch noch mit nach Büsum fahren.

Köhler III betrachtete nachdenklich seine Fingernägel. »Sie werden allerdings verstehen, dass Zweihunderttausend die Möglichkeiten unseres kleinen Unternehmens übersteigen.«

Wutz war nicht mehr ganz bei der Sache und sagte beiläufig: »Ja, ja – ich würde Ihnen natürlich etwas entgegenkommen.«

Köhler III sprang auf und streckte ihm strahlend die Hand entgegen.

»Ich wusste es! Ich wusste, dass Sie das alles sofort begreifen würden und ich auf Ihr Verständnis zählen kann.«

Wutz ergriff die Hand, um das Geschäft zu besiegeln: »Mit anderen Worten ...?«

»Mit anderen Worten: Ich will Ihren Ambitionen nicht im Wege stehen. Sie sollten sich eine Firma suchen, in der Sie Ihre bahnbrechenden Ideen umsetzen können und die Sie bezahlen kann.«

Seine Augenbrauenhecke hüpfte vor Vergnügen rauf und runter und sein doppeltes Doppelkinn schwabbelte synchron dazu.

»Also, mein lieber Wutz, was ich Ihnen schon die ganze Zeit sagen wollte: Sie sind entlassen!«

2

Ralf Heimlich, genannt ›Ralle‹, war eigentlich Fernmeldemechaniker. Zumindest wollte er es mal werden. Aber einen Tag vor Ausbildungsbeginn hatte er sich entschieden, einen Beruf zu erlernen, der seinen eigentlichen Neigungen und Fähigkeiten näher kam. So begann er eine Lehre als Koch. Er hatte zwar noch nie gekocht, aber er brachte schließlich Vorkenntnisse mit – abschmecken konnte er schon.

Er hatte auch die Figur eines Kochs: flacher Hintern und einen Bauch, in dem sämtliche Mittagsgerichte einer vierseitigen Speisekarte Platz fanden, inklusive Vorsuppen und Desserts.

Allerdings hatte sich das auch als Nachteil bei der Küchenarbeit herausgestellt. Wenn er an den Herd herantrat, nahm sein Bauch bereits mit der Kochplatte Kontakt auf, während er selbst noch weit entfernt war. So dicht er sich auch an den Herd heranpresste, seine kurzen Arme reichten nicht bis zum Topf. Er konnte nicht einmal umrühren, geschweige denn abschmecken. Was seiner Karriere als Koch ebenfalls schnell ein Ende setzte.

Aber Ralle war einer, der nicht aufgab. Er ließ sich vom Jobcenter alle möglichen Ausbildungsberufe empfehlen, ging auch durchaus gut gewillt zu den Vorstellungsgesprächen, wenngleich er feststellen musste, dass die Personalchefs keine Ahnung vom wirklichen Leben hatten.

Manche von denen – das muss man sich mal vorstellen – wollten sogar, dass Ralle schon am nächsten Tag anfing. Da waren sie bei ihm aber an den Verkehrten geraten!

Er lebte von den Zuwendungen des Staates, verbrachte viel

Zeit damit, sich Berufe auszudenken, die für ihn unter Umständen vielleicht in Frage kommen könnten und hielt sich ansonsten mit Gelegenheitsarbeiten und kleinen, natürlich bezahlten Gefälligkeiten über Wasser.

So half er seiner Hauswirtin beim Aufräumen ihres Kellers, konnte die geleisteten Arbeitsstunden auf die rückständige Miete anrechnen lassen und kam so ganz nebenbei noch zu zwei Einmachgläsern mit sauren Kirschen.

Für einen gebrechlichen alten Herrn erledigte er den Einkauf. Man muss allerdings hinzufügen, dass es ein sehr mürrischer alter Herr war, der ihm gleich bei seinem ersten Auftrag vom Bett aus bis in den Hausflur hinterherkreischte, er solle ja wiederkommen und sich nicht einbilden, mit dem Geld verschwinden zu können. Dieses Misstrauen hatte Ralle dermaßen getroffen und tief verletzt, dass er darüber völlig vergaß, was er besorgen sollte.

Also kaufte er eine tiefgefrorene Pizza Salami, eine Flasche trockenen Spätburgunder sowie ein wenig Knabberzeug und machte es sich zu Hause vor dem Fernseher gemütlich.

Eigentlich waren es gar nicht einmal so schlechte Zeiten, die er auf dem Sofa liegend vor dem Fernseher verbrachte. Wenn nur nicht seine Hauswirtin gewesen wäre, die – Undank ist der Welten Lohn – seine selbstlose Hilfe beim Aufräumen ihres Kellers völlig ignorierte und auf Zahlung der Miete drängte.

Als dieses ausgedörrte Trockenobst ihn auch noch des Diebstahls von irgendwelchen Sauerkirschen bezichtigte, entschloß er sich, seinem Leben wieder einen Stups zu geben und etwas Zukunftweisendes zu unternehmen.

Nur was?

Die Stellenangebote in den Zeitungen hielten nichts für ihn bereit. Bei näherer Betrachtung waren es ausnahmslos untergeordnete Positionen, bei denen man auch noch früh austehen musste. Ganz abgesehen von seinem hochgradig empfindlichen Biorhythmus würde das auch sein Kreislauf garantiert nicht mitmachen.

Da sein kleines Häuschen, das er von seiner Mutter geerbt hatte, direkt an den städtischen Friedhof grenzte, spielte er eine Zeitlang mit dem Gedanken, sich als Friedhofsgärtner umschulen zu lassen.

Als er sich dann aber näher mit den Aufgaben eines Friedhofgärtners befasste, wurde ihm schnell klar, dass er im Zuge der Landschaftspflege auch dafür zu sorgen hatte, dass die Grabstätten nicht von Maulwürfen unterhöhlt und aufgebuddelt wurden. Das hieße also, dass er die Maulwürfe reihenweise erschlagen müsste. Das kam für ihn als Naturfreund natürlich überhaupt nicht in Frage.

Im Jobcenter selbst war er nicht mehr gut gelitten, nachdem ihm vor einigen Tagen der Security-Mann in sehr unhöflicher Form bedeutet hatte, er solle den Standaschenbecher – der wirklich gut neben sein Sofa gepaßt hätte – umgehend wieder an den angestammten Platz zurückzustellen, sonst würde er ihn mal von einer ganz anderen Seite kennenlernen. Die Seite, die Ralle von dem Security-Typen kannte, reichte ihm schon, also stellte er murrend den Aschenbecher wieder hin, schmiss dafür aber sein Tempo-Taschentuch in die Grünanlagen.

Vielleicht sollte er sich selbstständig machen. Selbstständig war immer gut. Da hat man bei den Arbeitszeiten einen gewissen Spielraum und verdient dazu noch einen

Haufen Geld. Aber mit was könnte er sich selbstständig machen? Er hatte keinen blassen Schimmer.

Sein Freund und Kegelbruder Robert Wutz hatte auch keine brauchbaren Ideen. Als Buchhalter war kreative Fantasie sowieso nicht seine Stärke. Obwohl er sich größte Mühe gab, Ralle zu helfen. Erst Anfang des Jahres hatten sie zusammengesessen und sich gemeinsam Gedanken über Ralles Zukunft gemacht.

»Was hältst du denn davon, einen Direktvertrieb für Staubsaugerbeutel aufzumachen?« Wutz schob sich die letzte Sauerkirsche aus dem Keller der Vermieterin in den Mund und sah Ralle mit wässrigen Augen gespannt an.

»Staubsaugerbeutel? Du spinnst! Wo soll ich denn Staubsaugerbeutel herkriegen? Ich hab noch nicht mal Geld für so'n Dingens ... äh ... für'n Staubsauger!«

»Nun sei doch nicht so begriffsstutzig! Hast du vergessen, wo ich arbeite?«

Wutz stupste seinen Freund neckisch gegen den Oberarm, zog die Hand aber schnell wieder zuück, als er fühlte, wie sie in dem weichen Fettpolster zu versinken drohte.

»Ich überrede den alten Köhler dazu, dir ein gewisses Kontingent an Staubsaugerbeuteln zu Selbstkosten zu überlassen. Du agierst dann sozusagen als Staubsaugerbeutelvertreter. Und wenn du's geschickt anstellst und erfolgreich bist, könntest du es durchaus auch zum Staubsaugerbeutelgeneralvertreter bringen. Dann hast du fünf Staubsaugerbeutelvertreter unter dir und verdienst noch mehr Geld.«

Wutz war selbst ganz begeistert von seiner Idee.

»Und nun pass auf! Wenn die fünf Staubsaugerbeutelvertreter eine gewisse Umsatzgröße erreicht haben, ernennst du sie ihrerseits zu Staubsaugerbeutelgeneralvertretern, von denen jeder nun wiederum fünf neue Staubsauergerbeutelvertreter beauftragen kann. Du selbst wirst dann zum Staubsaugerbeutelgeneralbevollmächtigten, sitzt zu Hause rum und kassierst nur noch ab. Sowas nennt man Strukturvertrieb.«

Ralle wiegte nachdenklich seinen Kopf. »Ich weiß doch gar nicht, wem ich diese Dingensbeutel verkaufen könnte.«

Wutz verdrehte die Augen. »H-a-u-s-f-r-a-u-e-n!«

»Och nee«, winkte Ralle gequält ab. »Nichts mit Hausfrauen, das macht Helga nicht mit.«

Wutz hatte versehentlich eine heruntergefallene Sauerkirsche auf dem Teppichläufer platt getreten und schob sie nun verstohlen mit dem Schuh etwas weiter unter den Tisch.

»Was hat denn Helga damit zu tun?«

»Na ja, wenn ich da mit Hausfrauen rummache ...«

»Du sollst doch nicht mit den Hausfrauen rummachen, du sollst denen deine Staubsaugerbeutel verkaufen! Außerdem habt ihr doch sowieso getrennte Schlafzimmer, da kriegt Helga das doch überhaupt nicht mit.«

Wutz blickte sich im Zimmer um. »Wo ist sie überhaupt? Hat sie Spätdienst in der Drogerie?«

»Nee, sie hält wieder einen Vortrag bei diesen Dingens ... dieser Selbsterfahrungsgruppe aktiver Nichtraucher.«

»Hä?« Wutz guckte Ralle erstaunt an. »Helga? Die hat doch noch nie geraucht!«

»Na ja ... sie hatte doch ständig bei diesen Dingensfrauen ... den ›Strickliesln‹ rumgehangen und Mützen für Eskimokinder gestrickt. Zuletzt hat sie sich mit denen in die Wolle gekriegt und sich neuerdings dieser Nichtrauchertruppe angeschlossen und hält da Vorträge über die Ding ... na... die *Inspiratorische Bauchatmung in der Seitenlage.*«

Wutz sagte nicht dazu. Er wusste von Helgas Leidenschaft fürs Stricken. Aber wenn die sich schon beim Stricken in die Wolle kriegen ...

Er winkte ab. »Egal, aber ich sag dir: Staubsaugerbeutel haben Zukunft!«

Ralle schnaufte verächtlich. »Zukunft ... wahrscheinlich muss ich da auch noch Treppensteigen! Nee, lass mal, das ist nichts für mich.«

Wutz warf einen schnellen Seitenblick auf Ralles Plauze. »Mmh ... vielleicht hast du recht. Aber da kommt mir eine Idee. Wie wäre es denn mit einem Pizza-Bringdienst?«

Ralle warf den Kopf herum.

»Was soll das denn? Da muss ich ja noch mehr diese Dings hoch ... also ... Treppen steigen. Warum sonst lässt sich einer Pizzas ins Haus bringen? Doch wohl nur, weil er ganz oben wohnt und selbst zu faul zum Laufen ist. Also ruft der irgendwo an, bestellt sich 'ne Dingens-Pizza, sagt aber nicht, dass er ganz oben wohnt. Und erst wenn der Pizzabote vor dem Dings ... also vor dem Haus steht, merkt er, dass er verarscht wurde. Und wenn's ganz schlecht läuft, reklamiert der, der oben wohnt, die Pizza, weil sie mittlerweile kalt geworden ist. Also muss der Dings ... der Pizzabote wieder die ganzen Treppen runterlaufen, 'ne neue, kochend heiße Pizza holen und wieder hochlaufen.«

Ralles Blick wirkte abwesend. »Und wenn er jetzt Pech hat, verbrennt sich der, der oben wohnt, die Zunge, weil die Pizza zu heiß ist. Dann wird der Pizza-Fuzzi auch noch auf Schwarz ... nee ... auf Dings ... auf Schmerzensgeld verklagt.«

Wutz schüttelte genervt den Kopf. »Mein Gott! Du machst aber auch aus jedem Vorgang ein einziges Debakel. Natürlich bietest du keinen normalen Pizza-Bringdienst an. Das ist doch klar. Du mußt dir eine Marktnische suchen! Ein Marktsegment, auf das noch keiner gekommen ist und in dem du ganz alleine absahnen kannst. Verstehste? Alleinstellungsmerkmal!«

»Und was wäre das?«

Wutz überlegte. »Nun ja, sagen wir mal, ein ... ja, zum Beispiel ein Pizza-Bringdienst für Panzerfahrer.«

»Für Panzerfahrer ...?«

»Ja, überleg' doch mal: Die armen Panzerfahrer hocken den ganzen Tag in ihrem stickigen und miefigen Panzer ohne Fenster, donnern über buckelige Pisten, stoßen sich bei dem Gehopse ständig den Kopf und wagen sich noch nicht einmal zum Essen raus, weil sie Angst haben müssen, dass ihnen mittelschwere Artillerie um die Ohren pfeift, sobald sie ihren Döz aus der Luke stecken. Ich sag dir: Die haben Hunger ohne Ende, mögen aber nicht aussteigen. Da kommst du mit deinen Pizzen doch wie gerufen.«

Wutz blickte versonnen zur Zimmerdecke und zeichnete mit dem Zeigefinger ein imaginäres Firmenschild in die Luft: »Ich sehe das schon direkt vor mir: *Ralles Panzerfahrer-Pizza-Express*. Das hat was! Ein Start-up-Unternehmen mit Zukunft. Wahrscheinlich gibt's dafür sogar Zuschüsse vom Staat.«

Ralle schüttelte den Kopf. »Was soll das denn? Ich würde es ja noch nicht mal bis auf das ... äh ... Dingens ... also ... aufs Gelände schaffen. Mit Sicherheit liegt hinter jedem Busch ein Scharfschütze, der schon auf mich ballert, wenn ich nur mit dem Pizzakarton um die Ecke komme. Das macht die härteste Pizza nicht mit.«

Wutz seufzte. »Na ja, vielleicht hast du recht.«

Er versank in stilles Grübeln. Dann hob er den Kopf: »Und was ist mit einem Nutten-Bringdienst? Also, ich meine natürlich einen Pizza-Bringdienst für Nutten? Die haben keine Waffen – und die meisten wohnen im Erdgeschoss!«

Ralle tippte sich vielsagend an die Stirn, stand auf, ging einmal um den Tisch herum und setzte sich wieder.

»Wutz, du hast doch 'nen Knall!«

Das war nun bereits einige Monate her, und Ralf Heimlich hatte immer noch keinen Job.

3

Eines Tages schlenderte Ralle ziellos durch die Innenstadt und blieb zufällig vor dem Schaufenster eines Ladens stehen, über dem in schmuddeligen Leuchtbuchstaben *Müller Nachfolger GbR - Koffer aller Art* geschrieben stand. Nun interessierte sich Ralle nicht unbedingt für Koffer aller Art. Doch weil er aus der Puste war und nach Luft schnappte wie ein Goldfisch im Trockendock, blieb er schnaufend vor dem Schaufenster stehen und tat so, als interessiere er sich für Koffer aller Art.

Neben einigen kleinen Koffern in Schwarz, Braun, Beige, aus Leder, aus Kunststoff und aus Nylon, gab es auch große Koffer in Schwarz, Braun, Beige aus Leder, aus Kunststoff und aus Nylon.

Ralles Blick blieb an einem Preisschild hängen. In fetten roten Lettern stand da: *Trolley, günstig aus zweiter Hand.* Ein Preis fehlte aber.

Da durchfuhr es ihn wie der Blitz der Erkenntnis. Es stand doch die ›Vollpfosten‹-Kegeltour an – und er hatte noch keinen Koffer. Den letzten hatte er im vergangenen Jahr in der Bahn liegen lassen, der ist dann irgendwo hingefahren worden und im Nirgendwo gelandet. Oder vielleicht auch von einem mittellosen alten Mütterchen geöffnet worden. Was ihm noch sehr lange sehr peinlich war, weil sich in dem Koffer seine schmutzige Wäsche befand. Seine sehr, sehr schmutzige Wäsche.

Ralle öffnete die Ladentür, ein zartes Glockenspiel ertönte. Er ging hinein und stoppte vor einem altertümlichen Verkaufstresen. Hinter ihm spielten die Glocken die Melodie *Das Wandern ist des Müllers Lust.*

»Sie wünschen?«

Das kleine Männchen, das auf ihn zutrat, steckte in einem grauen Kittel und offensichtlich in einer tiefen Lebenskrise. Jedenfalls machte der Typ einen ziemlich griesgrämigen Eindruck. Über seine hohlen Wangen hingen schwere Tränensäcke herab, die für fünf Beerdigungen gereicht hätten. Sein Mund war schmal, die Oberlippe warf Falten und sein spitzes Kinn hätte auch gut und gerne für eine Gartenhacke Modell stehen können.

Ralle hatte nicht viel Geld dabei. Eigentlich hatte er gar kein Geld dabei. Er fürchtete, der Trolley könne seine finanziellen Möglichkeiten überfordern. Er würde hart verhandeln müsen. Und so wollte er erst einmal für gute Stimmung sorgen. Aus dem Fernsehen wusste er, dass eine entspannte, lockere Verhandlungsatmosphäre unabdingbar für erfolgreiche Deals ist.

»Sind Sie Herr Müller?«, lächelte Ralle ihm entgegen.

Das Männchen öffnete nur wenig die dünnen Lippen und quälte ein noch dünneres »Nein!« heraus.

»Aha! Dann sind Sie sein ... Dingens .... sein Nachfolger?«

Das Männchen zog ein Gesicht, als hätte ihm Ralle ein Kännchen Kaffeesahne über den Kittel gegossen.

»Was wollen Sie?«

Auf soviel Unfreundlichkeit war Ralle nicht gefasst, und es verunsicherte ihn sehr. Seine entspannt-lockere Verhandlungsbasis kam ins Rutschen. Er deutete vage in Richtung Schaufenster und stammelte: »Äh ... das Dingens da ... also ... dieses Firmendingens ... äh ... Koffer-Dings ...«

Das Männchen runzelte die Stirn. »Was wollen Sie?«

»Na ja, dieses Dingens da ...!«

»Wir haben keine Dingens.« Das Männchen wandte sich brüsk ab. Für ihn schien die Sache erledigt.

Ralle versuchte es noch einmal. »Der Trolley da ...«

Der Graukittel hielt inne. »Was ist damit?«, maulte er missgelaunt.

Ralle fühlte sich unbehaglich. Einerseits fehlte ihm das Geld, um den smarten Kunden zu spielen, andererseits ärgerte ihn das knurrige Auftreten des Wichtelmanns. Ein bisschen sah der aus wie Rumpelstilzchen. Vielleicht wusste er das selber und war deswegen so grantig. Vielleicht war ihm auch die Frau weggelaufen. Verständlich wäre es. Hoffentlich hatte sie noch ein paar Koffer mitgehen lassen.

Ralle versuchte es noch einmal: »Also, es ist so ... das Dingens da ...«

Rumpelstilzchen verdrehte die Augen und sog die Luft hörbar durch die Nase ein, kam aber beim Ausatmen etwas ins Husten, so dass die Wirkung verpuffte.

Ralle überlegte, ob sich das lebenslange Verkaufen von Koffern aller Art schädlich auf die Lunge auswirkt.

»Was kostet das Ding?«

Der Graukittel drehte die Augen himmelaufwärts, als erwarte er von dort göttlichen Beistand für soviel irdische Einfalt. Dann murmelte er: »... hängt ganz vom Ding und von der Größe ab.«

Er nuschelte undeutlich wie ein Bauchredner, der unter Magengeschwüren leidet.

Ralle überging es. »Ich will das ... äh ... dieses Dings da genau in der Größe.«

In diesem Moment ertönte erneut das Glockenspiel. Und unter dem föhlichen Gebimmel der Melodie von *Das Wandern ist des Müllers Lust* betrat ein neuer Kunde den Laden.

»Das ist aber mal ein dolles Ding!«, staunte der und sah bewundernd zu den Glocken hoch.

Das Männchen warf dem Kunden einen irritierten Blick zu, dann wandte es sich wieder an Ralle. »Also, wie gesagt: Wenn Sie mir sagen, was für ein Dingens Sie wollen, kann ich Ihnen auch den Preis dazu nennen.«

»Gut«, sagte Ralle. »Ich würde also gerne dieses Kofferdings mit dem ... äh ... Dingens ...«

»JETZT HÖREN SIE ENDLICH MAL AUF MIT DIESEM STÄNDIGEN DING UND DINGENS!«, schrie das Rumpelstilzchen und lief dabei puterrot an.

Ralle zuckte zusammen. Es wurde so mucksmäuschenstill im Laden, dass man eine Dings hätte fallen hören.

Da schaltete sich der neue Kunde ein. »Entschuldigung, es geht mich ja nichts an, aber ich höre gerade, dass dieser Herr«, er zeigte auf Ralle, »ein Koffer-Dingens kaufen möchte. Ich selber trage mich schon seit Längerem mit dem Gedanken, mir so'n Ding zuzulegen. Haben Sie noch eines von diesen Dingern?«

Dem Graukittel wich jegliche Farbe aus dem Gesicht, bis es mit dem Kittel eins war. Heftig keuchend rang er nach Luft.

Wenn Sie, lieber Leser, sich noch an die Zigarettenwerbefilme aus den 1960er Jahren erinnern, bei denen das HB-Männchen vor explodierendem Ärger steil in die Luft ging, dann wissen Sie, wie sich die Situation in dem Laden für Koffer aller Art darstellte.

»RAUS!«, keifte der Graukittel mit sich schrill überschlagender Stimme. So zornig und hitzig, wie er mit den Füßen aufstampfte, war tatsächlich eine gewisse Ähnlichkeit mit Rumpelstilzchen nicht auszuschließen. »Raus ... raus aus meinem Laden! Alle beide ... sofort!«

»Und was ist mit meinem ... mit diesem ... Dingens?«

»Nehmen Sie's mit ... ich schenk es Ihnen, aber verschwinden Sie aus meinem Laden – raus, raus!«

Das Männchen fuchtelte mit seinen grauen Ärmchen in der Luft herum, als gelte es, lästige Hühner vertreiben.

Ralle ging zum Schaufenster, schob den Trennvorhang zur Seite und griff sich den Trolley.

Der neu hinzugekommene Kunde guckte leicht empört und meldete sich beleidigt zu Wort. »Das ist jetzt aber nicht fair – und was ist mit meinem Dings?«

4

Charlotte von Hademarsch hatte sich ausnahmsweise mal nicht allzu viel Mühe mit der Morgentoilette gegeben. Es war gestern spät geworden, und so war sie noch gar nicht richtig wach. Außerdem dröhnte ihr der Kopf.

Gestern nachmittag hatte sie an der Sitzung der Selbsthilfegruppe *Ohne Rauch geht's auch!* teilgenommen, bei der sie mit anderen Leidensgenossinnen nach Wegen zur Nikotinentwöhnung suchte. Diese Mal hatte die Gruppe bei Grete Durchdenwald getagt, und Helga Heimlich hatte ihnen die *Inspiratorische Bauchatmung in Seitenlage* vorgeführt. Danach gab es noch leckere Schnittchen und das ein oder andere Schlückchen.

Nachdem sich – im Anschluss an die gemeinsame Rauchpause – die übrigen Damen verabschiedet hatten, blieben Grete, Helga und Charlotte noch auf der Terrasse sitzen und stellten Mutmaßungen darüber an, welche Überraschungen Robert Wutz für die Kegelfahrt nach Büsum wohl parat halten würde.

Nun, morgen, beim Kegelabend der ›Vollpfosten‹ würde er die Karten hoffentlich auf den Tisch legen. Die drei Kegelschwestern waren voller Vorfreude, zu der nicht zuletzt auch die vier Flaschen Sekt beitrugen, die Grete noch im Kühlschrank gefunden hatte.

Als sie sich gegen zwei Uhr nachts verabschiedeten, kicherten und gluksten sie anlasslos wie alberne Backfische. Helga verkündete sogar, sie habe herausgefunden, dass die Erdumdrehung und die Erdanziehung einen maßgeblichen Einfluss auf ihren Gleichgewichtssinn ausübten. Dazu kämen die starken Magnetfelder, die nämlich nicht nur für die Nordlichter zuständig seien, sondern auch noch ständig an ihren Beinen zerrten, sie wechselweise anzogen und wieder abstießen, weswegen ihr Gang so unsicher und schwankend sei.

Daraufhin kicherten sie noch einmal zehn Minuten vor sich hin. Als schließlich der volle Aschenbecher laut scheppernd zu Boden fiel, trat Gretes Göttergatte im Schlafanzug und sichtlich gereizt auf die Terrasse und beschied, dass nun aber mal langsam Schluss sein müsse. Nicht nur mit lustig, sondern überhaupt.

Danach prusteten die drei Damen erst recht los, denn erstens stolperte Dr. Martin Durchdenwald über die hervorstehende Schwelle der Terrassentür und konnte sich gerade eben noch fangen, bevor er bäuchlings auf den Tisch gefallen wäre. Und zweitens hatte er vergessen, die Knöpfe seiner Schlafanzughose zu schließen, was dazu führte, dass die Hose beinahe so offen stand wie die Münder der entgeisterten Damen.

Der nächste Morgen geriet daher für Charlotte von Hademarsch etwas mühsam. Sie war nur schnell in den bequemen Jogginganzug geschlüpft, um ihrem Mann das Pausenbrot für seinen Arbeitstag zuzubereiten.

Eduard von Hademarsch sah interessiert zu, wie seine Frau ihm Butterdose und Thermoskanne in die schmale Aktentasche stopfte. Er registrierte, dass sie nur einen Hausschuh anhatte, der andere Fuß nackt war und sie die Jogginghose offensichtlich verkehrt herum angezogen hatte, was sich ziemlich nachteilig auf die Passform auswirkte, weil der Teil, der eigentlich für hinten zugeschnitten war, vorne wie bei einem alten Känguru schlapp und ausgebeult herunterhing.

»Na ...«, stellte von Hademarsch fest. »Gestern wieder spät geworden, was?«

Mürrisch winkte sie ab. »Hör bloß auf!«

Sie hustete trocken. »Bei den Mädels gewöhnt man sich nicht das Rauchen ab, sondern das Saufen an.«

Eduard von Hademarsch, den alle nur Eddy nannten, nahm seine Frau in den Arm und drückte sie an sich.

»Dann rauch mal lieber weiter, das wirkt sich auch nicht so nachteilig auf deine modischen Abenteuer aus.«

Charlotte zupfte an ihrer Jogginghose. »Ich weiß ... verkehrt rum ... ich war zu faul, das zu korrigieren ... ich lege mich sowieso gleich wieder hin.«

Eddy nahm ihr die Aktentasche ab. »Hast du meine Medikamente eingepackt?«

Charlotte griff hinter sich, zog eine mittelgroße Plastikdose hervor und gab sie ihm. »Hier. Ich habe bereits alles auf die vorgeschriebenen Tagesrationen portioniert.«

Sie nahm die Liste mit den Medikamenten zur Hand und las vor: »Blutverdünner, CSE-Hemmer, Betablocker, Prostata-Kapseln, Halstabletten, Anti-Allergikum, Kreislauf-Tropfen, Antidepressivum, Erkältungs-Dragees, Eisentabletten, Kohletabletten, Paracetamol, Insulin-Kapseln, Schmerztabletten, Nasenspray und Gurgellösung. Die Nasendusche, den COPD-Inhalator und zwei Abführzäpfchen habe ich dir schon in die Tasche gepackt.«

Dann wedelte sie unbestimmt mit der Hand. »Ach ja ... und die Salbe gegen Juckreiz.«

Passend zum Thema guckte Eddy gekränkt. »So wie du das vorliest, könnte man meinen, ich sei ein Hypochonder.«

»Ach was! Du bist eben nur ein bisschen vorsichtig, nicht wahr, Schatz? Und als Busfahrer ist das ja auch keine schlechte Eigenschaft.«

Eddy musterte sie prüfend. Er war sich nicht sicher, ob sie ihn veralbern wollte. Dann straffte er sich, machte einen Schritt auf sie zu und gab ihr einen Kuss auf die Wange.

»Wie auch immer! Ich muss los. Tschüß, Schatz!«

Er war schon an der Tür, als ihn Charlottes Ausruf stoppte.

»Halt«, rief sie und hielt ein braunes Fläschchen hoch. »Das hätte ich fast vergessen: die Vertigoheel-Tropfen gegen Schwindelanfälle!«

Eddy nahm wortlos das Fläschchen entgegen, steckte es in die Jackentasche und zog die Tür hinter sich zu.

Eduard von Hademarsch ging beschwingten Schrittes über den Hof, holte den Doppeldecker-Aussichtsbus aus der Halle und steuerte dann gemächlich den Startpunkt an der *Alten Liebe* an.

Er konnte sich Zeit lassen, bis zur offiziellen Abfahrtzeit zur ersten Stadtrundfahrt des Tages war es noch gut eine Stunde hin, die Fahrgäste würden wie gewöhnlich auch erst eine halbe Stunde vor Abfahrt eintrudeln. Er brachte den Bus schräg gegenüber dem Liegeplatz der Helgolandfähre zum Stehen und schaltete den Motor ab.

Er griff in die Ablage und befestigte sein Namensschild mit Saugnäpfen an der Frontscheibe: EDDY hatte er in großen Buchstaben darauf geschrieben. Der persönliche Kontakt zu seinen Fahrgästen war ihm wichtig. Er kutschierte seine Gäste eben nicht nur stumm durch die Stadt, sondern informierte sie unterwegs über alles Wissens- und Bewundernswerte, und zwar locker, fröhlich und humorvoll.

Mit den Sightseeing-Rundfahrten hatten sich Eduard und Charlotte von Hademarsch eine gesicherte Existenz aufgebaut. Im Sommerhalbjahr fuhren sie das ein, was sie im Winter für ein gutes und freizeitorientiertes Leben brauchten. Außerdem wechselte er sich mit Charlotte bei den Busfahrten ab, so dass er sich noch einige entspannende Freizeitaktivitäten leisten konnte, wie zum Beispiel gemeinsames Golfen mit seinem Freund Dr. Martin Durchdenwald.

Morgen würde er ihn auch wieder bei den ›Vollpfosten‹ treffen. Er war gespannt, zu erfahren, welches Hotel Wutz für das Büsum-Wochenende ausgewählt hatte. Hoffentlich lag es in direkter Nähe zu einem Krankenhaus. Hatte Büsum überhaupt ein Krankenhaus?

Er sah auf die Uhr. Noch eine halbe Stunde bis zur Abfahrt. Einige Touristen schlenderten bereits vor dem Bus auf und ab. Fahrgäste, die nun die Zeit abbummelten. Manche blieben stehen und betrachteten neugierig den Bus. Einige von ihnen schienen sich still zu amüsieren, andere lachten laut, wieder andere warfen Eddy abfällige Blicke zu und wandten sich kopfschüttelnd ab.

Eddy kannte das schon. Auf beiden Seiten des knallroten Busses prangte in großen gelben Lettern der Werbeslogan:
Und ist das Wetter auch für'n Arsch:
Stadtrundfahrt von Hademarsch!

Gut, das war auf den ersten Blick tatsächlich etwas gewöhnungsbedürftig, aber er hatte es damit immerhin in die lokale Presse geschafft. Und das war Gold wert!

Insgesamt amüsierten sich die Leute darüber, wenngleich es auch humorbeschränkte Zeitgenossen gab, die dem nichts abgewinnen konnten. So hatte ihm mal ein knochentrockenes Tantchen aus dem Ruhrpott den Vorschlag gemacht, den Werbeslogan etwas positiver zu formulieren, und schlug dazu gleich eine Alternative vor:

Und ist das Wetter auch für'n Po:
von Hademarsch macht jeden froh!

Naja, von Werbung hatte die eben keine Ahnung. Allerdings brachte ihm der Slogan unter den Kollegen auch den zweifelhaften Titel *Der rasende Arsch* ein.

Noch zehn Minuten. Eddy drückte auf den Knopf, die hydraulisch gesteuerten Türen öffneten sich zischend. Er erhob sich von seinem Sitz und stellte sich in die offene Tür.

»So, Leute, nu geiht dat los! Habt ihr auch alle Geld dabei?« Das war sein Standardspruch.

Und dann: »Ich bin nämlich käuflich.«

Er ließ das etwas wirken, dann fügte er hinzu: »Aber nur wegen der Fahrkarten.«

Eddy suchte nach einem passenden Opfer und heftete seinen Blick auf eine hagere Dame mit Hakennase und stechendem Blick.

»Naaaa ... enttäuscht?«

Normalerweise lachten immer einige. Dieses Mal lachte keiner. Auch nicht der Begleiter der Hakennase. Er hatte ein kreisrundes Pfannkuchengesicht und sah aus wie einer, der noch nie gelacht hatte. Nun ja, der nächste Witz bringt es dann. »Ich kriege pro Nase zehn Euro. Hat einer von euch zwei Nasen? Das macht dann zwanzig Euro.«

Wieder lachte keiner.

Eddy setzte nach: »Und wenn einer keine Nase hat, zahlt er trotzdem zehn Euro!«

Vorsichtshalber lachte er selbst. Er war auch der einzige.

Nach und nach gesellten sich noch weitere Touristen hinzu, und als Eddy durchzählte, kam er auf vierundfünfzig Personen. Das war für die erste Fahrt gar nicht so schlecht.

Er setzte sich hinters Steuer und griff zum Mikrofon.

»Meine Damen und Herren, ich begrüße Sie recht herzlich zur fröhlich-locker-informativen Stadtrundfahrt durch Cuxhaven. Mein Name ist Eduard von Hademarsch, Sie dürfen mich aber auch gerne kurz ›Eddy‹ nennen.«

Er spürte ein leichtes Kratzen hinten im Hals. Er räusperte sich, schluckte mehrmals trocken, was ihm allerdings schwer fiel. Vielleicht sollte er eine der Halstabletten nehmen, die Charlotte eingepackt hatte. Hatte sie die überhaupt eingepackt? Leicht beunruhigt holte Eddy die flache Aktentasche hervor.

Während er sie öffnete und nach den Halstabletten suchte, sprach er weiter: »Zunächst werden wir durch den alten Fischereihafen fahren, die Fischmeile entlang, vorbei an urigen Fischrestaurants und vielen kleinen Geschäften mit maritimen ...«

Er brach ab, denn soviel er auch in der Aktentasche kramte, er fand keine Halstabletten. Ein unruhiges Gefühl beschlich ihn. Hatte Charlotte sie vergessen? Soviel er auch wühlte und suchte, er fand keine. Sein Hals kratzte bereits im fortgeschrittenen Stadium, das Schlucken fiel ihm immer schwerer. Was, wenn sein Rachen anschwoll und ihm das Atmen erschwerte oder gar die Luft abschnürte? Seine Bronchien rasselten schon ... oder?

Er versuchte, seinen Atem zu belauschen, aber im Bus war es zu laut. Die Leute redeten, scharrten mit den Füßen und raschelten mit Papier.

Eddy drehte sich zu den Fahrgästen um und bat: »Können Sie mal einen Augenblick ruhig sein?«

Augenblicklich trat Stille ein. Verwundert blickten alle Fahrgäste zu ihm hin. Eddy hielt die Luft an und lauschte angestrengt. Er hörte nichts.

Dann wurde ihm bewusst, dass er seine Bronchien natürlich nicht hören konnte, wenn er den Atem anhielt. Er atmete tief ein und aus. War da was? Er war sich sicher, ein raues Rasseln vernommen zu haben. Nicht laut, aber es war da. Vielleicht der Beginn einer Lungenembolie.

Hastig grub Eddy in seiner Aktentasche, fand, was er suchte und schluckte nacheinander Blutverdünner, Beta-Blocker, CSE-Hemmer und eine halbe Zahnschmerztablette. Sicherheitshalber nahm er dann noch eine halbe und danach zwei tiefe Züge vom Nasenspray.

Er überlegte, ob es Sinn machte, wenn er sich vorbeugend noch ein Zäpfchen einführte. Aber das mochte er dann doch nicht vor all den Fahrgästen.

»Geht's Ihnen gut?«

Der humorlose Begleiter der Hakennase saß direkt hinter ihm und schien ernsthaft besorgt.

»Doch, doch, alles klar!« Eddy winkte leichthin ab und schloss die Aktentasche, legte sie aber griffbereit neben sich. »Das ist nur so ein Ritual vor jeder Fahrt, verstehen Sie? Das ist wie auf den alten Segelschiffen. Da muss der Seemann das Schiff auch zuerst mit dem rechten Fuß betreten – und darf dabei nicht pfeifen. Haha ... so hat jeder seine Marotten.«

Der Mann, der nie lachte, warf erst der Hakennase neben sich einen fragenden Blick zu, dann wandte er sich laut an alle: »Wissen Sie, ich habe nämlich schon mal einen Busfahrer erlebt, der bei voller Fahrt Durchfall bekam. Wir sind damals nur knapp einer Massenkarambolage entkommen, nicht wahr, Else?«

Die Hakennase neben ihm nickte.

»Später kam heraus, dass der Durchfall nur ein Warnzeichen für seine akuten Herzbeschwerden war, nicht wahr, Else?«

Die Hakennase nickte ernst.

Dann bekräftigte er: »Da muss man höllisch aufpassen – aber sowas von höllisch!«

Jetzt fühlte sich Eddy erst recht nicht gut. Quälte ihn nicht tatsächlich schon den ganzen Morgen über ein pochendes Stechen in der Brust? Nicht stark, aber dennoch vorhanden und ganz tief in ihm drin. Angst überkam ihn. Hastig griff er zur Aktentasche und warf sich zwei von den Kohletabletten ein. Danach fragte er zögernd übers Mikrofon: »Liebe Fahrgäste, ist vielleicht zufällig ein Arzt an Bord?«

Als keine Antwort kam, lachte er gezwungen: »Na gut, dann können wir ja jetzt beruhigt losfahren!«

Das Pfannkuchengesicht beugte sich vor. »Ich bin zwar kein Arzt, aber Historiker.«

Als Eddy darauf nicht antwortete, beließ er es dabei.

»Entschuldigung«, rief jemand mit zittriger Stimme von hinten. »Ich würde jetzt doch lieber, glaube ich, zusammen mit meiner Frau aussteigen, oder? Ich ... äh, ich habe noch einen Termin.«

Eddy war ein alter Hase im Sightseeing-Geschäft, und er wusste genau: Wenn er den jetzt aussteigen ließ, dann würden die anderen folgen und er säße allein in seinem Bus.

Eddy ließ den Motor an und gab sofort Gas. »Tut mir leid,

während der Fahrt ist das Aussteigen strengstens verboten.«

Der Bus setzte sich so abrupt in Bewegung, dass der Mann, der schon aufgestanden war, schlagartig wieder auf seinen Sitz zurückfiel. »Oh!«

»Wir machen nachher bei den HAPAG-Hallen einen kurzen Stopp«, sagte Eddy. »Da können Sie aussteigen. Und wenn Sie mögen, können Sie da auch auf Toilette.«

Es war sehr still im Bus. Auch Eddy hatte keine Lust, seine üblichen fröhlichen Erklärungen abzugeben. Er fühlte sich nicht besonders. Und so machte er sogar noch einen großen Schlenker durch die Wohngebiete, damit er nichts sagen musste, denn dort gab es nichts zu zeigen und zu erklären.

Die Luft war war stickig im Bus. Trotz des vorsorglich geöffneten Fensters. Eddy spürte förmlich, wie der Sauerstoffgehalt seines Blutes herabsank. Er spürte es am beginnenden Kribbeln seiner Füße. Er ahnte Schlimmes: Erst kribbeln die Füße, dann kam es zu Aussetzern des Herzschlags und führte schließlich zur Blutleere im Gehirn. Wobei er letzteres wohl nicht mehr bewusst mitbekommen würde.

Eddy war Fachmann in Sachen Kreislaufzusammenbruch, sozusagen ambitionierter Amateurkardiologe. Er hatte sich schon zwölfmal selbst ins Krankenhaus eingewiesen. Die Ärzte meinten zwar, er sei kerngesund. Er leide wohl unter einer Übersensibilität in der Beobachtung seiner Körperfunktionen. Rücksichtslos wie sie waren, hatten sie ihn auch zwölfmal wieder nach Hause geschickt.

Eddy ahnte, dass die Ärzte ihm die ganze schreckliche Wahrheit verheimlichten. Als er beim letzten Vorsprechen in der Notaufnahme rigide des Krankenhauses verwiesen wurde, hatte er noch einen Blick zurückgeworfen und sah den Arzt in das Ohr der Krankenschwester flüstern, die daraufhin entsetzt die Hand vor den Mund presste.

Was hatte er ihr zugeflüstert? Diagnose: unheilbar?

Eine Dame aus den mittleren Reihen fragte laut: »Kommen wir auch an der *Kugelbake* vorbei?«

Eddy überlegte, ob sich erste Symptome eines nahenden Zusammenbruchs zeigten. Hatte er Fieber? Er legte sich die Hand flach auf die Stirn. Ja – er fühlte eine leicht erhöhte Temperatur. War die Stirn nicht auch verschwitzt? Zumindest gingen sein Herzschlag schneller und sein Atem flacher. Eddy musste etwas tun.

Er griff in die Aktentasche und zerrte gleich das Nächstbeste hervor. Er wusste zwar nicht genau, was es war, aber er schluckte es sofort, es würde schon helfen. Dann erkannte er es am Geschmack: Es waren die Kreislauftropfen. Alles war gut. Zusätzlich warf er sich noch zwei Dragees gegen Erkältung rein. Okay, das war jetzt nicht sein vorrangiges Problem, würde aber den Körper ganz allgemein bei der Erregerabwehr unterstützen. Charlotte hatte ihm die extrastarken eingepackt. Das waren regelrechte Abwehrraketen.

Eddy krallte sich ans Lenkrad. Er war flott unterwegs, nahm aber die Umgebung nicht richtig wahr. Rasant fegte er am Wasserturm vorbei.

»Entschuldigung, können Sie mir sagen, was das da eben für ein Gebäude war?«, meldete sich die Hakennase mit fiepsiger Stimme.

»Abwehrraketen«, murmelte Eddy. Er war nicht ganz bei der Sache. Just in diesem Moment spürte er nämlich, wie eine eisige Hand nach seinen Eingeweiden griff und ihm die Luft abschnürte. Eddy atmete stoßweise.

»Abwehrraketen? Mitten in der Stadt?« Die Hakennase war entsetzt.

Das humorlose Pfannkuchengesicht hustete Eddy in den Nacken. »Was erzählen Sie denn da? Sind Sie krank?«

Eddy hörte nur halb hin, registrierte aber, dass selbst der verbiesterte Historiker seine Krankheiten erkannt hatte. Vielleicht war er doch Arzt? Und nur inkognito unterwegs?

Eddy horchte in sich hinein: Gleich würde sein Herz wie irre rasen, sein Atem würde zu pfeifen beginnen, dann in ein heiseres Röcheln übergehen und ihm schließlich die Luft nehmen. Alles deutete auf eine akute Lungenembolie hin.

Oder auf eine Thrombose.

Ja, Thrombose könnte es auch sein. Er litt seit seiner Jugend an einer latenten Venenklappenschwäche. Deswegen pochte das jetzt auch so in seinem rechten Bein.

Eddys Angst steigerte sich ins Unermessliche. Den Blutverdünner hatte er sich vorhin schon eingeworfen, das müsste eigentlich reichen. Was ihm jetzt helfen würde, wäre sein Thrombosestrumpf. Den hatte er heute Morgen natürlich vergessen.

»Können Sie mal ein bisschen langsamer ...« Weiter kam der freudlose Begleiter der Hakennase nicht, weil Eddy im gleichen Moment aufs Gaspedal trat. Er musste so schnell wie möglich nach Hause, sich den Thrombosestrumpf überziehen, bevor ihn der Tod auf dem Fahrersitz ereilte.

Der Bus machte einen Satz vorwärts, der Motor heulte auf, die Fahrgäste wurden in ihre Sitze gepresst, krampfhaft krallten sie sich an den Lehnen fest, die Angst schnürte ihnen die Kehle zu, es war unnatürlich still im Bus.

Eddy saß vornübergebeugt wie einst Rennfahrer Huschke

in seinem Silberpfeil. Nur, dass Eddy schneller war. Er schoss um die Kurven, die Riefen quietschten, er nahm einem Mofafahrer die Vorfahrt, bretterte bei Rot über die Kreuzung, Autos hupten, Radfahrer drohten mit der Faust, und Fußgänger hüpften im letzten Moment zur Seite und retteten so gerade noch ihr Leben.

Die Dame aus den mittleren Reihen fragte: »Fährt er jetzt zur *Kugelbake*?«

Das war das Startsignal, das die Schockstarre der übrigen Fahrgäste löste. Frauen kreischten, Männer fluchten und versuchten, eine Handy-Verbindung mit der Polizei herzustellen, was aber misslang, weil die Finger bei dem hin- und herschaukelnden Bus immer wieder von der Tastatur abrutschten.

Einer hatte es geschafft, kam mit seinem Anruf durch, war aber falsch verbunden. Er hatte auf laut gestellt, so dass jeder mithören konnte: »Kto tam? Nie mogę teraz, przechodzę przeszczep nerki«, schrie jemand durch die Leitung.

Der Anrufer guckte irritiert, drückte hastig auf die Taste und beendete die Verbindung.

Ein Fahrgast mit offenbar polnischen Wurzeln versuchte zu übersetzen, während er von dem schwankenden Bus von einer Seite zur anderen geworfen wurde: »Das war Arzt ... kann ... nicht sprechen ... ist bei Trans ... plantation ... von Niere.«

Eddy trat der Schweiß auf die Stirn. Er musste durchhalten, musste es schaffen! Drei Straßen noch, dann war er zu Hause. Hoffentlich schlief Charlotte nicht allzu fest. Nur sie wusste, wo der Thrombosestrumpf lag.

Direkt vor ihm tauchte eine Kreuzung auf, geradeaus war

eine Einbahnstraße. Eigentlich durfte er dort nicht hineinfahren, allerdings war die Einbahnstraße eine Abkürzung. Das Pochen in seinem rechten Bein wurde heftiger. Wurden jetzt auch noch seine Zehen taub? Oder war es nur Einbildung?

Eddy überfuhr die Kreuzung bei Rot und schoss in die Einbahnstraße hinein. Egal! Er spürte einen zunehmenden Druck an den Schäfen. Es war zum Verzweifeln, was war nur mit ihm los?

Erschrocken presste er seine Hand auf die Hupe: Eine weißhaarige Oma schob ihren Rollator behäbig über die Straße. Mit langgezogenem Hupton jagte der Bus an ihr vorbei. Offensichtlich war sie schwerhörig, sie ließ sich in ihrer trägen Gelassenheit nicht stören, wunderte sich nur, dass ihr der Rock über den Kopf wehte, als der Bus zentimeterdicht an ihr vobeibrauste.

Sekundenlang gab der hochfliegende Rock den Blick auf Unterwäsche frei. Feinste Seidenwäsche der Marke CHERRY LADY, für die man in erstklassigen Dessous-Shops mindestens hundert Euro hinblättern musste. Die Oma lächelte still vergnügt und dachte bei sich: Der Weg über die Einbahnstraße hat sich heute aber gelohnt!

Wieder schrien die Fahrgäste auf, als Eddy auf die rechte Spur wechselte, um einen Kleinwagen auf der linken Einfädelungsspur zu überholen, dann wieder gedankenschnell den Bus herumriss und knapp vor einem Kleinlaster in die links abzweigende Straße hineinschrammte.

Der Bus neigte sich gefährlich zur Seite, für einen kurzen Moment schien es so, als würde er umkippen. Den Gästen stockte der Atem. Dann, als der Bus wieder hart auf die

Räder zurückfiel, kreischten alle auf. Von hinten kam ein verzweifelter Ausruf: »Wo sind denn hier die Kotztüten?«

Eddy nahm die letzte Kurve, kratzte haarscharf an einem Verkehrsschild vorbei, drückte das Gaspedal vollständig durch – die letzten sechzig Meter – dann riss er das Lenkrad herum, der Bus schlug hart auf, als er über die Bordsteinkante krachte. Mit ächzenden Achslagern schoss der Bus auf den Betriebshof. Eddy stemmte seinen Fuß mit aller Kraft auf die Bremse, und der Bus kam mit rutschenden Pneus wenige Zentimeter vor der Fahrzeughalle zum Stehen.

Der Bus dampfte, die Fenster waren vom Angstschweiß der Fahrgäste beschlagen. Wie gelähmt hingen sie in ihren Sitzen, während Eddy heraussprang. Dabei kam er ins Stolpern und fiel mit dem Gesicht flach in den Staub.

Aufgeschreckt von dem Lärm, kam Charlotte aus dem Haus gerannt, offensichtlich hatte sie sich nicht mehr schlafen gelegt, sich aber auch noch nicht umgezogen. Die ausgebeulte Känguru-Hose hatte sie immer noch verkehrt herum an. Dafür aber trug sie den Anfang einer Quark-Gurken-Maske im Gesicht.

»Mein Gott, Eddy, wie siehst du aus? Was ist passiert?«

Eddy keuchte, machte ein weinerliches Gesicht und umarmte seine Frau, als käme er nach langer Odyssee von einer riskanten Weltumsegelung wieder.

»Charlotte, dass ich noch am Leben bin …! Ich glaub, ich kriege schon wieder eine Thrombose.«

Dann ließ er von ihr ab und fragte besorgt: »Wo ist der Thrombosestrumpf, schnell, wo hast du ihn hingelegt?«

Charlotte zeigte auf den Bus.

»Der ist in der Aktentasche. Wie immer.«

Eddy drehte sich um, hetzte zum Bus zurück und versuchte, sich in den Bus zu quetschen, was schwierig war, weil nun alle Fahrgäste eiligst aus dem Bus herausdrängten.

Charlotte ahnte, dass die Stadtrundfahrt wohl doch nicht so fröhlich-locker-informativ verlaufen war, wie sie es hätte sein sollen. Sie versuchte, die Fahrgäste aufzuhalten und zu beruhigen.

Sie nahm die Gurkenscheibe vom Auge, stellte sich einem älteren Herrn in den Weg und rief über alle Köpfe hinweg: »Alle mal herhören! Am nächsten Wochenende haben wir unsere beliebte *Happy-Schunkel-Tour*. Da geht's mit dem Schifferklavier und lustigen Liedern rasant am Deich entlang bis nach Otterndorf! Ich gebe jedem von Ihnen einen Gutschein ... wenn Sie mögen!«

Als wäre es das Stichwort gewesen, legten die Gäste noch einen Schritt zu und strebten panisch getrieben dem Ausgang zu. Einige rannten.

Nur eine Frau mit Hakennase in der Begleitung eines Mannes mit Pfannkuchengesicht trat auf sie zu und fragte höflich: »Könnten wir bitte zwei Gutscheine bekommen?«

5

Es war ein herrlicher Morgen, mild und windstill, und er versprach, ein schöner Tag zu werden. Also deckte Grete Durchdenwald den Frühstückstisch auf der Gartenterrasse. Sie hatte, was sonst nur Sonntags geschah, zwei Eier hartgekocht, frische Orangen ausgepresst und sogar den Toaster bereitgestellt. Nur Toastbrot hatte sie nicht. Egal, Hauptsache, es sah gut aus. Konfitüre, Honig, Käse, Wurst und Lachs vervollständigten das Frühstücksarrangement. Zufrieden überblickte sie den Tisch.

Fehlte was? Ja! Sie trat auf den Rasen, pflückte ein paar Gänseblümchen, steckte sie in einen Eierbecher und verschönerte das Ganze mit lose hingestreuten Rosenblättern.

Aus dem Haus kamen die Geräusche, die ein Mann veranstaltet, wenn er sich im Bad für den Tag fit macht: Platschen, Gurgeln, Stöhnen, Schnauben, Grunzen und schließlich das gleichmäßige Summen des Elektrorasierers. Danach zufriedenes Pfeifen: *Morning has broken ...*

Grete rückte ihre Frisur zurecht, zupfte noch ein bisschen am weiten Longshirt der Übergröße 56, das die mitfühlende Modefirma gnädig mit Größe 52 ausgezeichnet hatte, weswegen es Gretes Lieblingslabel war. Sie setzte sich und wartete auf ihren Göttergatten.

Dr. Martin Durchdenwald, vereidigter Sachverständiger für Brandschäden, Vorstandsmitglied im örtlichen Golfclub und Obmann für die Jagdhundeausbildung bei der Jägerschaft Cuxhaven Land, kam frisch rasiert und gut gelaunt auf die Terrasse.

Er stutzte, sein Blick irrlichterte zwischen dem Tisch und seiner Frau hin und her. »Hab ich was verpasst?«

Dann plötzlich streckte er den Arm aus, spreizte seine Hand. »Stopp! Sag nichts! Ich weiß: unseren Hochzeitstag!«

Mit einer wegwerfenden Handbewegung beschied sie ihm: »Geschenkt! Ich versuche schon seit der Hochzeitsnacht, unseren Hochzeitstag zu vergessen.«

»Das war jetzt aber nicht nett«, maulte er und setzte sich

nur zögernd, weil er nicht wusste, welche Kröte er noch zu schlucken hatte.

»Überlegst du gerade, welche Kröte du zu schlucken hast?«

»Du kennst mich gut, was?«

Seine Frau lächelte still und garnierte den Lachs auf ihrem Teller mit einem Klacks Meerrettich.

Dr. Martin Durchdenwald schenkte sich nachdenklich Kaffee ein. Seine Hand zitterte leicht.

»Dein oder mein Geburtstag kann es ja nicht sein. Die liegen beide noch vor uns.«

Schlagartig kam ihm ein Verdacht. Hart stellte er die Kaffeekanne auf den Tisch zurück. »Du bist schwanger!«

Grete Durchdenwald hielt inne und sah zu ihrem Mann auf. »Schwanger?« Und dann: »Von wem denn?«

Er verzog kleinlaut das Gesicht. »Na gut, da hast du auch wieder recht.«

»Ist es denn so abwegig, dass ich einmal den Tisch etwas üppiger decke als sonst? Als ich heute morgen aufstand, stellte ich fest, dass es ein schöner Morgen ist: Die Luft ist rein und mild, die Blumen duften, die Vögel zwitschern ... das weckte in mir die Lust, die grandiose Magie des beginnenden Tages auch in angemessener Form zu würdigen.«

Martin Durchdenwald hielt seine Kaffeetasse auf halben Weg zum Mund geparkt und starrte seine Frau mit offenem Mund an.

Sie hob den Kopf, reckte das Kinn vor und zitierte:

»Die Sonne glänzt, es blühen die Gefilde

Die Tage kommen blütenreich und milde.«

Martin Durchdenwald hielt vorsichtshalber den Mund noch geöffnet.

Sie erklärte: »Hölderlin.« Dann setzte hinzu: »Kennst du nicht, ist kein Fußballer.«

Das war jetzt wiederum so herabsetzend, dass er aus seiner Erstarrung erwachte und die Tasse klirrend auf der Untertasse absetzte.

»Musst du mir nicht erklären ... ich kenne das Gedicht: *Der Frühling lässt sein blaues Band, wieder flattern durch die Lüfte, süße, wohlbekannte Düfte streifen ahnungsvoll das Land* ... Na, was sagst du jetzt?«

»Was soll ich sagen? Ich bin überrascht, dass du Gedichte kennst.« Sie beugte sich vor und tätschelte ihm wohlwollend die Hand. »Deines war allerdings von Mörike. Aber du hast recht – es ist trotzdem ein schönes Gedicht!«

Sie nahm einen langen Schluck vom Orangensaft und schenkte sich gleich wieder das Glas voll.

»Außerdem hatte ich nach der gestrigen Nichtrauchersitzung noch solch einen Brummschädel, dass ich mir gedacht habe, es sei besser, sich zu bewegen. Und so habe ich eben meine ganze Energie in die Inszenierung des Frühstücks gesteckt.«

»Na ja«, sagte er und schlürfte seinen Kaffee.

»Lärm genug habt ihr ja gemacht, und gekichert habt ihr wie auf dem Kindergeburtstag beim Löffelschlagen auf die Nudelsuppe.«

»Wir hatten auch Grund dazu.«

»Natürlich – ihr findet ja immer einen Grund. Und sei es, dass ihr euch eine Zigarette reinzieht, um danach sagen zu können: Das war jetzt aber wirklich die letzte ... darauf müssen wir einen trinken!«

»Nee«, sagte sie und griff zur Zigarettenschachtel. »Das

war nicht der Grund. Der wahre Grund, weswegen wir so gekichert haben ...«

Sie zündete sich umständlich die Zigarette an und blies eine dicke Rauchwolke in den frischen Morgen. Dann grinste sie ihren Mann breit und zufrieden an.

»Als du im Schlafanzug auf die Terrasse gestürmt kamst, stand dir die Hose offen!«

Dr. Martin Durchdenwald entgleisten die Gesichtszüge. Er schnappte ein paarmal lautlos vor sich hin wie ein Karpfen auf der Küchenanrichte. Dann stöhnte er: »Nein!«

Sie: »Doch!«

Er: »Ach, du Scheiße!«

Sie: »Kannst du nun verstehen, dass wir gekichert haben?«

Er: »Oh, nee! Das ist mir aber peinlich!«

Sie: »Na ja, mach dir mal keine Gedanken. War ja nur 'ne Kleinigkeit.«

Martin Durchdenwald protestierte. »Wie bitte?«

Seine Frau blies zufrieden die nächste Wolke in den blauen Himmel. »Offensichtlich bist du vor lauter Ärger über unser fröhliches Zusammensein so abrupt aus dem Bett gesprungen, dass dir dabei auch noch die Naht geplatzt ist – und zwar hinten an der Schlafanzughose.«

Sie lachte, während ihrem Göttergatten stufenweise das Blut aus dem Gesicht sackte.

»Und als du dich danach umdrehtest, um wieder im Haus zu verschwinden, hast du uns als Zugabe noch dein luftiges Hinterteil präsentiert. Das hat dann unserem Kichern genug Futter für weitere zehn Minuten gegeben.«

Dr. Martin Durchdenwald verbarg sein Gesicht in den Händen. »Mein Gott!«

»Beruhige dich. Du machst doch trotzdem einen ganz fitten Eindruck. Wenn ich mir dagegen vorstelle, ich müsste den Anblick von Robert Wutz' oder – noch schlimmer – von Ralles verborgenen ›Sieben Köstlichkeiten‹ ertragen, wüsste ich nicht, woher ich dann noch die Luft zum Kichern hernehmen sollte.«

Sie wies mit dem Daumen zur Terrassentür.

»Im Übrigen solltest du dich mal um die Schwelle der Terrassentür kümmern. Abgesehen davon, dass es keinen guten Eindruck macht, wenn du mit offener Hose darüber stolperst: Irgendwann bricht sich noch jemand die Beine.«

Sie drückte ihre halb angerauchte Zigarette aus.

»Apropos Wutz: Ich bin gespannt, ob der uns heute Abend eine vernünftig organisierte Reise präsentieren kann. Ich würde mich nicht wundern, wenn der für die Bahnfahrt Stehplätze reserviert hat, eine Übernachtung ohne Frühstück und den Besuch einer Kinovorstellung in der ersten Reihe.«

Sie überlegte, ob sie sich noch eine Zigarette anstecken sollte, entschied sich dann aber dagegen.

»Büsum! Wer fährt denn nach Büsum?«

»Nun mach mal Büsum nicht so schlecht. Ist doch ein schönes Örtchen für eine Wochenendtour.«

»Aber was gibt's denn da? Schiffe? Haben wir in Cuxhaven auch. Krabben? Haben wir bei Edeka eine ganze Truhe voll. Und sonst? Sonst haben wir hier auch alles.«

»Grete«, mahnte er. »Es geht doch auch um Entspannung, um gemeinsame Erlebnisse, um Luftveränderung.«

»Wenn's nur darum geht: Luftveränderung haben wir hier auch. Warte mal den Abend ab, dann wird's hier kälter.«

»Boah ... du bist manchmal so ungerecht und voreingenommen.«

»Zumindest, was die Fähigkeiten von Wutz als Reiseveranstalter angeht. Da traue ich ihm alles zu – nein, falsch! Ich traue ihm nichts zu. Gar nichts!«

Sie spielte unschlüssig mit der Zigarettenschachtel.

»Büsum mag ja ganz nett sein. Warst du schon mal da?«

»Letztes Jahr. Da ist ein Fischgroßhändler in Flammen aufgegangen. Nicht der Großhändler, sondern sein Großhandel. Er selbst ist in den Knast gegangen. Er hatte nämlich seine Fischhalle selbst angezündet. Er brauchte frisches Geld, weil seine frischen Fische nicht mehr frisch waren. Beinahe wäre eine ganze Schulklasse an Fischvergiftung gestorben, weil in der Schulkantine verdorbener Fisch aus seinem Großhandel serviert wurde. Danach wollten ihm alle an die Wäsche, aber keiner mehr seine Fische.«

»Steht die Halle noch?«

»Na ja, mehr oder weniger. Das Gebäude ist noch vorhanden, aber völlig verkohlt. Außerdem riecht es dort penetrant nach missglücktem Fischfilet Finkenwerder Art.«

»Würde mich nicht wundern, wenn Wutz das Brandgemäuer als preisgünstige Unterkunft gebucht hat.«

In diesem Moment klingelte im Haus ein Handy.

»Das ist meines«, sagte Martin Durchdenwald und sprang auf. Als er mit dem Handy am Ohr wieder aus dem Haus kam, hörte Grete ihn ausrufen: »Ach, du lieber Himmel!«

Und nach einer Weile schweigenden Zuhörens: »Große Güte ... das gibt's doch gar nicht ... oha ... ja, alles klar!«

Dr. Martin Durchdenwald machte ein Gesicht, das irgendwo zwischen blankem Entsetzen und unbändigem Vergnügen angesiedelt war. Mit einem amüsierten »Tja, that's life« beendete er das Gespräch.

»Was ist los?«

Grete Durchdenwald war bereits dabei, das Geschirr einzusammeln und sah ihren Mann fragend an. »Ist der Fischgroßhändler ausgebrochen?«

»Schlimmer. Es hat in Geestenwerder gebrannt.«

»Na, das dürfte dich als Sachverständiger und Gutachter für Brandschäden ja nicht besonders aufregen. Du hörtest dich am Telefon aber ziemlich perplex an.«

»Das kann man wohl sagen. Der Witz ist: Es hat bei der Feuerwehr gebrannt.«

»Das nenne ich mal einen gelungenen Witz. Fehlt nur noch, dass die den Brand selbst gelegt haben.«

»Viel besser«, lachte Martin Durchdenwald. »Es gab im Gerätehaus einen kleinen Schwelbrand. Wahrscheinlich ausgelöst durch einen defekten Lockenstab.«

»Hä? Was machen die bei der Feuerwehr denn mit einem Lockenstab? Ondulieren die sich vor jedem Einsatz die Haare, damit sie auch schick aussehen, wenn sie sich vor den lichterloh brennenden Häusern in Positur schmeißen und Selfies machen?«

»Weiß ich nicht. Aber das ist auch nicht der springende Punkt. Die Pointe ist: Als die Sirenen losheulten und die Feuerwehrleute aufgeregt vorgefahren, angeradelt und angerannt kamen und sich hektisch in die Einsatzfahrzeuge stürzten, kam die Durchsage: *Es brennt in eurem Gerätehaus!* Weil aber der Wachhabende, der die Durchsage machte, sein Gebiss zu Hause auf dem Küchentisch vergessen hatte und daher nur lauwarm nuscheln konnte, verstanden die Feuerwehrleute in dem Lärm der aufheulenden Motoren leider nur Bruchstücke und dachten, *es brennt im ollen Leedehaus!* Da sind sie dann wie die Bekloppten in Richtung Leedehaus losgedüst.«

»Nein!«

»Doch! Als sie unterwegs über den tatsächlichen Brandort aufgeklärt wurden, haben sie kehrt gemacht und sind wieder mit Tatü-tata zurückgerast. Allerdings hatte sich der Schwelbrand mittlerweile zu einem ausgewachsenen Großfeuer entwickelt und das ganze Feuerwehrhaus erfasst.«

»Und? Konnte man das Feuerwehrhaus noch retten?«

»So wie ich das verstanden habe, wohl eher nicht. Die Feuerlöschfahrzeuge waren noch unterwegs, nur der nuschelnde Wachhabende war zurückgeblieben. Der schnappte sich einen Löscheimer und lief zum Wasserhahn an der Außenwand des Gerätehauses. Dort angekommen, stellte er fest, dass der Eimer ein Loch hatte. Also rannte er wieder zurück und suchte sich einen anderen Eimer aus, was ein bisschen dauerte, weil er Wert darauf legte, einen roten Eimer zu auszuwählen, dessen Griff auch gut in der Hand lag. In der Zwischenzeit hatten die Flammen bereits den ganzen Innenraum des Gerätehauses erfasst, und als er den Hahn aufdrehen wollte, verbrannte er sich die Hand am heißen Metall.«

»Das ist doch nicht wahr!«

»Das ist wahr. Und leider noch nicht die ganze Wahrheit.«

»Was denn noch?«

»Sie waren mit drei Löschfahrzeugen losgefahren. Nur zwei von ihnen hatten Sprechfunk. Das dritte Fahrzeug, das zu allem Unglück auch noch vorausfuhr, hatte von dem ganzen Drama nichts mitbekommen und raste weiter nach Leedehaus. Als sie schließlich dort eintrafen, gab es zu ihrer Verwunderung weit und breit kein Feuer. Also dachten sie an eine Übung, fuhren rechts ran, hielten vor einer Dönerbude und warteten bei Dönertasche, Fladenbrot und überbackenen Nudeln auf die Kameraden.«

Grete Durchdenwald war sich nicht mehr sicher, ob ihr Göttergatte ihr die Wahrheit erzählte, oder ob diese hanebüchene Geschichte eine Retourkutsche für das Kichern über seine offene Hose war.

»Du veralberst mich!«

»Aber nicht doch! Habe ich das jemals getan?«

Er nahm seiner Frau die Zigarettenschachtel aus der Hand und legte sie außerhalb ihrer Reichweite am äußersten Ende des Tisches ab.

»Um die Geschichte zum Abschluss zu bringen: Irgendwann wurde den Jungs vom dritten Fahrzeug die Warterei dann doch zu langweilig, und so tuckerten sie gesättigt und in aufgekratzter Stimmung langsam heimwärts. Als sie dann fröhlich singend um die Ecke kamen und vor den rauchenden Trümmern der Feuerwache anhielten, stieg ein junger Feuerwehrmann-Anwärter mit einer Döner-Tüte in der Hand kauend aus dem Fahrzeug aus. Danach gibt es widersprüchliche Meldungen. Fakt ist, dass nach der Prügelei drei Feuerwehrleute ins Krankenhaus eingeliefert werden mussten und fünf andere verhaftet wurden.«

Dr. Martin Durchdenwald legt eine nachdenkliche Pause ein, dann sagte er: »Auch der Nuschler wird seitdem vermisst. Zu Hause ist er nicht. Und sein Gebiss ist weg.«

»Und nun?«

»Nun fahre ich nach Geestenwerder und versuche, die Brandursache zu klären. Obwohl ich jetzt schon sicher bin, wie das zustande gekommen ist.«

Er trat zu seiner Frau, gab ihr einen Kuss auf die Wange und meinte: »Vielleicht kannst du in der Zwischenzeit meine Schlafanzughose flicken.«

Sie lachte frivol. »Warum denn?«

6

Zur gleichen Zeit, etwa vierzig Kilometer Luftline, aber mehr als hundertfünfzig Straßenkilometer weiter nördlich, in Büsum: Missmutig blickte Kommissar Drösel aus dem Fenster seines Büros auf die Werftstraße.

Wenig los in Büsum. Ein langsam dahinschleichendes Auto, wahrscheinlich Touristen, ungeduldig bedrängt von einem Lieferwagen mit der grellbunten Aufschrift *Nichts ist schöner als Alis Krabbendöner!* Darunter hatte jemand mit Spraydose hinzugesetzt: *Außer Ali sein Bruder!*

Drösel überlegte kurz, ob das als Diskriminierung einer schwulen Minderheit zu deuten sei. Dann aber ärgerte er sich lieber wieder darüber, dass in Büsum nichts los war.

Mal ein Handtaschenraub, mal eine Sachbeschädigung, mal wurde irgendwo irgendwem von irgendjemanden irgendwas geklaut. Aber sonst? Kein Mord, kein Totschlag, kein Bankraub, kein nix.

Der aufregendste Fall, den er bisher zu lösen hatte, war der angebliche Selbstmord einer Möwe. Diese soll sich von einem Balkon des Büsumer Hochhauses in den Tod gestürzt haben. Eine Verzweiflungstat, weil sich die Möwe in Büsum langweilte. Das jedenfalls behauptete ein Feriengast, der eine Ferienwohnung im 18. Stock für zwei Wochen angemietet hatte.

Als Kommissar Drösel zum abgesperrten Tatort kam, sah er mit einem Blick, dass die Selbstmordtheorie nicht länger Bestand haben würde. Der Leichnam der Möwe war nämlich dermaßen von Schrotkugeln zerfleddert, dass es selbst einem ausgebufften Ornithologen schwergefallen wäre, die Art zu bestimmen. War das nun eine Silbermöwe oder ein Rotkehlchen?

Drösel hatte sich den Feriengast vorgeknöpft. Hartes Verhör. In dessen Verlauf knickte der Mann ein und gestand: Er hatte es sich im Liegestuhl auf dem Balkon seiner Ferienwohnung im Hochhaus gerade schön gemütlich gemacht und erfreute sich am grandiosen Blick über die weite Nordsee.

Da kam die Möwe angeflattert und hatte sich dickbräsig auf die Balkonbrüstung gesetzt. Direkt vor ihm. Er rückte mit seinem Liegestuhl etwas nach rechts.

Die Möwe auch.

Er rückte weiter nach links rüber.

Die Möwe auch.

Egal, was der Mann auch anstellte und wie oft und wie weit er mit seinem Liegestuhl auch zur Seite rückte – die Möwe rückte nach und versperrte ihm rotzfrech die Sicht.

Der Feriengast kochte innerlich vor Wut. Als die Möwe dann auch noch die Schwanzfedern anlüftete und mit einem hässlichen *Klacks* kackfrech auf die Balkonfliesen schiss, stürmte der Mann wutenbrannt zu seiner Reisetasche, zerrte ein Schrotgewehr hevor und schoss die Möwe vom Balkon.

Das war für Kommissar Drösel zwar was gänzlich Neues – aber sonst? Wie gesagt: Wenig los in Büsum.

Was waren das für goldene Zeiten gewesen, als er noch in Hamburg ermittelte. St. Pauli – da ging's wenigstens zur Sache: Zuhälter, die sich schon vorm Frühstück gegenseitig die Köpfe zu Brei schlugen, Puffbetreiber, die jeden fünfzigsten Freier ins Koma prügelten, einfach nur so – weil er der fünfzigste war.

Und dann gab's Drogenbosse, die sich nicht scheuen, ganze Straßenzüge abzusperren, damit der Sattelschlepper mit den Drogen-Containern zügig durchkam. Die ganz smarten Jungs bummelten derweil von einer Bank zur nächsten, sprengten einen Geldautomaten nach dem anderen in die Luft, und baten nach der letzten Bank den Filialleiter, ein Taxi zu rufen. Selbst die Kleinkriminellen in Hamburg waren schärfer drauf als der Wind im Büsumer Hafen an Silvester.

Drösel seufzte. Scheiß Büsum! Dass er seinen Dienst in diesem Touristennest fristen musste, hatte er seinen verträumten Kollegen in Heide zu verdanken. Die hatten nämlich – schneidig wie sie waren – im Heizungsraum einen Holzkohlegrill in Gang gesetzt, und weil ihnen das nicht zackig genug voranging, kamen sie auf die putzige Idee, die glühende Holzkohle mit Spiritus zu beträufeln. Danach waren nicht nur die Würstchen hinüber, sondern gleich das halbe Polizeibezirksrevier.

Während der Wiederaufbau- und Renovierungsarbeiten wurde die gesamte Belegschaft evakuiert und in Behelfsbüros untergebracht. Ein Teil der Kollegen hatte das Glück, in eine leerstehende Schule in Heide umziehen zu können.

Drösel dagegen wurde ungefragt nach Büsum verfrachtet. Hier bezog er mit seiner Mannschaft die Büroräume eines vor kurzem insolvent gegangenen Fischkontors auf der Hafeninsel.

Das war nicht nur äußerst beengt, sondern stank dermaßen nach Fisch, dass er sich vorkam wie im Lagerraum eines führerlos vor sich hindümpelnden Fischtrawlers, dessen Besatzung schon vor zwei Monaten an Fischvergiftung gestorben war.

Drösel war sich durchaus bewusst, dass das ein saublöder Vergleich war, aber er war auch ziemlich sauer.

Wie gerne wäre er jetzt auf seiner Lieblingsinsel Pellworm und ließe sich geruhsam den Nordseewind um die Nase wehen. Kräftig sog Drösel die Luft ein, zuckte aber sofort zusammen, als der Fischgestank seine Geruchsnerven erreichte und jede Erinnerung an andere Düfte auslöschte.

In diesem Moment ging die Tür auf. Das heißt, sie hätte aufgehen sollen, wurde aber nach einem Spalt breit von den Umzugskartons gestoppt, die Drösel dort aufgestapelt hatte. Danach hatte ihn allerdings die Lust verlassen, sie auch auszuräumen. Unter Stöhnen und Ächzen stemmte sich jemand gegen die Tür, verbissen bemüht, die Kartons zur Seite zu drücken. Schließlich zwängte sich Kriminalobermeister Göttinger durch die schmale Öffnung.

Drösel starrte ihn mit dem Ausdruck äußersten Widerwillens an: »Was wollen Sie denn hier?«

»Äh ... ich arbeite hier?«

»Arbeiten«, grunzte Drösel. »Was denn arbeiten? Es gibt in diesem Kaff doch gar nichts zu arbeiten!«

Er sah Göttinger lauernd an. »Oder haben Sie Ihre Frau

vergiftet, damit Sie endlich mal was zu tun haben?«

Sein Assistent verzog das Gesicht – nicht nur wegen der beleidigenden Äußerung, sondern auch, weil Drösel eine ziemlich feuchte Aussprache hatte. Er wischte sich pikiert die Tröpfchen von der Wange. »Also, Chef! Das ist aber ...«

»Was ist jetzt aber ...?«

Drösel schob das Pellworm-Magazin zur Seite, in dem er seit Dienstbeginn herumgeblättert hatte. »Was fummeln Sie da überhaupt ständig mit dem Papier rum?«

Göttinger reichte es ihm und trat schnell wieder einen Schritt zurück.

Kommissar Drösel starrte missmutig auf das Blatt.

»Und was soll das?«, schnauzte er schließlich und hielt dabei das Blatt mit spitzen Fingern weit von sich, als handele es sich um das Ekelhafteste, was ihm je in die Hand gedrückt worden war.

»Das ... äh ist die Geburtstagsliste«, entgegnete Göttinger unsicher und duckte sich vorsichtshalber, als fürchte er, für seine Antwort einen Schlag in den Nacken zu bekommen.

»Ja, und? Was soll ich damit?«

»Wir dachten ... also, wir sammeln ...«

»Sammeln? Für was sammeln?«

»Für ... quasi ... den Geburtstag von Herrn Kriminaldirektor Dr. Haltermann. Wir dachten ... ein Geschenk ...«

Göttinger hüstelte verlegen.

Drösel hielt das Papier zwischen Daumen und Zeigefinger hoch, wedelte damit in Richtung des Kriminalobermeisters und legte sich einen bemüht milden Gesichtausdruck zu.

»Ach nee! Ist das nicht herzig? Geburtstag!«, gurrte er mit der gütigsten Stimme, zu der er fähig war.

»Mit Topfschlagen und Sackhüpfen, ja? Wahrscheinlich wird das ganze Dezernat mit bunten Girlanden und selbstgebastelten Papierblumen noch hübsch herausgeputzt? Und während Sie auf der Blockflöte *Happy Birthday* düdeln und die Kollegen mit 'ner Wunderkerze Spalier stehen, auf 'ner Tröte pusten und ausgelassen Konfetti in die Luft werfen, lassen wir den Herrn Kriminaldirektor beim Fischstäbchen-Wettessen gewinnen, oder was?«

»Also ...«, begann Göttinger, zuckte aber unter der dröhnenden Stimme seines Vorgesetzten verängstigt zusammen.

»Sind Sie denn völlig meschugge?«, schrie Drösel mit hochrotem Kopf, knüllte das Blatt Papier hektisch zusammen und warf es in Richtung seines Assistenten, wo es allerdings auf halben Luftwege mit der Schreibtischlampe kollidierte und kraftlos auf den Schreibtisch zurückfiel. Drösel haute das Papierknäuel mit der Faust platt.

»Unsere bescheuerte Aufgabe ist es, uns mit bescheuerten Kriminellen herumzuprügeln, unser bescheuerter Schreibtisch quillt über von Tausend bescheuerten unerledigten Fällen, während draußen vor dieser bescheuerten Tür lauter nach Fisch stinkende Leute sitzen, die ganz wild darauf sind, uns irgendwelche bescheuerten Geschichten über tote Möwen zu erzählen. Und Sie Spinner wollen hier allen Ernstes Eierlaufen veranstalten und dazu *Vom Himmel hoch, da komm ich her singen*?«

Göttinger schluckte. »Ich dachte nur ...«

»Ich weiß, ich weiß«, winkte Drösel ab. »Sie denken immer nur. Den ganzen Tag. Denken, denken ... aber denken Sie auch mal an die Arbeit?«

Göttinger zog eine beleidigte Flunsch, die jede Kindergärtnerin sofort veranlasst hätte, das Jugendamt zu alarmieren – wenn er denn ein Kind gewesen wäre. War er aber nicht. Auch wenn der Kommissar ihn manchmal wie ein Kind behandelte.

»Sagen Sie mir lieber, was wir heute machen könnten«, brummte Drösel.

»Eigentlich müssten wir uns ja nochmal mit Werner Schratt wegen des geklauten Krabbenbrötchens unterhalten.«

»Wer ist denn Werner Schratt?«

»Der Inhaber von *Annelieses Krabbenbude*.«

»Ich denke, der heißt Anneliese?«

»Er nicht. Er heißt Werner. Anneliese heißt nur seine Krabbenbude.«

Drösel grunzte. »Wissen Sie, was ich glaube? Die Krabben waren noch nicht ganz durchgekocht und sind einfach abgehauen. Und haben das Brötchen gleich mitgehen lassen.«

Göttinger starrte seinen Chef entgeistert an und überlegte, ob das sein Ernst war oder einer seiner befremdlichen Witze.

»Wir könnten auch zum Hundewaschsalon fahren«, versuchte er einen neuen Ansatz.

»Hundewaschsalon? Was soll ich denn da?«

»Wir müssten ... «, begann er, wurde aber gleich von Drösel unterbrochen. »WIR?«

»Ich ... also, ich ... müsste den Hundefriseur wegen des Vorwurfs der Tierquälerei vernehmen.

»Wieso Tierquälerei?«

»Also – eigentlich sollte er nur den Dackel der Frau vom Bürgermeister waschen, hat dann aber statt der *Happy-Bello-Haselnuss-Duft-Lotion* versehentlich Färbemittel ins Badewasser gekippt. Und bei dem hektischen Versuch zu retten, was nicht zu retten war, hat er der Bürgermeisterfrau mit der Ondolierzange auch noch den Rock in Brand gesetzt. Danach musste sie mit ihrem rosafarbenen Dackel und dem durchlöchertem Rock nach Hause laufen und wurde unterwegs von den Touristen ständig nach ihrem Preis gefragt.«

Drösel schloss die Augen, stützte die Ellenbogen auf und verbarg sein Gesicht in den Händen. Als er wieder aufblickte, waren seine Augen von Schwermut umschattet.

»Sehen Sie, Göttinger, das ist genau das, was ich meine.«

Er blickte traurig auf seine Uhr. »In Amerika haben die zu dieser Zeit bestimmt schon zehn Leute umgelegt – und wir verfolgen hier halbgare Krabben und einen rosafarbenen Dackel. Wie komm ich mir da denn vor?«

7

Zurück in Cuxhaven. Der erste Tag nach seiner überraschenden Entlassung geriet für Robert Wutz etwas ungewohnt.

Normalerweise war bei Köhlers Staubsaugerbeuteln um acht Uhr Arbeitsbeginn, so dass sich Wutz spätestens zwischen neun und zehn Uhr aus den Federn bequemen musste, um pünktlich zur Mittagspause am Arbeitsplatz zu sein.

Nun war plötzlich alles anders. Wutz erwachte schon um halb neun, wollte sich gewohnheitsmäßig noch einmal umdrehen und wieder wohlig in die Kissen kuscheln – da wurde ihm schlagartig bewusst, dass er seit gestern arbeitslos und damit bar jeder Pflichten und Verpflichtungen war. Wenn er wollte, konnte er also bis mittags durchschlafen!

Damit war Wutz hellwach. Er quälte sich aus dem Bett und schlurfte ins Bad, um sich für den Tag frisch zu machen.

Lohnte sich das überhaupt? Für wen sollte er sich denn jetzt noch in Schale werfen? Für die Kollegen etwa? Oder für Köhler III, diesen ignoranten alten Sack?

Was hatte Wutz nicht alles für diese marode Klitsche getan. In all den Jahren war er so gut wie nie krank gewesen, hatte die Buchhaltung immer gewissenhaft auf dem Laufenden gehalten und war allen Zahlungsverpflichtungen stets pünktlich nachgekommen.

Was bildete sich dieser spätkapitalistische, knüppelgeizige, aufgeblasene, degoutante Tüten-Heini eigentlich ein, dass er glaubte, so mit seinen Leuten umspringen zu können?

Erst machte er ihm den Mund wässrig, laberte was von Zweihunderttausend im Jahr, vom schwarzen Dienst-Mercedes mit einem noch schwärzeren Chauffeur, versuchte ihm eine Geliebte mit Appartement und kriminellem Bruder aufzuschwatzen, nur um ihn dann eiskalt lächelnd zu feuern.

Und was war mit seinen Arbeitskollegen, diesen Sausäcken? Hatten die ihn gestützt? Hatte sich einer, nur ein einziger für ihn eingesetzt? Nein! Dabei war er ihnen immer ein guter Kollege gewesen, hatte neulich sogar fünfzig Cent dazugegeben, als für einen Kollegen gesammelt wurde, weil dieser Idiot Vater geworden war.

Schadenfroh hatten sie gegrinst, als er seine Sachen packte und seinen Schreibtisch aufräumte. Die blöde Kuh von Semmelmeier hatte sich sogar noch frech vor ihm aufgebaut und gefrotzelt: »Da wird sich Ihre Frau aber freuen, wenn Sie heute früher nach Hause kommen!«

Dabei wusste diese hinterhältige Zicke ganz genau, dass er unverheiratet war. Ganz sicher zielte sie darauf ab, ihn zu demütigen. Wusste sie doch von seiner ständigen, wenngleich vergeblichen Suche, eine Frau fürs Leben – oder wenigstens für ein Wochenende – zu finden.

Wie peinlich war das gewesen, als er unter den lauernden Blicken seiner Kollegen, denen nichts entging, ein seit Monaten vor sich hinschimmelndes Käsebrot aus dem Ablagekorb hervorzog. Und nie würde er das hämische Lächeln vergessen können, das sie aufsetzten, als er nacheinander ein angebissenes Marzipanbrot, vier Groschenromane, eine Walnuss, zwei Fußballsammelbilder und ein Kästchen mit toten Fliegen aus seinem Schreibtisch hervorkramte.

Was hatten sie sich totgelacht, als er dann noch eine gelbe Quietscheente mit Sonnenbrille und Badekappe ans Tageslicht beförderte. Dabei waren sie es selbst gewesen, die ihm dieses alberne Mistding zum Geburtstag geschenkt hatten: Damit er wenigstens in der Badewanne ein bisschen weibliche Gesellschaft hatte – hahaha!

Wutz betrachtete sein Spiegelbild. Eigentlich sah er doch trotz der verwuschelten dünnen Haare, der müden Augen, und der momentan sorgenvollen Mimik recht passabel aus. Was hatte er nur an sich, das die Frauen veranlasste, einen großen Bogen um ihn zu machen?

Aber nein! Sie machten ja gar keinen Bogen um ihn – sie sahen ihn gar nicht, beachteten ihn nicht. So, als wäre er Luft! Nicht existent! Okay, es stimmte schon: Er hatte eine ungewöhnlich hohe Stirn, weil sich die Haare im Laufe der Jahre klammheimlich zum Hinterkopf zurückgezogen hatten. Dafür trug er aber die Haare im Nacken etwas länger.

Auch waren seine Augen von Natur aus etwas schmal geraten. Er blickte immer so drein, als müsse er gegen die tiefstehende Sonne anblinzeln. Wutz fand, dass ihm aber gerade das einen kühnen, verwegenen Blick verlieh.

Auch war seine Nase nicht von geradem, maskulinem Wuchs, mit glattem Rücken und energisch ausgepägter Spitze, sondern eher ein bisschen kurz geraten und etwas stupsnäsig, durchzogen von leichten Hautrötungen. Aber sie gab ihm auch einen pfiffigen, ja – einen ausgesprochen spitzbübisch-jungenhaften Ausdruck. Das ist doch genau das, was Frauen mögen ...

Er verstand es nicht.

Wutz stieß einen tiefen und langen Seufzer aus. Er fand, dass er eine sehr angenehme, sonore Stimme hatte, in der stets ein warmes Timbre mitschwang. Möglicherweise sollte er mehr mit oder zu den Frauen sprechen? Vielleicht war er ja ein Frauenflüsterer!

Wutz fand Gefallen an dem Gedanken.

Dabei fiel ihm ein, dass er ja noch seiner Nachbarin beim Aufbau des Monsterbettes helfen wollte. Vielleicht sollte er ihr die Aufbauanleitung fürs Bett vorlesen. Oder die Geschäftsbedingungen von IKEA. Aber nein – besser war es wahrscheinlich, wenn er mehr von sich selbst erzählen würde. Zum Beispiel, dass ihm sein Chef gestern Zweihunderttausend im Jahr geboten hatte. Und einen Porsche.

Das wäre gut. Besser wäre aber noch, wenn sie das Bett mittlerweile selbst aufgebaut hätte. Er entschloss sich, später am Tag – oder möglichst noch später – bei ihr zu klingeln. Sie allein war jedenfalls Grund genug, sich der morgendlichen Pflege ein wenig gründlicher zu widmen.

Nach der Rasur klatschte er sich größere Mengen Rasierwasser an die Wangen und träufelte sich zusätzlich etwas auf die Brust. Nachdem er den Sitz der Haare mit reichlich Haarspray erdbebensicher gefestigt hatte, sprühte er sich eine Doppelladung Deospray unter die Achseln. Danach roch er wie eine Parfümerie im Sommerschlussverkauf.

Gleich nach dem Frühstück, das mit zwei Scheiben Graubrot, keiner Butter, einer dicken Scheibe Käse, einer dünnen Scheibe Wurst und einer Tasse mit noch dünnerem Instantkaffee sparsam ausfiel, kümmerte er sich um die Feinheiten der anstehenden Kegeltour. Schließlich musste er am Abend den versammelten ›Vollpfosten‹ die Reisedetails mitteilen.

Unversehens schlich sich ihm ein Gedanke in den Kopf, der ihn verzückt lächeln ließ. Was wäre – nur mal so angenommen – wenn er seine dralle Nachbarin höflich fragen würde, ob sie sich vorstellen könne, auf der Kegelfahrt nach Büsum als seine Begleiterin aufzutreten.

Bevor er den Gedanken weiterspann, kostete er für einige Sekunden diese beglückende Idee aus. Welch eine Vorstellung! Er müsste ihr vorab nur noch klarmachen, dass sie außer einer Kollektion knapp geschnitter T-Shirts keine weitere Reisegarderobe benötigte.

Mit Schaudern erinnerte er sich der letztjährigen Kegeltour nach Berlin. Neben den verheirateten ›Vollpfosten‹ kam er sich als Single ständig deplatziert – ja, geradezu diskriminiert vor. Zum Beispiel, als sie das *Café Keese* aufsuchten, wo sie sich für das abendliche Ehepaar-Tanzvergnügen angemeldet hatten. Der Türsteher hatte sich partout geweigert, ihn reinzulassen, weil er solo war und er ihn für einen Spanner hielt.

Und im Hotel hatte man ihm achtlos ein Zimmer im Keller zugewiesen, weil man glaubte, er sei der Busfahrer der Reisegruppe. Okay, das hatte wenigstens den angenehmen Nebeneffekt, dass für ihn das Frühstück umsonst war.

Aber nein, das wollte er auf keinen Fall noch einmal erleben. Und Aneta Kolinski wäre da eine geradezu atemberaubende Bereicherung! Er stellte sich schon die Gesichter der ›Vollpfosten‹ vor, wenn er mit Aneta im Arm auf dem Bahnhof erschien. Die würden Augen machen! Vor allem Ralle, der ja gerne mal Augen machte, wenn seine Helga nicht in Schlagweite war. Wutz lächelte versonnen.

Er schob die Reste des Frühstücks beiseite, griff in die Hosentasche und zog einen speckigen Zettel hervor, auf dem er sich schon vor längerer Zeit die Telefonnummer der Touristeninfo in Büsum notiert hatte.

Es war nicht einfach, die Nummer zu entziffern, weil die mit Kugelschreiber geschriebene Notiz verschmiert war. Leider hatte er nicht darauf geachtet, dass sich der ebenfalls seit längerer Zeit in der Hosentasche getragene Pfefferminzbonbon in der Zwischenzeit aufgelöst hatte und nun klebrig am Papier haftete.

Die Vorwahl für Büsum war klar. Aber die viertletzte Ziffer ... war das nun eine 3 oder eine 9? Oder eine 8?

Wutz versuchte es mit der 5.

Nach langem Tuten meldete sich eine sehr heisere und sehr leise Männerstimme.

»Bestatt ... in ... stitut ... *knack* ... üsum«, krächzte er kaum vernehmlich. Außerdem knackte es fürchterlich in der Leitung. In Büsum war wohl gerade schlechtes Wetter.

Wutz hielt sich nicht lange mit Vorreden und Erklärungen

auf, sondern kam kurz und knapp und gleich zur Sache: »Wir brauchen Unterkünfte für zwölf Personen, also sechs Paare.«

Am anderen Ende blieb es still, nur ab und an durch das atmosphärische Knacken unterbrochen.

»Ey«, rief Wutz ins Telefon. »Noch da?«

»... traurig ... alle zwölf? Was ... *knack* ... passiert?«

»Wieso, was soll passiert sein?« Wutz zuckte mit den Schultern und setzte erklärend hinzu: »Kegeltour!«

»Oh, ... Gütiger ... *knack* ... *knack* ... Unfall?«

Was faselte der Typ da von Unfall? Gab es etwa einen Stau auf der Bundesstraße? Die Fahrt fand doch sowieso erst nächstes Wochenende statt. Außerdem werden sie mit der Bahn fahren. Wutz verspürte keine Lust, sich vom schlechten Wetter in Büsum anstecken zu lassen.

»Also, was ist: Haben Sie zwölf Plätze frei oder nicht?«

»Natürli ... *knack* ... aber zunächst ... *knack* ... ich Ihnen ... herzlich ... Beileid aussprechen!«

»Wieso Beileid? Liegt man in Büsum denn so schlecht?«

Der Mann am anderen Ende hüstelte. Was er sagte, wurde von tiefem Brummen und scharfem Knacken überlagert. Dann plötzlich war die Leitung frei und die Verbindung klar und verständlich.

»... dass Sie das so entspannt sehen. Wissen Sie, der letzte Gang ist ja nicht nur ein Abschied, sondern auch ein Anfang, der Eintritt in eine neue Ebene mit einem unendlichen und ewigen Horizont.«

Wutz fragte sich, ob wohl alle in Büsum so salbungsvoll daherredeten.

»Ja, klar, 'ne Wattwanderung wollen wir natürlich auch machen. Aber bevor ich bei Ihnen buche, möchte ich wissen:

Hat man auch freien Blick aufs Wasser?«

»Nein, leider nicht, die Ruhestätten liegen etwa 900 Meter landeinwärts mit Blick auf die Straße *An der Mühle*. Aber in unmittelbarer Nähe der St. Andreas Kirche.«

»In die Kirche wollen wir wohl eher nicht.«

»Nun, das ist natürlich Ihre Entscheidung. Wir können Ihnen auch gerne einen freien Redner vermitteln, der die Kirche umgeht und direkt an den Ruhestätten ein paar passende Worte spricht.«

»Gott bewahre, das fehlt noch, dass uns einer ins Nirwana labert. Nee, das brauchen wir nicht. Wir trinken vorher den einen oder anderen Absacker, danach ist sowieso Ruhe im Karton.«

Wutz beschlich das vage Gefühl, dass diese Unterkunft möglicherweise nicht das war, was ihm vorschwebte. Unabhängig davon, was die anderen an Ansprüchen haben mochten. Aber er wollte dennoch nicht versäumen, nach dem Preis zu fragen. Wenn es sich um ein gutes Angebot handelte, wäre es ja zumindest überlegenswert.

»Und was kostet das pro Person?«

»Nun, ein normaler Ruheplatz im südlichen Bereich des Areals liegt bei etwa 1900 Euro.«

Wutz fiel die Kinnlade runter. Erst nach einigen Sekunden sprachloser Starre löste sich langsam die Verspannung, die ihn erfasst hatte und versetzte ihn in die Lage, mit wohlüberlegten Worten sanft zu protestieren: »Ich will Ihre Butze doch nicht kaufen! Was ist denn das für'n Wucherpreis?«

Der Mann am anderen Ende hüstelte heiser.

»Nun, darin inbegriffen ist natürlich ein schweres, solides Eichenmöbel mit sechs Haltegriffen und exklusiver Seideninnenausstattung sowie einer Laufzeit von zwanzig Jahren.«

»Zwanzig Jahre? Mann! Was sollen wir denn zwanzig Jahre in Büsum?«

»Nun, vielleicht erwacht bei den Angehörigen ja irgendwann einmal das Bedürfnis, die Ruhestätten zu besuchen und sich den Lieben nahe zu fühlen. Da ist eine lange Laufzeit schon von Vorteil.«

»Soweit kommt das noch! Wir wollen lediglich eine Nacht bleiben ... ein bisschen Spaß haben ... ein bisschen hier ... ein bisschen da ... und dann nix wie weg!«

Am anderen Ende blieb es still. Es knackte es leise. Dann ertönte das Besetztzeichen. Der andere hatte aufgelegt.

Wutz brauchte eine gewisse Zeit, das soeben Gehörte zu verarbeiten. 1900 Euro. Völlig indiskutabel, selbst wenn darin bereits die Kurtaxe enthalten war. Und die Laufzeit von zwanzig Jahren war eh ein Bauernfängertrick. Wer macht schon zwanzig Jahre Urlaub? Höchstens Rentner. Und die schaffen es wahrscheinlich noch nicht einmal, die zwanzig Jahre vollzumachen.

Je länger Wutz darüber nachdachte, desto mehr wurde ihm bewusst, dass die in Büsum einen Knall haben mussten. Er beschloss, es später unter Umgehung der Touristeninfo noch einmal direkt bei einem Hotel zu versuchen. Vielleicht gab es doch noch günstigere Übernachtungsangebote.

Er sah auf die Uhr. Noch viel zu früh, um seine Nachbarin aufzusuchen. Also könnte er sich schon mal um das Veranstaltungsprogramm kümmern. Was für Möglichkeiten gab es in Büsum? Ein Museumsbesuch! Am besten eines, in dem man gemütlich vor einer Leinwand sitzen und einem Film zugucken konnte. Möglichst lange.

In Büsum bot sich natürlich eine Wattwanderung an. Obwohl sie das in Cuxhaven selbst hatten. Andererseits sah das Watt woanders auch anders aus. Und die Wattwürmer in Büsum waren bestimmt auch ganz andere als die Wattwürmer in Cuxhaven. Auch wenn die sich vielleicht kannten.

In Wutz keimte eine Idee und nahm konkrete Formen an: Büsum und Cuxhaven, das waren doch art- und seelenverwandte Orte! Was in Cuxhaven möglich war, war auch in Büsum möglich. Und was in Cuxhaven angeboten wurde, konnte auch in Büsum gebucht werden. So simpel war das.

Er schlurfte zur Garderobe und fischte sich die *Cuxtipps*, das Veranstaltungsmagazin für Cuxhaven, aus dem Regenschirmständer heraus. Das war ihm vor vier Jahren da reingefallen, er konnte sich noch gut daran erinnern. Es war ihm immer wichtig gewesen, im Haushalt die Übersicht zu behalten. Diese Sorgfalt war ihm als Buchhalter quasi in Fleisch und Blut übergegangen.

Das Alter der *Cuxtipps* spielte eh keine Rolle, die Veranstaltungen waren sowieso immer die gleichen.

Er schlug das dünne Heft auf: Wattwanderung – das hatte er schon. Wattwagenfahrt mit dem Pferdefuhrwerk zur Insel Neuwerk – das gab's in Büsum natürlich nicht. Große Hafenrundfahrt – gab es die in Büsum? Bei dem kleinen Hafen? Nee, da war man wahrscheinlich nach zwei Minuten schon wieder an Land, das machte keinen Spaß.

Aber hier: Fahrt zu den Seehundbänken. Das war was. Sowas hatte er noch nie mitgemacht und wie er wusste, die anderen ›Vollpfosten‹ auch nicht. Eduard von Hademarsch hatte sogar einmal gesagt: »Was soll ich bei den Seehunden?

Ich bin schon froh, wenn mir keine Straßenköter zwischen die Beine laufen und Flöhe und anderes Ungeziefer auf mich übertragen. Haben Seehunde eigentlich auch Zecken?«

Wutz nahm noch einmal den klebrigen Zettel mit der Telefonnummer der Touristeninfo zur Hand. Was hatte er vorhin als viertletzte Ziffer gewählt? Eine 3 oder 5? Oder eine 8? Wutz versuchte es mit der 9.

Es tutete nur zweimal, dann meldete sich eine freundliche Frauenstimme: »Touristeninformation Büsum, Lierwitz.«

»Hier Wutz ...«

Die Dame am anderen Ende korrigierte: »Lierwitz.«

»Was?«

»Mein Name ist Lierwitz, nicht Hierwutz.«

»Das mag ja sein, aber ich habe Sie auch gar nicht gemeint. Ich hatte mich selbst mit ›hier Wutz‹ gemeldet.«

»Ich bitte vielmals um Entschuldigung, Herr Hierwutz.«

»Nicht Hierwutz ... nur Wutz!«

»Okay, was kann ich für Sie tun, Herr Nurwutz?«

Wutz nahm's gelassen. »Also, wir wollen mit zwölf Personen Büsum besuchen ...«

Er stockte. Zwölf Personen – konnte er wirklich davon ausgehen, dass sie zu zwölft sein würden? Was wäre, wenn Aneta sich querstellte, Theater machte und nicht mitfahren wollte? Vielleicht sollte er das zunächst offen lassen.

»Also, genauer gesagt, kommen wir mit elf Leuten und einer Polin und wollen ein bisschen Spaß haben.«

»Oh!«

»Was oh? Haben Sie was gegen Polen?«, empörte sich Wutz.

»Ich habe überhaupt nichts gegen Polen oder Schweden!«

»Wieso Schweden?«

»Ich meine ja nur ... Sie kommen also mit elf Männern und einer polnischen Dame ...«

»Sagen Sie mal – Sie bringen ja alles durcheinander«, beschwerte sich Wutz. »Es sind natürlich nicht nur Männer, wir sind gemischt, sozusagen von allem etwas – und eine Polin.«

»Okay, und womit kann ich Ihnen behilflich sein?«

»So eine Seehundfahrt zur Bank ...«

»Sie meinen eine Ausflugsfahrt zur Seehundbank?«

»Genau! Was ich wissen will: Sind die Seehunde da auch alle echt? Also richtige ... äh ... Seehunde?«

Die Dame mit der freundlichen Stimme bemühte sich spürbar, die freundliche Stimme beizubehalten.

»Natürlich sind die echt, selbstverständlich!«

»So natürlich ist das ja nun auch wieder nicht.«

Wutz gab seiner Stimme einen weltmännischen Unterton. »Ich war mal in Disney World in Orlando – das ist in Amerika, müssen Sie wissen ...«

»Ich weiß«, sagte sie spitz.

»Genau.« Wutz ließ sich nicht aus dem Konzept bringen. »Jedenfalls hatten die da auch so'n Bären rumlaufen: *Baloo*, der Bär. Und soll ich Ihnen was sagen? Das war nur ein Kostüm! Da steckte einer von diesen Angestellten drin! Was sagen Sie denn dazu?«

Die Dame von der Touristeninfo sagte nichts dazu.

»Jedenfalls möchte ich vermeiden, dass wir für viel Geld zur Seehundbank donnern, nur um festzustellen, dass sich dort anstelle echter Seehunde nur verkleidete Studenten auf der Sandbank rumlümmeln. Verstehen Sie, was ich meine?«

Am gedämpften Rauschen merkte Wutz, dass die Dame am anderen Ende die Hand über die Sprechmuschel gelegt hatte. Wahrscheinlich musste sie sich erst mit einer Kollegin beraten.

Dann meldete sie sich zurück. »Sie können ganz beruhigt sein, Herr Nurwutz. Unsere Seehunde sind echt. Soll ich Ihnen ein Prospekt über die Ausflugsfahrten zur Seehundbank mit der *Lady von Büsum* zuschicken?«

Wutz fiel fast der Hörer aus der Hand. »Moment mal! Lady von Büsum? Nix da! Wir brauchen keine Begleitung – und schon gar nicht von irgendwelchen Ladies!«

Wieder wurde die Hand über die Sprechmuschel gelegt. Dann sagte sie: »Die *Lady von Büsum* ist der Name des Schiffes, das unsere Gäste zur Seehundbank bringt – soll ich Ihnen zwölf Plätze reservieren?«

Wutz kam das Ganze plötzlich ziemlich suspekt vor.

»Nein, nein! Ich melde mich wieder.«

Dann legte er auf.

8

Nachdem ihr Mann sich verabschiedet hatte, um den mysteriösen – oder sollte man sagen: den aberwitzigen – Brand in der Geestenwerder Feuerwache zu untersuchen, deckte Grete Durchdenwald den Tisch ab und brachte das Geschirr in die Küche. Bis auf die Kaffeekanne und Tasse. Da könnte sie nach der Behandlung noch in Ruhe ein Tässchen nehmen.

Sie hatte noch fünfzehn Minuten Zeit, bis ihre erste Patientin kam. Das reichte gerade, um die Liege im Wohnzimmer aufzubauen, Handtücher bereitzulegen und sich die weiße

Leinenhose und das weiße Shirt anzuziehen. Schließlich musste sie als Physiotherapeutin nicht nur einen adretten, sondern auch einen professionellen Eindruck machen.

Die Zeit reichte sogar noch, eine Zigarette auf der Terrasse zu rauchen. Dabei wäre sie beinahe wieder über die hervorstehende Türschwelle gestolpert. Wird Zeit, dass sich ihr Göttergatte bald darum kümmerte.

Als es an der Tür klingelte, drückte sie die Zigarette aus, ging durchs Wohnzimmer zum vorderen Teil des Hauses und öffnete die Tür.

»Frau Niemeyer – schön, dass Sie so pünktlich sind.«

Sie setzte ihr freundliches Therapeutinnenlächeln auf und deutete eine einladende Bewegung in Richtung Wohnzimmer an.

Die Angesprochene zog ein Gesicht, als würden die nächsten fünf Minuten die letzten ihres Lebens sein.

»Hören Sie bloß auf!«

Mit einem unwilligen Wink wollte sie die Qual ihres Daseins unterstreichen, zuckte aber sogleich zusammen: »Aaaooohhh ... meine Schulter!«

»Oh, Sie Arme!«

Grete Durchdenwald spitzte den Mund und sog mitleidend die Luft hörbar ein.

»Aber nun kommen Sie doch erst einmal rein.«

Sie schloss die Tür. »Gehen Sie schon mal durch und legen Sie sich auf die Liege, Sie kennen sich ja aus. Ich hole nur schnell die warmen Handtücher aus dem Backofen.«

Auf dem Weg in die Küche hörte sie Hannah Niemeyer bedenklich keuchen, stöhnen und ächzen. Grete Durchdenwald ließ sich bewusst Zeit, hantierte völlig sinnfrei, aber laut klappernd mit leeren Töpfen und Bestecken herum, um ihrer Patientin Zeit zu geben, sich auszukleiden und auf die Liege zu legen.

Bei der letzten Behandlung vor zwei Tagen hatte sie sich arg abmühen müssen, die jammernde Niemeyer auf die Liege zu ziehen, zu drücken und zu wuchten. Das wollte sie sich nicht noch einmal antun.

Drei Minuten später war es still im Wohnzimmer. Sie nahm die Handtücher und ging ins Wohnzimmer.

»Oh, Sie haben sich ja schon selbst auf die Liege gelegt. Ging es denn einigermaßen schmerzfrei?«

Hannah Niemeyer lag bäuchlings auf der Liege, mit dem Gesicht auf einem Frotteehandtuch, die Arme seitlich schlaff herunterhängend.

»Uuurrghh …«, grummelte sie undeutlich ins Handtuch.

Grete Durchdenwald legte ihr die Hand sachte auf den Rücken. »Das Problem ist der Trapezmuskel. Der ist völlig verspannt, das zieht sich bis in den Schulterbereich hinein.«

Sie drückte ihren Daumen leicht auf eine Stelle zwischen Nacken und Schulter. Sofort verkrampfte sich Hannah Niemeyer und schrie gepeinigt auf. »AUUUU-AAAAAHHH!«

»Sehen Sie, das meine ich. Die Muskeln sind völlig verhärtet. Das dauert, bis wir das wieder schmerzfrei kriegen.«

Sie legte Hannah Niemeyer eines der warmen Handtücher auf den Rücken ein weiteres in den Bereich des Nackens und der rechten Schulter.

»So, dann bleiben Sie mal einen Moment ganz locker liegen und entspannen sich. Die Wärme wird Ihnen gut tun.«

Grete Durchdenwald zog sich einen Hocker heran.

»Und? Geht es?«

Die Patientin nickte stumm.

»Wissen Sie, solche Verspannungen kommen nicht von ungefähr. Es kommen viele Ursachen dafür in Frage: schlechte Haltung, verkrampftes Sitzen oder auch falsche Bewegungsabläufe, zum Beispiel beim Treppensteigen oder Fensterputzen.«

»Fensterputzen?«, fragte Hannah Niemeyer ins Handtuch.

»Ja, man glaubt das gar nicht. Aber es kommt häufig vor. Vor allem bei Frauen, die sonst nie oder nur sehr unwillig die Fenster putzen.«

»Wie bitte?« Frau Niemeyer hob empört den Kopf.

»Um Himmel willen ... verstehen Sie das nicht falsch. Ich meinte lediglich, dass Menschen, die eine Arbeit unwillig verrichten, sich ofmals dabei verkrampfen und verspannen.«

Sie tätschelte ihr beruhigend den Oberarm.

»Ich weiß ja, dass Sie nicht zu dieser Sorte Mensch gehören. Nicht nur ich habe schließlich beobachtet, dass Sie ständig an Ihren Fenstern rumwischen.«

»Was?«

Hannah Niemeyer hob wieder den Kopf und schien im Begriff, von der Liege aufzustehen, entschied sich dann aber anders und legte sich wieder flach.

Grete Durchdenwald lachte unsicher.

»Was rede ich denn da? Entschuldigen Sie, das sind ja entsetzlich missverständliche Formulierungen. Aber Sie wissen, wie ich das gemeint habe, nicht wahr, liebe Frau Niemeyer?«

»Na ja ... wenn ich Sie nicht besser kennen würde, würde ich denken, dass Sie einen an der Klatsche haben.«

Beide lachten, wobei das Lachen von Grete Durchdenwald etwas kurz geriet und das Lachen von Frau Niemeyer schnell wieder in klagendes Winseln überging.

»Booaahhh ... das schmerzt!«

Sie blies die Luft zwischen ihren zusammengepressten Lippen aus wie ein betagter Trompeter bei seinem letzten Solo.

»Aber mal ganz was anderes: Ich habe gehört, Sie fahren mit den ›Vollpfosten‹ nach Büsum?«

»Ja, nächste Woche soll's losgehen.«

»Schön! Und wie lange bleiben Sie?«

»Ach ...«, winkte Grete Durchdenwald ab. »Ob das schön wird, vermag ich jetzt noch nicht sagen. Wir bleiben auch nur über Nacht dort, fahren Samstagvormittag hin und Sonntagnachmittag wieder zurück.«

»Ist doch super!«

»Na ja ... kennen Sie Wutz?«

»Meinen Sie den Wutz, der bei Köhler in der Buchhaltung sitzt und den Leuten immer zu spät das Gehalt überweist?«

»Genau den. Der ist mit der Reiseplanung betraut. Bis jetzt wissen wir alle noch nicht, was uns auf dieser Fahrt erwartet.«

Grete Durchdenwald seufzte. »Und wenn ich ehrlich bin, habe ich überhaupt keine Erwartungen an das Wochenende in Büsum.«

Hannah Niemeyer seufzte: »Büsum!«

»Das hört sich ja nicht begeistert an.« Grete Durchdenwald beugte sich leicht vor. »Schlechte Erfahrungen?«

Hannah Niemeyer schwieg. Nach einer ganzen Weile sagte sie: »Mein Mann stammt aus Büsum.«

»Oh! Das ist aber schön!«

»Schöner wär's gewesen, wenn er in Büsum geblieben

oder ich gar nicht erst hingefahren wäre.«

»Frau Niemeyer! So schlimm wird's doch wohl nicht sein.«

»Haben Sie schon mal einen Angler näher kennengelernt?«

Grete schüttelte den Kopf. »Nein. Ich sehe zwar einige an der Elbe hocken, aber ... nee, bis jetzt habe ich noch keinen von denen persönlich kennengelernt.«

»Seien Sie froh.«

Hannah Niemeyer schwieg wieder, kramte offenbar nach unschönen Erinnerungen in ihrem Kopf. Dann fuhr sie fort: »Ich war damals gerade einundzwanzig, hatte keine Ahnung vom Leben und nur träumerisch verklärte Vorstellungen von den Männern.«

»Das hört sich doch romantisch an!«

»Ja, hört sich so an. Ich bin damals über Pfingsten neugierig nach Büsum gefahren. Am Büsumer Hafen stand ein blendend aussehender, sportlich gestählter junger Mann und hielt seine Angel ins Hafenbecken.«

»Darf man das denn?«, staunte Grete Durchdenwald.

»Nee, darf man nicht! Aber das war dem sowieso egal. Der hat überall geangelt. Sogar im Zoo. Na, jedenfalls guckte er damals verträumt aufs Wasser und hielt stur seine Angel ins Hafenbecken. Naiv wie ich war, bin ich interessiert hingeschlendert und war ganz gespannt, ob er wohl einen Fisch fangen würde. Das hatte er dann auch.«

Sie brach ab und atmete tief durch. Die Erinnerung machte ihr sichtlich zu schaffen.

»Jedenfalls zuckte es plötzlich an seiner Angel, er kurbelte wie wild die Angelschnur ein, und als der Fisch an die Wasseroberfläche gezappelt kam, riss er ruckartig die Angelrute hoch, der Fisch schwang an der Leine nach oben und klatschte mir ins Gesicht.«

»Bäh!«, sagte Grete Durchdenwald.

»Ja – bäh!«

»Und dann?«

»Dann kam der junge Mann auf mich zu, nahm mein Gesicht in beide Hände und küsste mir die Wange, an die der Fisch geklatscht war. Dieser blendend aussehende, sportlich gestählte junge Mann hörte gar nicht mehr auf zu küssen.«

»Oh nein! ... Wie romantisch!«

»Ja, das dachte ich damals auch. Und es endete damit, dass ich ihn geheiratet habe.«

»Ooooohhh ...!«, hauchte Grete Durchdenwald. »Schön!«

»Nix schön! Später stellte sich raus, dass er mich nur geküsst hatte, weil es sein allererster Fisch war. Das hat ihn so begeistert, dass er möglichst viel von dem Fischgeruch in sich aufnehmen wollte. Der Spinner hat mich nicht geküsst, ... der hat mir nur die Reste vom Fisch von der Wange gelutscht!«

Grete Durchdenwald machte ein Gesicht wie eine Scholle, der man auf den Schwanz getreten ist.

»Das glaube ich jetzt nicht! Sie übertreiben!«

»Ich übertreibe nicht. Der Mann ist krank! Echt! Ich war einmal mit dem beim Fischhändler. Mein Gott, war das peinlich! Der hat jeden einzelnen Fisch begrüßt, als wären das seine besten Kumpels.«

»Das gibt's doch nicht!«

»Doch, das gibt's! Der ist sogar vor einem Glas mit Rollmöpsen stehengeblieben und hat gesagt: ›Hallo Rolli!‹«

Grete Durchdenwald schwieg. Dazu fiel ihr nichts Gescheites mehr ein. Sie schob den Hocker zur Seite und nahm die Handtücher vom Rücken ihrer Patientin.

»So, das ist jetzt schön durchgewärmt, dann beginnen wir mal mit der Behandlung.«

»Aus dem blendend aussehenden, sportlich gestählten jungen Mann ist dann ziemlich schnell ein nach totem Fisch riechender, griesgrämiger alter Lump geworden. Wenn ich abends auf dem Sofa sitze und mir einen Film angucke, sitzt mein Mann mit dem Stuhl vorm Aquarium und guckt den Fischen zu. Dabei sind da nur zwei drin.«

Sie schniefte – sie weinte doch nicht etwa?

»Einmal kamen zu Weihnachten meine Eltern zu Besuch. Es sollte Weihnachtskarpfen geben. Mein Mann hatte einen lebenden Karpfen gekauft und ihn in der Badewanne herumschwimmen lassen. Dann hat er seine Angel geholt und sich vor die Badewanne gesetzt. Es endete damit, dass ich ein paar Würstchen aufwärmen musste, weil der Karpfen bis Mitternacht immer noch nicht angebissen hatte.«

Schweigend schraubte Grete Durchdenwald die Flasche mit dem Massageöl auf, verteilte es gleichmäßig auf dem Rücken ihrer Patientin und nahm sich vor, die Straßenseite zu wechseln, wenn sie demnächst Herrn Niemeyer begegnen sollte.

Sachte tastete sie den Nacken und die daran anschließende Rückenpartie ab. An einem Punkt verharrte sie.

»Hier! Spüren Sie das? Eine leichte Wölbung, ein kleiner Knubbel ... und hier und hier auch! Das sind die sogenannten Triggerpunkte. Wulstartige Verhärtungen der Muskulatur.«

Sie zog die Hand zurück.

»Die gilt es zu behandeln. Das wird etwas schmerzhaft, aber es hilft nichts: Da müssen Sie durch! Sind Sie bereit?«

Hannah Niemeyer nickte und presste ihr Gesicht wieder ins Frotteehandtuch.

Die Physiotherapeutin ertastete den Knubbel und ohne Druck befühlte sie ihn mit kreisenden Bewegungen.

»Tut das weh?«

Ganz leicht drückte sie den Daumen auf den Knubbel.

»BOOOAAAHHHH ... !«

Hannah Niemeyer bäumte sich auf und schrie, als ziehe man ihr die Fingernägel mit einer Rohrzange raus.

»Na, so schlimm kann das doch gar nicht gewesen sein. Ich habe doch nur ganz leichten Druck ausgeübt.«

Wieder massierte sie den Triggerpunkt mit kreisendem Daumen.

»AUUUU-AAHHH ....!«

Die beiden Frauen, die auf dem Nachbargrundstück dabei waren, das Gestrüpp am Gartenzaun zu beschneiden, zuckten zusammen und sahen sich fragend an.

»OOOUUUHHHHRRRGG ...«, kamen erneut durchdringende Schmerzensschreie aus dem Haus der Durchdenwalds. Die beiden Damen wussten zwar, dass Frau Durchdenwald eine Physiopraxis zuhause betrieb – aber war das noch Behandlung?

»BOOOAAAHHH ... AUUU!«

Das hörte sich nach Folter an.

»Sollten wir nicht lieber die Polizei rufen?«, fragte eine der beiden und versuchte, einen Blick durch die offene Terrassentür des Nachbarhauses zu werfen. Aber soweit sie sich auch über den Zaun lehnte, sie konnte nichts erkennen.

»Ich weiß nicht«, meinte die andere.

»Ob der Doktor seine Frau verprügelt?«

Die andere zuckte mit den Schultern.

»Keine Ahnung. Aber wenn, dann doch eher umgekehrt. Hast du mal gesehen, was die für 'ne Konfektionsgröße hat? Wenn die zuschlägt, möchte ich nicht in der Nähe sein.«

Drinnen im Haus versuchte die Physiotherapeutin ihre Patientin zu beruhigen.

»Einmal noch, dann war's das für heute.«

Sie drückte auf den Triggerpunkt.

»AAAAUUUUU-OOOHH!«

Hannha Niemeyer bäumte sich abermals auf. Sie hatte Tränen in den Augen.

»Das ist ja nicht auszuhalten!«, keuchte sie und verbarg ihr Gesicht im Handtuch, das von Tränen schon völlig durchfeuchtet war.

Grete Durchdenwald tätschelte ihr erneut den Oberarm.

»Jetzt haben Sie's ja geschafft. Sie werden sehen: Zwei, drei Behandlungen noch, dann sind Sie wieder ganz die Alte.«

»Die Alte?«

Grete Durchdenwald lächelte. »... wieder ganz die Junge, meinte ich natürlich. So, ich bringe jetzt die Handtücher ins Bad. Sie können sich ja zwischenzeitlich wieder anziehen.«

Sie hatte gerade die Handtücher in die Wäschetruhe geworfen, als sie ein durchdringender Schrei aus dem Wohnzimmer erreichte.

»BOOOOAAARRHHH ... AUUUHH!«

Besorgt eilte sie zurück.

»Was ist passiert?«

Hannah Niemeyer stand neben der Liege, allerdings in einer völlig bizarren Haltung, die an Quasimodo, den Glöckner von Notre Dame erinnerte. Mit schmerzverzerrtem Gesicht klammerte sie sich mit einer Hand an der Liege fest, die andere Hand hing schlaff herunter.

Sie stand da und rührte sich nicht. Bewegungslos wie eine 400-Meter-Lagen-Schwimmerin auf dem Startblock kurz vor dem Startschuss. Vornübergebeugt mit baumelnden Armen, angestrengt nach vorne starrend.

Grete Durchdenwald beugte sich zu ihr hinunter. »Was ist los?«

»Aaaahhh ...«, stöhnte sie. »Hexenschuss.«

»Ach, du lieber Himmel! Ja, was machen wir denn da? Soll ich einen Arzt rufen?«

Hannah Niemeyer winkte ab. »Das geht gleich wieder.«

»So sieht das aber nicht aus. Soll ich nicht doch lieber nach einem Krankendienst rufen? Der kann Sie zumindest sicher nach Hause begleiten.«

»Nein, das geht schon. Ich kenne das, hatte ich schon einmal. Damals in Büsum.«

Grete Durchdenwald fragte nicht nach. Sie fand, dass es besser war, nicht allzuviel über Hannah Niemeyers Büsumer Vergangenheit zu wissen.

»Wollen Sie sich nicht lieber setzen?«

»Nee, ich schaffe es schon so nach Hause ... muss nur ganz vorsichtig und langsam gehen ...«

»Dann gehen Sie wenigstens hinten raus. Über die Terrasse und durch den Garten, da ist der Weg zu Ihnen nach Hause kürzer.«

Hannah Niemeyer tastete sich vorsichtig voran. Bei jedem Schritt stöhnte sie leise auf. Dann verhielt sie wartend, setzte wieder Fuß für Fuß voran, gebeugt wie die Hexe aus Hänsel und Gretel.

Langsam schob sie sich der Terrassentür entgegen, wachsam begleitet von der Physiotherapeutin, die nicht wagte, sie zu stützen, aus Angst, einen falschen Griff zu tun.

Auf dem Nachbargrundstück standen die Damen immer noch ratlos am Zaun und beobachteten das Haus der Durchdenwalds.

Plötzlich erblickten sie eine tief nach vorn gebeugte Frau, die sich langsam aus dem Dunkel des Wohnzimmers hervorquälte. Sie hatte eine so extrem gekrümmte Haltung, dass man Angst haben musste, sie könne jeden Moment vorn überkippen.

Stöhnend erreichte sie die Terrassentür, wollte über die Schwelle schlurfen, da blieb sie mit dem Fuß an der Türschwelle hängen, stolperte, konnte sich nicht mehr halten, und mit einem gellenden Aufschrei fiel sie kopfüber nach vorn gegen den Terrassentisch. Verzweifelt nach Halt suchend, erwischte sie die Tischdecke und riss sie im Fallen mit sich.

Was dann folgte, sollte die beiden Damen auf dem Nachbargrundstück noch lange beschäftigen: Mit der Tischdecke wurden auch die Kaffeekanne und Kaffeetasse vom Tisch gezogen. Während die Tasse klirrend auf den Terrassenfliesen zersprang, fiel die Kaffeekanne mit einem hässlichen *Bums* der Frau auf den Hinterkopf.

»BOOOUUAAAAAHHHH!«, hallte ihr langgezogener Schrei durch die Gärten der Siedlung und ließ die beiden Damen erschauern.

Die größere der beiden erzählte später, sie könne sich nicht erinnern, jemals solch einen entsetzlichen, durch Mark und Bein gehenden Schrei gehört zu haben.

Die andere Dame meinte, es hätte sich angehört, als wäre Tarzan mit einem doppelten Salto vom Affenbrotbaum gesprungen und auf einer Reißzwecke gelandet.

9

Büsum. Kommissar Drösel saß nachdenklich an seinem Schreibtisch. Dieses Notkommissariat im ehemaligen Fischkontor, die damit einhergehenden stinkigen Umstände, eigentlich das ganze Leben – alles war so entsetzlich trostlos und deprimierend. Wie gerne würde er jetzt auf dem Deich von Pellworm sitzen, den Blick über die unendliche Weite des Wattenmeeres schweifen lassen, die leichte Brise genießen, die ihm sanft um die Ohren streicht und ihm die würzigen Düfte der Insel in die Nase trägt – ein Gemisch aus jodhaltiger Luft, salzigem Nordseewasser, aromatischem Dünger, süßlichen Sonnenschutzcremes und überreifen Bratwürsten.

Plötzlich schoss ihm ein Gedanke in den Kopf, der seine Gesichtszüge schlagartig glättete: Urlaub!

Er hatte noch zwanzig Tage Urlaub, die würde er jetzt buchen. Jetzt sofort! Ob er nun hier in diesem Fischgestanksbüro, in dem nichts zu tun war, die Zeit absaß, und ob er in Büsum, wo noch nie was passiert war und auch nie was passieren wird, Lebenszeit verplemperte, war völlig wurscht. So bedeutungslos wie die Windrichtung bei Windstille.

Kurz entschlossen warf er den Stift zur Seite, mit dem er Strichmännchen in seinen Tagesbericht gemalt hatte, stand auf und machte sich auf den Weg zum Reisebüro.

Zehn Minuten später lenkte Drösel den grauen Dienstwagen durch den dichten Vormittagsverkehr in Richtung Innenstadt. Er hasste das Autofahren, seit die Städte dermaßen mit Baustellen zugepflastert waren, dass ihm der Begriff ›Automobil‹ wie der reine Hohn vorkam. Stattdessen erschien ihm der Terminus ›Autostabil‹ weitaus passender.

Schleichwege, auf denen man die schlimmsten Engpässe umfahren konnte, kannte er in Büsum leider noch nicht. Wahrscheinlich gab es auch keine mehr, denn wenn das Bauamt feststellte, dass es noch freie Strecken gab, auf denen sich prima Baustellen einrichten ließen, dann richteten sie dort auch prima Baustellen ein.

Es gab drei Sorten von Baustellen: Da war einmal die prophylaktische Baustelle. Im eigentlichen Sinne war das keine richtige Baustelle, sondern einfach nur eine zufällige und sinnlose Anhäufung von Baustellenschildern, Hinweisschildern, Straßenschwellern, Absperrbändern und künstlichen Fahrbahnverengungen, die einzig und allein den Zweck hatten, den ahnungslosen Autofahrer behutsam darauf vorzubereiten, dass dort möglicherweise, unter Umständen, demnächst vielleicht eine Baustelle eingerichtet werden könnte, wenn sich die Gegebenheiten als einigermaßen passend erweisen sollten.

Als nächste Stufe kamen die Kleinbaustellen. Das waren die Baustellen, bei denen es lediglich darum ging, einen einzelnen Pflasterstein auszuwechseln. Um aber dem unbedarften Bürger vor Augen zu führen, welch immense intellektuelle, konzeptionelle und logistische Planungen dafür aufzubringen sind, stellte man sämtliche Baken, Schilder,

Barrieren, Hütchen und sonstige Hindernisse auf, derer man habhaft werden konnte. Dann überließ man die Baustelle sich selbst und dem Zahn der Zeit.

Die nächste Eskalationsstufe waren die Großbaustellen, bei denen absolut nichts mehr ging. Wer hierin feststeckte, musste mit dem Tod durch Verhungern und Verdursten rechnen. Man lief Gefahr, erst Jahre später als verdörrte Leiche aus der von Rost zerfressenen Karosserie herausgezogen zu werden. Was dann mit Sicherheit auch noch ein Strafmandat wegen unzulässigen Parkens auf öffentlichen Baustellen nach sich ziehen würde.

Drösels Laune verschlechterte sich mit jedem Meter, den er gewann. Als er endlich die Innenstadt erreicht hatte, war sein Stimmungsbarometer auf dem Nullpunkt angelangt.

Vor ihm lag das Reisebüro *Globetrotter*. Drösel machte sich erst gar nicht die Mühe, lange nach einem Parkplatz zu suchen, sondern stellte seinen Wagen direkt vor dem Reisebüro auf dem Gehsteig ab. Mit dem Dienstwagen war das keine Mutprobe.

Er trat ein und sah sich um.

Ein älterer Herr mit hagerem Hals, stechenden Augen und dem Gehabe eines nervösen Truthahns blätterte mit knochigen Fingern in einem Prospekt und räusperte sich alle zehn Sekunden. Vielleicht steckte ihm noch das Hühnerfutter vom Vortag im Hals.

Eine füllige Dame in einem geblümten Kleid, das für sich allein schon ein Mordmotiv darstellte und in jeder Asservatenkammer streng getrennt von allen übrigen Objekten aufbewahrt werden würde, stand schwer atmend vor einem Monitor, auf dem ein Kreuzfahrtschiff behäbig von links nach rechts fuhr. Ihre Hand umkrampfte einen Hundeleine, an dessen Ende sich ein Hund langweilte, der etwas kleiner als ihre Handtasche war. Außerdem sah er aus, als würde er jeden Morgen als erstes ein paarmal mit der Schnauze frontal gegen die Wand laufen.

Ganz hinten in der Ecke kicherten zwei Jugendliche von etwa fünfzehn Jahren. Sie fummelte eifrig an ihrem Smartphone herum und er nicht minder eifrig an ihrem Pullover.

Drösel wandte sich an eine blonde Mähne, die über ein Smartphone gebeugt war. Als die Mähne ihn nahen hörte, hob sie träge ihr Haupt und zeigte ein junges Gesicht, das möglicherweise als hübsch hätte bezeichnet werden können, wenn es nicht so grob zugekleistert gewesen wäre. Fingerdicke Augenbrauen, schwarz verklumpte Wimpern und schlauchbootartig aufgespritzte Lippen gaben ihr ein Aussehen, als sei sie gegen irgendwas allergisch – gegen die Arbeit vielleicht?

Dazu zeigte sie eine äußerst unwillige Miene, die ihr aber offensichtlich naturgegeben war.

Drösel musterte sie eingehend und suchte nach Rissen in der eingetrockneten Puderschicht.

»Was?« In diese unwirsche Frage legte sie ihre ganze Abneigung gegen Kunden, die es wagten, sie beim Posten ihrer Facebook-Einträge zu stören.

Drösel ignorierte den frechen Tonfall.

»Ich hätte gerne einen Reiseprospekt von Pellworm.«

»Pellworm ... aha«, stellte sie fest. Es hörte sich an, als empfände sie schon allein das als eine Unverschämtheit.

Dann wiederholte sie tonlos: »Pellworm.«

Es hörte sich an, als sei für sie die Sache bereits erledigt.

»Ja, Pellworm!«

Drösel spürte, wie sich seine Galle verkrampfte. »Haben Sie keinen Prospekt von Pellworm?«

»Pellworm? Was soll das sein? Wo liegt das überhaupt?«

Drösel starrte sie entrüstet an.

»Das kann doch nicht wahr sein! Sie wissen nicht, wo Pellworm liegt?«

»Na und?« entgegnete sie schnippisch. »Ich bin erst im zweiten Lehrjahr, da kann man ja wohl nicht verlangen, dass ich schon alle Städte der Welt kenne, oder?«

»Pellworm ist keine Stadt, sondern eine Insel.«

»Ja und? Insel? In der Karibik oder was?«

Drösel fasste es nicht. Der unverschämte Ton dieser Blondlocke machte ihn wütend. Und noch wütender machte ihn die Tatsache, dass diese dumme Göre nicht den Hauch einer Ahnung hatte, welch unvergleichliche Naturschönheiten sich vor der nordfriesischen Küste den ungestümen Wellen der Nordsee entgegenstemmten.

Karibik – ja, das kannten sie alle. Schickimicki in vollklimatisierten Cocktailbars, dümmliche Animationsspielchen am clubeigenen Pool und allgemeines Showhüpfen braungebrannter Silikonbusen am Strand mit Bikinis, die in eine Streichholzschachtel passten. Und nach dem Urlaub kommen sie nach Hause, von der Sonne versengt, übersättigt von der Lust an der Lust, kaputt von der eigenen Action und urlaubsreifer als vorher. Aber von Pellworm hatte natürlich keiner von ihnen je etwas gehört.

Drösel verzog das Gesicht und blickte die Blonde fassungslos an. »Wissen Sie eigentlich, dass Pellworm direkt vor der Haustür liegt?«

Sie warf einen unsicheren Blick zur Ladentür und rückte dann mit gekrauster Stirn ihren Stuhl etwas zurück. Dabei ließ sie Drösel nicht aus den Augen.

»Das kann ja jeder behaupten«, maulte sie leise.

»Mein Gott, Herzchen!«

Drösel musterte sie mit zusammengekniffenen Augen. »Sie haben ja überhaupt keine Ahnung ...«

»Ich bin nicht Ihr Herzchen.«

»Ist Ihnen eigentlich klar, dass Pellworm eines der letzten Naturparadiese auf dieser Erde ist? Entspannung pur, dort kann man noch die Seele baumeln lassen ...«

»Jaja«, sagte sie gelangweilt und wandte sich Kaugummi kauend wieder ihrem Smartphone zu.

Drösel schloss die Augen und fuhr in seligen Erinnerungen schwärmerisch fort: »Einsame Deiche, begrast von friedlichen Schafen ... endloser Himmel, über den weiße Wattewölkchen gepustet werden ... weite Rapsfelder, die sich sanft im Winde wiegen ... man atmet tief durch, füllt seine Lungen mit jodhaltiger Luft ... man schmeckt förmlich die salzige See, die mit schaumgekrönten Zungen zaghaft nach dem Spülsaum leckt ...«

Die Blonde starrte ihn völlig entgeistert an.

Drösel aber war immer noch gefangen in verzückter Erinnerung: »Abgestorbene Muscheln, fädige Grünalgen und angespülter Seetang tragen die köstlichen Gerüche des fernen Atlantiks an den Deichfuß ... selbst der Dung der Schafe mischt sich mit ein und bildet mit dem kraftvollen Duft des Grases den würzigen Odem der Nordseeküste ....«

Die Blonde tippte sich an die Stirn, kaute unbeirrt auf ihrem Kaugummi herum und schaffte es dennoch, die Oberlippe angewidert hochzuziehen.

»Und Sie stehen da rum und gucken den blökenden Schafen beim Kacken zu, oder was?«

Drösel zuckte zusammen. Er fühlte, wie ihm die Röte ins Gesicht stieg. Zum einen, weil er sich schämte, dass er sich zu diesen sehr intimen Äußerungen hatte hinreißen lassen. Und zum anderen, weil ihn die kalte Wut auf diesen goldgelockten Hohlkörper packte.

Er wedelte mit dem Finger vor ihrer Nase herum und stellte seine Stimme eine Stufe lauter.

»Hören Sie mal zu, Sie hohle Miesmuschel. Sie haben ja überhaupt keine Ahnung! Sie sollten sich mal mit Ihrem gepuderten Arsch auf die Schafskacke setzen, damit sie ein Gefühl für unverfälschte Natur bekommen!«

Im Laden wurde es still.

Der Truthahn-Mann blickte auf.

Die Frau im geblümten Kleid zitterte leicht.

Der Jugendliche hörte auf zu fummeln und grinste.

Die Blonde riss die Augen auf, schnappte nach Luft, schob sich mit dem Stuhl langsam vom Schreibtisch weg, ohne dabei Drösel aus den Augen zu lassen. Dann sprang sie auf, und stolpernd verschwand sie durch die hinter ihr liegende Tür in den angrenzenden Nebenraum.

»Und bringen Sie mir den Prospekt mit«, bellte Drösel hinter ihr her.

Statt mit dem Prospekt kam sie mit einem bebrillten Mann wieder, der aussah, als würde er seine gesamte Freizeit im Fitnessstudio verbringen. Mit entschlossener Miene stapfte er auf Drösel zu und packte ihn sogleich an den Jackenaufschlägen.

»So, Freundchen, jetzt aber raus hier.«

»Erlauben Sie mal«, beschwerte sich Drösel und schüttelte die Hand des Bebrillten ab.

»Ich erlaube gar nichts. Und erst recht nicht, dass Sie meine Auszubildende mit Ihren Ferkeleien belästigen.«

Er schupste Drösel vor sich her.

»Raus hier!«

»Aber ich ...«, begann Drösel, verstummte aber, als er in die Gesichter der umstehenden Kunden sah. Offene Feindseligkeit schlug ihm entgegen. Der sauertöpfisch dreinblickende, ältere Herr mit dem Aussehen eines hungernden Truthahns, schüttelte missbilligend den Kopf. Das junge Mädchen starrte Drösel ängstlich an und drückte sich enger an ihren Freund, der Drösel frech angrinste und ihm im Schutze seiner Jacke den Daumen hochhielt.

Die füllige Dame in dem lächerlichen Blümchenkleid zog verkniffen ihren Hund mit der eingedrückten Schnauze näher zu sich. Der Hund versteckte sich hinter ihren dicken Waden und starrte Drösel hasserfüllt an.

»Was ist das bloß für ein Schwein«, keifte die Dame.

Im ersten Moment war Drösel versucht, sich als Polizist auszuweisen. Aber in Anbetracht der gänzlich verfahrenen Situation unterließ er es und entschloss sich stattdessen zu einem geordneten Rückzug.

Der Brillentyp mit der beeindruckenden Fitness schubste ihn zum Ausgang.

»Alte Sau«, keifte die Geblümte hinter ihm her.

»So ein Ferkel ...«, murmelte der Truthahn.

»Du Spinner ... ey!«, pöbelte die Blonde hinter ihm her.

Das wiederum war für den missgelaunten Köter das Signal

für ein scheußlich piepsiges Gekläffe.

Der bebrillte Mensch stieß ihn durch die Tür und schubste ihn auf die Straße.

»Lassen Sie sich hier nie wieder blicken, Sie widerlicher Fiesling!«

Einige Passanten blieben stehen und verfolgten neugierig die Szene.

»Perverses Schwein!«, rief der Geschäftsführer noch einmal und verschwand im Laden.

Drösel spürte die Blicke der Leute, ohne sie wirklich wahrzunehmen. Er öffnete zitternd die Wagentür und sprang hinein. Noch im Wegfahren sah er für einen kurzen Moment ein Gesicht, das ihm irgendwie bekannt vorkam. Er konnte es auf Anhieb nicht unterbringen.

Erst als er, wie von Furien gehetzt, mit quietschenden Reifen um die nächste Kurve radierte, fiel es ihm wieder ein: Es war das Gesicht der Polizeianwärterin Leutselig-Eckershausen, die ihn entgeistert angestarrt hatte, als er unter wüsten Beschimpfungen aus dem Reisebüro geschmissen wurde.

10

In Cuxhaven überlegte Robert Wutz derweil, wie er am bequemsten an brauchbare Informationen über die Freizeitmöglichkeiten in Büsum kommen könnte.

Das, was das Touristenbüro ihm geboten hatte, konnte man ja wohl kaum als sachdienlich ansehen. Was sollte er den ›Vollpfosten‹ heute Abend erzählen? Er hatte kein Programm vorzuweisen, keine Aktivitäten, keine Veranstaltungen.

Andererseits waren es noch fast zehn Tage bis zum nächsten Wochenende. Bis dahin würde er mit Leichtigkeit einen prall gefüllten Reiseablauf zusammenstellen können.

Kein Problem. Schließlich wäre er beinahe in die operative Geschäftsführung eines Großunternehmens gewählt worden. Da gehört die zielführende Planung kreativer Events zu den elementaren Grundlagen seines Tätigkeitsbereiches. Wenn nur nicht Köhler so geizig gewesen wäre!

Am besten erzählte er seinen Kegelfreunden vorerst nichts von seiner Entlassung. Die bekamen noch früh genug mit, dass Köhler nicht über die Mittel verfügte, ihm Zweihunderttausend zahlen zu können.

Vielleicht wäre es auch eine gute Idee, die Fahrt nach Büsum als eine noch geheime Kommandosache zu deklarieren. Genau – er würde das Ganze als *Büsumer Überraschungstour* ankündigen. Oder noch besser: *Büsumer Überraschungstour mit Kapriolen und Spektakel*

Wahnsinn! War tatsächlich *ihm* das eingefallen?

Büsumer Überraschungstour mit Kapriolen und Spektakel.

Taräh …! Was für eine Formulierung! Mehr ging nicht. Der Titel war Programm.

Was würde er in erstaunte Gesichter blicken, wenn er den ›Vollpfosten‹ seine Reise präsentierte. Sie würden bewundernd zu ihm aufblicken und sich vielleicht auch ein wenig schämen, ihn bis dahin so gering geschätzt zu haben.

Wutz musste grinsen. Und was würden sie erst staunen, wenn er ihnen Aneta als seine persönliche Reisebegleitung vorstellte. Ja, da würden sie Augen machen. Selbst wenn es ihm nicht gelänge, bis zum nächsten Wochenende interessante Veranstaltungen zusammenzustellen, würde Aneta mit ihren kurzen T-Shirts von jedem missglückten Programmpunkt ablenken. Die Männer würden sich mit geweiteten Pupillen nur auf Aneta konzentrieren, während die Damen giftig miteinander tuschelten. Da würde sich später keiner mehr an Einzelheiten der Veranstaltung erinnern.

Genial!

Wutz sah auf die Uhr. Noch drei Stunden bis zum Beginn des Kegelns im *Gasthaus zum halben Hering*. Da könnte er noch kurz die Füße hochlegen, danach bei Aneta klingeln, ob mit ihrem Bett soweit alles klar war. Und so ganz nebenbei könnte er sie fragen, ob sie mit ihm und den ›Vollpfosten‹ nach Büsum fahren würde. Zufrieden lehnte er sich zurück und schloss die Augen.

Er versank in einem rosa-schwülstigen Traum, da rissen ihn plötzlich schauderhaft dissonante Töne ins graue Dasein zurück.

Dödel-didel-dum ... dödel-didel-dum ...

Eine Unverschämtheit! Wer spielt da am frühen Nachmittag ein so nerviges Musikstück?

Dödel-didel-dum ... dödel-didel-dum ...

Es dauerte einen Moment, bis er realisiert hatte, dass es sein Handy war, das da klingelte.

Dödel-didel-dum ... dödel-didel-dum ...

Wutz quälte sich in eine senkrechte Sitzposition, nahm das Handy, zog eine Grimasse und meldete sich träge.

»Wutz.«

»Herr Wutz!«, bellte es ihm aus dem Hörer entgegen.

»Ich hatte Sie gebeten, vorbeizukommen. Doch haben Sie es nicht für nötig gehalten, den Termin wahrzunehmen.«

Wutz verzog das Gesicht. »Häh? Wer is'n da?«

»Ute Koppenbrink, Leiterin des Seniorenheimes *Umme Ecke*. Wir hatten für gestern Abend um 17 Uhr einen Termin vereinbart – Sie sind nicht gekommen.«

Abgesehen davon, dass er den Termin absichtlich versäumt hatte, weil er sich in Gesellschaft der Heimleiterin Koppenbrink immer äußerst unbehaglich fühlte, versetzte es ihm jedesmal einen Stich, wenn er den Namen des Seniorenheimes hörte.

Wie blöd musste man sein, ein Seniorenheim *Umme Ecke* zu nennen. Gedacht war das wohl unter der Sicht, die Nähe des Heimes zum Stadtteil, zu den ›Bewohnern von nebenan‹ zu betonen.

Wutz erinnerte sich noch mit Grausen an das Gesicht, das Köhler III gemacht hatte, als er ihn um Urlaub bat, weil er seine alte Mutter mal eben *Umme Ecke* bringen musste.

Vielleicht war das sogar der Moment gewesen, in dem Köhler beschlossen hatte, sich von ihm zu trennen, überlegte er.

»Das tut mir sehr leid, Frau Koppenbrink«, bemühte sich Wutz um einen einigermaßen höflichen Ton.

»Aber ich hatte gestern eine äußerst wichtige Telefonkonferenz bezüglich einer Veranstaltungsreise«, log er.

»Sie müssen wissen, dass ich gerade dabei bin, eine Veranstaltungstournee zu planen und organisieren – Sie glauben gar nicht, was ich da so alles veranstalten muss.«

»Und Sie glauben gar nicht, was Ihre Mutter hier so alles veranstaltet.«

»Entschuldigen Sie, aber übertreiben Sie da nicht ein bisschen? Meine Mutter mag ja etwas anstrengend sein, aber ...«

»Anstrengend?«

Die Stimme der Heimleiterin schaffte es spielend, zwei Oktaven zu überspringen. »Ihre Mutter ist eine Herausforderung für jeden kultivierten Menschen!«

»Also, erlauben Sie mal ...«

Frau Koppenbrink aber erlaubte gar nichts und erst recht keine Unterbrechung ihrer Beschwerde.

»Herr Wutz, ich weiß, dass ihre Mutter zu Lebzeiten ... also, ich meine zur Zeit ihrer beruflichen Tätigkeit eine Hafenkneipe geführt hat und ...!«

»Das war keine Hafenkneipe«, unterbrach sie Wutz.

»Das war *DIE* Hafenkneipe. *Elfies Ködelkiste* – eine Institution! Wenn die Schiffe in Hamburg die Leinen loswarfen, um nach Bombay zu schippern, machten sie erst einmal in Cuxhaven fest. Da konnte der Käpt'n soviel schreien, wie er wollte oder konnte – die Seeleute warfen die Leinen über die Poller und wanderten geschlossen in *Elfies Ködelkiste*, um sich schnell noch einen kleinen Absacker zu gönnen. Und wenn sie dann rausgetragen wurden, wachten sie meist erst hinter Gibraltar wieder auf. So lief das nämlich damals.«

Frau Koppenbrink schien das allerdings nicht weiter zu beeindrucken.

»Herr Wutz, Ihre Seemannsromantik in allen Ehren. Aber hier geht es darum, dass eine ...«, sie machte eine Pause, suchte nach den passenden Worten und fuhr dann fort: »Ja, eine durchaus respektabel zu nennende Person mit einer sehr interessanten Vergangenheit ... ich rede von Ihrer Mutter«, sagte sie.

»Ja, ich bin noch da ... ich höre Ihnen zu.«

»Wie auch immer«, kürzte Frau Koppenbrink das Gespräch ab. »Ich bin nicht gewillt, unser seriöses Heim von Ihrer

Mutter in *Elfies Ködelkiste* umwidmen zu lassen. Bei uns bestimmt nicht eine Getränkekarte den Tagesablauf, sondern die Heimordnung.«

»Ich weiß nicht, was Sie wollen: Wenn meine Mutter mal ab und an ein kleines ›Likörchen‹ zu sich nimmt – ja, mein Gott! – da ist wahrscheinlich weniger Alkohol drin als im Hustensaft, den Sie den Alten jeden Abend einträufeln.«

»Herr Wutz, Sie nehmen das offensichtlich auf die leichte Schulter. Wir träufeln unseren ›Alten‹, wie Sie sie nennen, keine obskuren Säfte ein. Und im Übrigen können wir es nicht zulassen, dass Ihre Frau Mutter ständig fragwürdige Witze erzählt. Viele der Heimbewohner sind extrem schwerhörig. Sie können sich vorstellen, welchen Eindruck es auf unsere Besucher macht, wenn sie miterleben müssen, wie Ihre Mutter lauthals zweideutige Witze von sich gibt. Das mag früher in *Elfies Ködelkiste* seinen Platz gehabt haben, aber nicht in einem Seniorenheim vor einer Gruppe feixender Männer in Rollstühlen, die sich vor Vergnügen grölend auf die Schenkel klopfen.«

»Ist doch schön, wenn sich die Bewohner amüsieren«, wandte Wutz ein.

»Aber nicht, wenn sich Ihre Mutter während der Bibelstunde zu dem Witz hinreißen lässt: ›… kommt Jesus in die Kneipe und bestellt ein Glas Wasser‹.«

Wutz lachte. »Der ist doch super! Den kannte ich noch gar nicht.«

»Das ist nicht witzig, das ist Blasphemie! Also – ich erwarte Sie heute Abend zu einem Gespräch, damit wir diese Angelegenheit klären können. Um siebzehn Uhr! Um Punkt siebzehn Uhr!«

Um die Entschlossenheit zu unterstreichen, mit der sie die Angelegenheit in ihrem Sinne zu klären gewillt war, legte sie brüsk und grußlos auf.

11

Das Gespräch mit der Heimleiterin hatte Wutz so mitgenommen, dass er sich gleich wieder hinlegen musste. Er schlief durch bis kurz vor sieben. Da war der Termin im Heim natürlich nicht mehr zu schaffen, und auch den geplanten Antrittsbesuch bei Aneta Kolinski musste er ausfallen lassen. Leider. Aber so beeilte er sich, wenigstens pünktlich bei den ›Vollpfosten‹ aufzulaufen.

Als er die Gaststätte erreichte, war aber auch dieser Vorsatz schon Geschichte. Er war trotz vieler schneller Schritte zwanzig Minuten zu spät dran.

»Bon giorno, Wutz!«, begrüßte ihn Guiseppe, der Wirt der Gaststätte *Zum halben Hering*. Guiseppe war Italiener. Was seine Verwandschaft in Italien von dem Namen seiner Gaststätte hielt, war unbekannt. Wahrscheinlich kannten sie die Bedeutung des Namens nicht. Und wenn, übersetzten sie das vielleicht mit ›Ristorante a mezza aringa‹. Das hieß ›Halbes Heringsrestaurant‹ und klang nicht ganz so obskur.

»Schönes Wetter heute, oder?«, fragte Guiseppe leichthin. Die Frage nach dem Wetter war seine absolute Lieblingsredewendung und Standard bei jeder Gelegenheit. Egal, wie sich das Wetter draußen gebärdete, für ihn war immer schönes Wetter. Entweder stammte er aus einer Gegend, in der es überhaupt kein Wetter gab, oder er war in seinem Leben noch nie draußen gewesen.

Guiseppe ließ den Hebel der Zapfanlage los, mit der er gerade ein Bierglas befüllt hatte. Er beugte sich vor und flüsterte, als hätte er ein großes Geheimnis zu verkünden: »Die haben schon nach dir gefragt. Schon zweimal.«

Wutz winkte ab.

Guiseppe warf seine Stirn in sorgenvolle Falten und zog vorwurfsvoll die Augenbrauen fast bis zum Haaransatz hoch.

»Die sind ziemlich sauer!«

Dann schob er das Kinn vor.

»Weil du zu spät dran bist.«

»Jetzt bin ich ja da.«

»Da ist noch etwas, Wutz.«

Guiseppe verzog das Gesicht in Richtung sorgenvoll. Er warf seine Stirn in tiefe Falten, über seine Augen legte sich ein wehmütiger Schleier und seinen Mund umspielte ein melancholischer Zug. Er war ein wahrer Meister der Grimasse. Vielleicht ein Überbleibsel aus der Zeit, in der er sich noch nicht auf Deutsch verständigen konnte und sich über eine ausgeprägte Pantomimik artikulieren musste.

»Was denn noch?«

»Soll ich dir ein Bier auf die Kegelbahn bringen?«

»Mein Gott, du hast aber auch eine merkwürdige Art, deine Gäste zu bedienen. Hat dir eigentlich schon mal jemand eine reingehauen?«

Guiseppe breitete bedauernd seine Arme aus und zog seine Schultern soweit bis zu den Ohren hoch, bis er aussah wie jemand, der seinen Hals an der Garderobe abgegeben hat. »Va bene ... ich frag ja nur!«

Als Wutz den Kegelraum betrat, verstummte augenblicklich die Unterhaltung seiner Kegelfreunde. Alle blickten ihm mit einer unguten Mischung aus gespannter Erwartung und vorwurfsvoller Verstimmung entgegen.

Sie saßen ehepaarweise zu beiden Seiten des schmalen Tisches, an dessen Ende sich die große Glasfront anschloss, die den Versammlungsraum von der Kegelbahn trennte. Die Kegelbahn selbst lag noch im Dunkeln, woraus Wutz schloss, dass sie noch nicht mit dem Kegeln angefangen hatten.

»Moin!«, sagte Wutz.

»Schön, dass du auch kommst«, frotzelte Martin Durchdenwald und sah demonstrativ auf seine Uhr.

Charlotte von Hademarsch wandte sich in gespielter Hilfestellung an Durchdenwald: »Keine Sorge, Martin – deine Uhr geht nicht vor. Könnte sein, dass Robert zu spät ist.«

Wutz ließ sich stöhnend auf den freien Stuhl am Kopf des Tisches plumpsen.

»Leute, nun bleibt doch mal gelassen. Ich hatte da ein kleines Problem ...«

Helga Heimlich sah ihn strafend an. »Du hast doch immer irgendein Problem.«

Ralle fühlte sich bemüßigt, seiner Frau beizupflichten. »Was du brauchst, ist so'n Dingens ... so ein ...«

Seine Frau stieß ihn an. »Ist gut!«

Wutz verdrehte die Augen. »Ich kann nichts dafür.«

Er hob die Arme und zeigte die Handflächen vor. Wohl als Geste, die zeigen sollte, dass er unbewaffnet war. »Ich hatte einen dringenden Termin im Seniorenheim *Umme Ecke.*«

Wutz fand, dass das eine elegante Ausrede war. Zumindest war sie noch nicht einmal gelogen.

»Wie ...?«, fragte Martin Durchdenwald. »Sind deiner Mutter die Witze ausgegangen? Oder die Likörchen?«

Wutz reagierte nicht auf diese Provokation.

»Nein, die Heimleiterin will den Beitrag für den Heimplatz meiner Mutter erhöhen.«

»Das gibt's doch nicht!«, empörte sich Grete Durchdenwald.

Helga Heimlich guckte ungläubig in die Runde. »Dürfen die das überhaupt?«

»Die können doch nicht einfach dieses ... äh... Dings ... diese Dingens ...«, begann Ralle.

»Hör doch mal auf!«, raunte ihm seine Frau zu.

Wutz wand sich, als kämpfe er mit der Überlegung, ob er ein streng gehütetes Geheimnis bewahren oder aber doch öffentlich machen sollte.

»Na ja, es ist so ...«

Er machte eine Pause, überlegte. Dann fuhr er fort: »Also, es ist so ...«

Wieder verstummte er nachdenklich.

»Herrgott! Nun lass dir doch nicht alles aus der Nase ziehen«, beschwerte sich Charlotte von Hademarsch.

Martin Durchdenwald runzelte die Stirn.

»Ist was passiert?«

»Nein«, sagte Wutz gedehnt. »Es ist nur so, dass ich wohl ... also ... dass ich vielleicht ... künftig mehr verdienen werde, und deswegen auch mehr ans Seniorenheim zahlen muss.«

»Du verdienst bald mehr?« Helga Heimlich machte ein ungläubiges Gesicht. »Wieso denn das?«

Wutz holte tief Luft. »Weil ich wahrscheinlich bei Köhler in die Geschäftsführung berufen werde.«

»Was?« Charlotte von Hademarsch war die erste, die reagierte. Die anderen schienen zunächst wie gelähmt, dann riefen alle durcheinander:

»Wahnsinn!«

»Das ist ja super!«

»Mann-oh-Mann, ich werde verrückt!«

»Glückwunsch!«

»Wer hätte das gedacht! Nein, sowas!«

»Das ist ja ein Ding ...«

»Sei ruhig«, sagte Helga.

Wutz hob beschwichtigend die Hände. »Nun, es ist ja noch in der Schwebe, noch ist nichts beschlossen oder unterschrieben. Aber ...«, er fügte eine rhetorische Pause ein, um dem Folgenden die richtige Bedeutung zukommen zu lassen. »Damit würde mein Gehalt auf Zweihunderttausend im Jahr steigen.«

Wutz guckte in die Runde wie ein Konfirmand, der gerade erfahren hat, dass er sich ab jetzt rasieren darf.

»Plus Porsche.«

Die Kegelfreunde starrten ihn mit offenen Mündern an. Alle waren damit beschäftigt, ihre Gedanken zu sortieren. Einige blickten mit Bewunderung auf Wutz, andere mit skeptischer Zurückhaltung. Eddy kam der Gedanke, wie weit man es doch bringen könnte, wann man nur gesund war.

»Toll!«, fing sich Grete Durchdenwald als erste.

»Ich gratuliere dir. Ich kann dir gar nicht sagen, wie sehr ich mich für dich freue!«

»Wirklich beachtlich«, ergänzte Martin Durchdenwald.

In diesem Moment kam Guiseppe rein, legte einen Bierfilz vor Wutz auf den Tisch und platzierte das Glas Bier darauf.

Dann faltete er sein Gesicht zu einem Ausdruck, den man normalerweise nur hinkriegt, wenn man bei voller Fahrt den Kopf aus dem Zugfenster hält.

»Saluti!«

Wutz blickte auf. »Was ist?«

»Zum Wohl!«

»Ach so, ja.«

Dr. Martin Durchdenwald hob, um Aufmerksamkeit bittend, die Hand. Als daraufhin alle Gespräche verstummten, wandte er sich an den Wirt und griente: »Guiseppe, ich glaube, Wutz will dir was sagen.«

Wutz guckte fragend. »Häh?«

Martin Durchdenwald hob sein halb leeres Glas.

»Wolltest du hier nicht die Luft rauslassen?«

Jetzt verstand Wutz, und sofort bereute er seine gegenstandslose Angeberei.

»Nee, nee, nee«, wiegelte er ab.

»Doch, doch doch!«, riefen alle im Chor.

»Oh!«, staunte Guiseppe und zeigte zur Abwechslung einen Gesichtsausdruck, der so abgegriffen war wie die Handtücher auf der Herrentoilette.

»Hat er im Lotto gewonnen?«

Wutz wedelte verzweifelt mit den Händen.

»Stopp! Kein Wort mehr darüber! Es ist noch alles rein hypothetisch. Kann sogar sein, dass das alles nur Hirngespinste sind.«

Fast war er stolz darauf, wie er hier noch schnell die Kurve gekriegt hatte und sogar der Wahrheit ein Stückchen nähergerückt war. Er sah zu Guispepe hoch.

»Guiseppe, frag nicht. Ich sag sowieso nichts. Mach einfach

eine Runde für alle und gut ist.«

»Das gibt schönes Wetter draußen«, strahlte Guiseppe.

»Und schreib mir das für den nächsten Monat an«, rief ihm Wutz hinterher. »Ich hab nicht soviel Geld dabei.«

»Na, das wird sich ja demnächst ändern«, lachte Martin Durchdenwald und streichelte seiner Frau die Hand.

»Was soll das denn?«, fragte sie erstaunt.

»Ich hatte das Gefühl, dass ich jetzt jemanden streicheln musste«, grinste er. »Und bevor ich Wutz anfasse, habe ich lieber dich vorgezogen.«

»Veralberst du mich jetzt?«

»Nein! Ach, vergiss es einfach!«

Wutz lehnte sich zurück und machte ein nachdenkliches Gesicht. »Ihr müsst wissen, dass ich noch mit mir ringe, ob ich das Angebot von Köhler überhaupt annehmen soll.«

»Was?«

Helga Heimlich wirkte überrascht.

»Natürlich nimmst du das an«, bekräftigte Martin Durchdenwald. »Du wärst ja dumm, wenn du's nicht tätest.«

»Und dumm ist er ja nicht«, meinte Ralle.

Seine Frau sah ihn von der Seite an, sagte aber nichts.

»Es ist so ...«, begann Wutz. »Der alte Köhler hat mir Bedingungen gestellt ... und da weiß ich eben nicht, ob ich darauf eingehen soll.«

»Was für Bedingungen?«, fragte Grete Durchdenwald.

Wutz zierte sich. »Na ja, er meinte, aus Repräsentationsgründen müsse ich mir eine Geliebte zulegen.«

»Eine was?«, kreischte Charlotte von Hademarsch auf.

»Das ist ja ...«, empörte sich Helga Heimlich.

»Moment!«, schaltete sich Martin Durchdenwald ein. »Was

ist daran so problematisch? Das ist doch genau das, wonach du immer gestrebt hast! Du kriegst einen strammen Haufen Geld und eine stramme Geliebte dazu – ist doch super!«

Grete Durchdenwald schüttelte missbilligend den Kopf. »Vielleicht ist das ja auch noch eine Frage der Moral, mein werter Göttergatte!«

»Ach Moral – Moral ist eine Sache für ehrenwerte Leute, aber doch nicht für Wutz!«

Der Genannte hob ruckartig den Kopf.

»Na ja, Wutz ist doch ledig, frei und ungebunden, ein Wanderer zwischen den Welten ... also ... ich mein ja nur ...!«

Wutz schüttelte den Kopf.

»Nein, es ist schon eine schwierige Entscheidung. Der alte Köhler meinte, ich müsste ihr auch ein schickes Appartement kaufen.«

Grete Durchdenwald schlug mit der flachen Hand auf den Tisch. »Das ist sowas unverschämt!«

»Ja«, nickte Wutz. »Aber das ist noch nicht alles. Er sagte, dass die junge Dame eventuell auch einen kleinen Bruder haben könnte, dem ich ein Schweizer Internat finanzieren muss, um ihn vor seinen drogensüchtigen Klassenkameraden zu schützen.«

Im Raum wurde es still. Alles sahen Wutz an.

Der seufzte tief auf.

»Von daher trage ich mich mit dem Gedanken, einfach zu kündigen. Wenn diese fragwürdigen Begleitumstände Teil meines neuen Tätigkeitsbereiches sind, dann ...«, er blickte traurig vor sich hin und knetete nervös sein Hände.

»Ja ... dann werde ich wohl die richtigen Schlüsse ziehen müssen und mit Bedauern bei Köhler kündigen.«

Alle ›Vollpfosten‹ blickten betreten vor sich hin. Keiner hatte eine Antwort auf das, was Wutz ihnen gerade offenbart hatte.

Nur Ralle regte sich und fragte etwas verzagt: »Wie sieht denn diese ... Dingens ... äh ... diese Geliebte aus?«

»Spinnst du?«

Helga rammte ihrem Mann den Ellenbogen in die Seite.

In diesem Moment platzte Guiseppe in den Raum und stellte das Tablett mit den Getränken hart auf dem Tisch ab.

»Buon apetito!«

Dann wurde er der Stille gewahr, die die Kegelfreunde ergriffen hatte. Er blickte fragend von einem zum anderen. Er holte tief Luft, straffte sich und brachte sein Gesicht in einen Zustand, den man sonst nur im Warteraum einer Friedhofskapelle zu sehen bekommt.

»Mio Dio! Hat er etwa vergessen, seinen Lottoschein abzugeben?«

12

Langsam kamen die Kegelfreunde wieder zu sich. Schweigend hoben sie ihre Gläser und prosteten Wutz zu.

Wutz lächelte tapfer.

»Also, eines kann ich dir sagen«, beschied Grete Durchdenwald. »Ich kaufe nie wieder Staubsaugerbeutel von Köhler.«

Wutz blickte etwas unsicher in die Runde und sprach zögerlich eine Vermutung aus: »Ich glaube, Köhler will sowieso die Produktion der Staubsaugerbeutel einstellen. Er versteift sich neuerdings auf Kondome.«

»So ein Schwein!«, empörte sich Helga Heimlich. Und zu Wutz gewandt: »Sieh bloß zu, dass du da bald kündigst.«

Charlotte von Hademarsch drehte sich ihrem Mann zu. »Das könntest du auf deinen Busfahrten ruhig mal als Durchsage bringen, was für'n Schwein Köhler ... Eddy – was ist mit dir?«

Eduard von Hademarsch saß still und in sich zusammengesunken vor seinem Glas Pfefferminztee, von dem er bis dahin noch keinen Schluck abgetrunken hatte. Er sah mitgenommen aus.

»Eddy, gehts dir nicht gut?« Seine Frau legte ihm die Hand auf den Unterarm und suchte sorgenvoll nach einer Regung in seinem Gesicht.

Eduard von Hademarsch hob schwerfällig die Augenlider, mit trockenen Lippen versuchte er, die Worte zu artikulieren. Nur schwer verständlich hauchte er kraftlos: »Ich hab Durchfall.«

Grete Durchdenwald, die direkt neben ihm saß, rückte hastig samt Stuhl zur Seite und beäugte argwöhnisch seine Sitzfläche, ob sich dort vielleicht schon erste Spuren seines Unwohlseins zeigten.

»Und das sagst du jetzt erst?«

»Vielleicht ist es auch eine angehende Entzündung der Bauchspeicheldrüse«, flüsterte er, lehnte sich weit nach hinten und schloss die Augen.

»Vielleicht aber auch eine Salmonellenvergiftung.«

Martin Durchdenwald verdrehte die Augen und stellte kühl eine ganz andere Diagnose. »Vielleicht liegt es auch an dem bescheuerten Tee, den du immer trinkst.«

Grinsend wandte er sich an die anderen: »Also ich würde von dem Zeugs schon bei der Bestellung Durchfall kriegen.«

»Das ist sehr gefühllos von dir«, beschwerte sich Charlotte von Hademarsch. »Du siehst doch, dass es Eddy nicht gut geht.«

Sie griff unter den Tisch und holte Eddys Aktentasche mit den Medikamenten hervor. Nach kurzem Herumkramen zog sie ein Tablettenröhrchen hervor. »Hier, nimm mal zwei von den Kohletabletten. Du wirst sehen, dann geht es dir gleich besser.«

Eddy atmete schwer, quälte sich die beiden Tabletten zwischen die Lippen und würgte sie mit einem Schlückchen Pfefferminztee runter.

»Geht schon wieder«, hauchte er.

Charlotte von Hademarsch wollte aber auf Nummer Sicher gehen und fragte: »Brauchst du den Stützstrumpf?«

Er schüttelte den Kopf und lächelte tapfer. »Danke, das wird nicht nötig sein. Aber hast du vielleicht noch eine Butylscopolamin-Tablette?«

»Aber klar doch, mein Schatz!«

Da schlug Grete Durchdenwald energisch mit der flachen Hand auf den Tisch.

»Das gibt es doch nicht! Nun hör doch mal auf mit deinem Ein-Personen-Stück ›Neues aus der Intensivstation‹. Du solltest mal zu mir in die Behandlung kommen, dann weißt du, was es heißt, krank zu sein.«

Ihr Göttergatte spottete: »Du meinst: krank zu werden …«

Helga Heimlich versuchte zu beschwichtigen.

»Möglicherweise hat er wirklich was. Man steckt da ja nicht drin.«

Ralle nickte. »Vielleicht hat er diese Dings ... also ...«

»Halt du dich da raus!«, fuhr ihn seine Frau an.

Wutz räusperte sich. »Nun lass Ralle doch mal ausreden. Womöglich hat er ja was beizutragen.«

»Was denn?«, fragte sie schnippisch.

»Was weiß ich, irgendwas über diese Dings ...«

Alle Blicke richteten sich schlagartig auf Wutz. Der winkte gereizt ab und murrte: »Kann ich jetzt endlich mal unsere Kegeltour nach Büsum vorstellen?«

»Jawoll, ein Mann, ein Wort!«, rief Martin Durchdenwald. »Los, Wutz, erzähl: Wo geht's hin?«

»Wohin? Nach Büsum, das ist doch klar.«

»Ja! Ich meine: Was machen wir da?«

Das war die Frage, die Wutz am meisten gefürchtet hatte. Schließlich hatte er noch nichts vorbereitet, nichts gebucht, sich noch nicht einmal nach möglichen Möglichkeiten umgesehen. Aber sein genialer Einfall mit der *Überraschungstour* würde ihm Spielraum geben. Das verschaffte ihm eine Woche Zeit, in der er sich dann was überlegen konnte.

»Tjaaaa!«, sagte er gedehnt, lehnte sich zurück, trommelte mit seinen Fingern ein Stakkato auf die Tischplatte und sah einen nach dem anderen triumphierend an.

»Tjaaa ...!«

Martin Durchdenwald stöhnte.

»Wutz! Nun versuche bloß nicht, das Ganze spannend zu machen. Mann! Das ist 'ne stinknormale Wochenendtour. Da musst du doch nicht solch einen Aufriss machen, als wäre das 'ne sensationelle Millenium-Tour mit Helene Fischer!«

Grete Durchdenwald stutzte: »Was hast du denn mit Helene Fischer?«

»Ich hab nix mit Helene!«

»Ach? Duzt du sie schon?«

»Mach weiter!«, bedeutete er Wutz. »Ich möchte endlich wissen, in welchem Hotel wir schlafen und was sonst noch so drumherum passiert.«

Wutz ließ sich nicht beirren und zelebrierte regelrecht die Vorstellung seines Reiseprogramms.

»Tjaaa ...«, begann er erneut. »Lasst es mich mal so sagen: Die Zeit spartanischer Rucksackreisen ist vorbei!«

»Na, super!«, lästerte sich Helga Heimlich. »Das haben wir doch sowieso noch nie gemacht. Was soll das?«

»Das stimmt.« Wutz hob den Finger. »Aber vorbei ist auch die Zeit, in der wir in schlichten Herbergen karges Brot gegessen und dünnes Wasser getrunken haben.«

»Was ist denn mit dir los? Hast du einen Fernkurs fürs Verfassen dramatischer Melodramen belegt?«

Charlotte Hademarsch schraubte die Pipette, mit der sie ihrem Mann fünf Tropfen Ampho-Moronal-Suspension auf die Zunge geträufelt hatte, wieder auf das Fläschchen und warf es in die Aktentasche zurück.

»Sag einfach rundheraus, was uns in Büsum erwartet.«

»Und genau das ist der springende Punkt«, lächelte Wutz. »Uns ist es gelungen, ein Wochenende mit außergewöhnlichen Events, kulinarischen Highlights und traumhaften Destinationen zusammenzustellen.«

Er grinste nun so breit, wie es der Abstand zwischen den beiden Ohren zuließ.

»Der Reiz dieses attraktiven Wochenendprogramms liegt im Nebel seiner selbst – also, mit anderen Worten: Es wird Überraschungen geben, die erst vor Ort offenbart werden.«

Wutz kriegte sich gar nicht mehr ein vor lauter glückseliger Geheimniskrämerei.

»Aber ich kann euch hier und heute schon verraten, wie das Programm heißt, das wir gebucht haben: Die großartige *Büsumer Überraschungstour mit Kapriolen und Spektakel*. Na, was sagt ihr jetzt?«

Helga Heimlich hatte sich als erste wieder gefasst und zeigte sich leicht verärgert: »Was soll das denn? Wir haben bisher immer vorab bekannt gegeben, was auf unseren Kegeltouren passiert, wo wir essen und vor allem, in welchem Hotel wir unterkommen.«

»Genau!« Grete Durchdenwald schüttelte den Kopf. »Nachher ist das so 'ne Absteige, in der wir die ganze Nacht hinter den Kakerlaken herrennen müssen.«

»Na ja«, schaltete sich ihr Mann ein. »Soweit wird es ja wohl nicht kommen. Aber dennoch – du musst uns schon sagen, was uns in Büsum erwartet.«

»Lasst euch doch einfach überraschen. Wir haben lange und intensiv recherchiert und das Beste gebucht. Glaubt mir, es wird super!«

Wutz hoffte inständig, dass ihm bis nächste Woche tatsächlich etwas Gescheites einfallen würde.

Charlotte von Hademarsch war gerade dabei, einen neuen Medikamenten-Mix für ihren Mann zusammenzustellen.

»Du sprichst immer von *wir*. Wer ist *wir*?«

»Ach! Hatte ich das noch gar nicht erzählt?«

Breit grinsend griff Wutz nach seinem Bierglas, leerte es mit einem Zug, stellte es auf den Tisch zurück und wischte sich umständlich den Schaum von der Oberlippe.

»Ich habe diesmal eine Reisebegleiterin!«

»Nein!«

»Ehrlich?«

»Das gibt's doch gar nicht!«

»Wer ist es denn?«

Wutz strahlte. »Meine Nachbarin.«

Martin Durchdenwald fiel die Kinnlade herunter. »Etwa die Schröder mit der schief sitzenden Perücke, der Kittelschürze und den fünf Katzen?«

Wutz wiegelte ab. »Die doch nicht! Nein, meine Nachbarin gegenüber, Aneta Kolinski.«

Eduard von Hademarsch hustete trocken.

Grete Durchdenwald schluckte. »Ist das etwa die mit den T-Shirts, die kleiner sind als Waschetikett?«

Ralle lachte. »Genau die. Die mit den beiden Dingern ...«

Dieses Mal griff seine Frau nicht ein.

Guiseppe kam energischen Schrittes in den Raum und baute sich breitbeinig vor den ›Vollpfosten‹ auf.

»Was ist? Bestellt ihr noch was oder soll ich mein Gewerbe gleich abmelden?«

Dabei machte er ein Gesicht wie ein jemand, der in der S-Bahn eingeschlafen ist und in der U-Bahn wieder aufwacht.

13

Am darauf folgenden Samstag hatten sich die ›Vollpfosten‹ fast vollständig am Bahnhof Cuxhaven versammelt. Nur Robert Wutz fehlte noch. Und natürlich seine diesjährige Reisebegleiterin Aneta Kolinski.

»Typisch!«, stellte Dr. Martin Durchdenwald fest. »Wutz plant 'ne Reise, bestellt uns zum Bahnhof, ermahnt uns, auf alle Fälle pünktlich zu sein, und wer nicht kommt, ist Wutz!«

Grete Durchdenwald sah zur Bahnhofsuhr hoch. »In zehn Minuten fährt der Zug.«

Dann fiel ihr Blick auf den neuen Trolley, den Ralle fest umklammert hielt.

»Oh, neuer Trolley? Super!«

Ralle nickte. »Arschteuer das Scheißding.«

Helga Heimlich studierte den Fahrplan. »Ist euch überhaupt klar, dass die Bahnfahrt nach Büsum viereinhalb Stunden dauert? Hier ...«, sie zeigte auf den Fahrplan. »Abfahrt Cuxhaven neun Uhr neun – Hamburg umsteigen – mit dem Intercity nach Heide – in Heide umsteigen in 'ne Bummelbahn – Ankunft Büsum: dreizehn Uhr siebenundzwanzig.«

Sie tippte sich an die Stirn. »Der ist doch nicht ganz dicht.«

Martin Durchdenwald amüsierte sich.

»Was willst du? Das genau hat er doch angekündigt: *Büsumer Überraschungstour* ...«

»Ich weiß nicht, ob Eddy das durchsteht«, sorgte sich Charlotte von Hademarsch und beugte sich über ihren Mann, der wie ein Häufchen Elend auf der Bank saß.

»Was meinst du, Eduard, schaffst du das?«

Eddy nickte schwach. Dann fragte er leise: »Bist du so lieb und gibst mir noch zwei Mulitvitamin-Tabletten, eine Halstablette, die Nasendusche und meine Kreislauftropfen?«

Er griff nach ihrer Hand und sah sie an wie jemand, der Abschied nimmt. »Hast du eigentlich auch Jod-Tabletten dabei? Heute morgen hatte ich etwas feuchte Haut und einen dicken Hals. Möglicherweise sind das bereits die ersten Anzeichen einer akuten Schilddrüsenüberfunktion.«

»Oha, mit 'ner Schilddrüsenüberfunktion hatte ich nicht gerechnet, ich habe auch keine Jod-Tabletten dabei. Aber ich könnte dir schon mal den Thrombosestrumpf überziehen.«

Eddy winkte müde ab.

»Acht Minuten noch«, konstatierte Martin Durchdenwald. »Bin gespannt, ob er das noch schafft.«

»Und ich bin gespannt, wie seine Nachbarin aussieht«, sagte seine Frau. »Nach euren Aussagen muss das ja ein Herzchen sein.«

»Da kommen Sie!«, rief Helga Heimlich.

»Das ist ja …!« Mit großen Augen starrte Ralle dem auf den Bahnsteig eilenden Wutz entgegen.

Grete Durchdenwald war baff. »Das ist seine Nachbarin?«

Die Frau, die sich neben Wutz abmühte, mit ihm Schritt zu halten, schob einen Rollator vor sich her und hatte so gar nichts von einem ›Herzchen‹ an sich.

»Das ist seine Mutter!«, sagte Charlotte von Hademarsch überrascht und hantierte so aufgeregt mit dem Tablettenröhrchen, dass die Tabletten eine nach der anderen auf den Bahnsteig kullerten.

Mit entsetzt aufgerissenen Augen blickte ihr Mann den davonrollenden Tabeletten nach.

»Ach, du lieber, mein Gott!«, entfuhr es Helga Heimlich und schaltete ihre Mimik schlagartig auf strahlendes Glück um.

»Frau Wutz! Welch eine Überraschung!«

Sie breitete die Arme aus und beugte sich hinunter, um die alte Dame mit einer herzlichen Umarmung zu begrüßen.

»Helga, alte Schnasseltante!«, sagte die alte Dame und richtete ihre dünnen weißen Haare wieder zurecht.

»Wir haben uns ja lange nicht gesehen. Ach, und da ist ja auch der Doktor ... und die Hademarschs ... schön, euch alle mal wiederzusehen.«

Sie stützte sich auf dem Rollator ab und blickte zu Grete Durchdenwald hoch.

»Und Sie sind sicherlich die Gattin vom Doktor, stimmt's?«

Grete Durchdenwald reichte der alten Dame die Hand. So schlimm, wie sie sich die Mutter von Wutz vorgestellt hatte, schien sie gar nicht zu sein. Sie war gepflegt, ihre Garderobe sorgsam zusammengestellt und offensichtlich nicht die billigste, ihr Gesicht hatte einen offenen, fröhlichen Ausdruck, und wenn sie sprach, flimmerte in ihren wachen Augen ein schelmisches Vergnügen mit.

»Also, Kinder«, strahlte die alte Dame. »Ich bin ja so gerührt, dass ihr mich auf eure Kegeltour mitnehmt, da wollte ich mich natürlich nicht lumpen lassen ...«

Sie zerrte aus ihrem Rollator einen Stoffbeutel hervor.

»Ich habe für jeden ein kleines *Pikkolöchen* mitgebracht.«

Sie langte in den Beutel und überreichte jedem der Kegelfreunde eines der kleinen Fläschchen.

Mit geübtem Griff öffnete sie den Schraubverschluss, und reckte die kleine Flasche Pikkolo Sekt in die Höhe:

»*Damit die Reise richtig flutscht,*
wird erst einmal am Sekt gelutscht!«

Nach wenigen Zügen war die Flasche leer und wanderte in den Beutel zurück.

»Den Spruch haben wir früher immer in der Ködelkiste gegrölt – allerdings in etwas abgewandelter Form ... na ja, ich erspare es euch lieber. Ich sag euch, das war'n Zeiten ...!«

Alle lachten. Selbst Eddy schien wieder genesen zu sein. Er

lächelte freundlich: »Frau Wutz, wollen Sie nicht mal meine Bustouren beleben? So wie Sie die Leute unterhalten, könnte ich glatt den doppelten Fahrpreis verlangen.«

Robert Wutz stand still daneben und freute sich, dass seine Mutter so gut aufgenommen wurde.

Natürlich hatte er es nicht geschafft, den Termin im Seniorenheim wahrzunehmen. Als Konsequenz hatte die Heimleiterin seine Mutter kurzerhand vor seiner Haustür abgeladen. Da ihm blieb nichts anderes übrig, als sie bei sich unterzubringen.

Nachdem Aneta Kolinski auf seine Frage, ob sie sich vorstellen könne, mit ihm nach Büsum zu fahren, beharrlich so tat, als verstünde sie nichts – und zwar nicht einmal ansatzweise –, hatte er sich noch vergeblich bemüht, sie zu überreden, dann wenigstens auf seine Mutter aufzupassen. Aber auch das scheiterte an Verständigungsschwierigkeiten. So hatte er sich kurzerhand entschieden, seine Mutter mitzunehmen.

Das heißt, vorab hatte er noch auf die Schnelle versucht, eine Reisebegleiterin über ein aus dem Fernsehen bekanntens Dating-Portal zu finden und für sich und für Büsum zu begeistern.

Da er als Neukunde aber nicht sofort Zugang zu allen Dates bekam, hatte er sich wenigstens schon mal einige Bilder angesehen und sich eine besonders fröhliche Kandidatin vorgemerkt, die sich *Mausi98* nannte.

Ihr Bild war eine Wucht. Offensichtlich war das Foto am Strand der Elbe entstanden. Das erkannte Wutz am Kernkraftwerk Brokdorf im Hintergrund und an den Hundehaufen im Vordergrund. Sie selbst räkelte sich lasziv auf einem halbschlaffen Schwimmring wie eine, der man gesagt hatte, sie solle sich mal lasziv auf einem halbschlaffen Schwimmring räkeln.

Dazu lachte sie in die Kamera wie eine, der man gesagt hatte, sie solle mal in die Kamera lachen. Alles, was sie anhatte, war ein gelbes Quietscheentchen, das ihren Schoß verdeckte sowie ein von ihrer Oma gestricktes Bikinioberteil, das aussah, als hätte die Oma schon nach der zweiten Fadenaufnahme die Lust verloren.

Wutz gefiel's. Und so hatte er sich das Bild von *Mausi98* ausgedruckt und in der Gesäßtasche verstaut. Auf der Fahrt nach Büsum konnte er sich dann schon mal ganz unverbindlich mit ihr vertraut machen. Nur Kontakt hatte er noch nicht aufnehmen können, dazu war die Zeit zu knapp gewesen.

Überhaupt war die ganze Wochenendtour nicht ganz so durchgeplant, wie sie es hätte sein sollen. Gut – zumindest ein Hotel hatte er gebucht. *Hotel Miesmuschel*. Das hatte zwar einen bescheuerten Namen, war aber günstig.

Für Samstag hatte er zwölf Plätze bei *Gosch* am Hafen reserviert und am Sonntag als Hauptprogrammpunkt die Fahrt mit der *Lady von Büsum* zur Seehundbank. Der Rest war offen. Er hoffte inständig, dass ihm bis zur Ankunft in Büsum noch einige Programmfüller einfallen würden.

Zumindest wollte er die ›Vollpfosten‹ während der Bahnfahrt schon mal über die Eckpunkte der *Büsumer Überraschungstour mit Kapriolen und Spektakel* informieren.

»Kennt ihr den schon?«, rief Elfriede Wutz. »Kommt ein Gorilla zum Arzt und ...«

»Mutter!« Wutz ging energisch dazwischen. »Der Zug fährt gleich ab. Wir müssen einsteigen, beeilt euch!«

14

Büsum im August. Das Wetter sah aus wie eine Vorabendsendung von RTL: etwas schlüpfrig und höchst bedenklich. Im Büsumer Hafen dümpelten die Boote träge vor sich hin, eine Silbermöwe trieb blass und übernächtigt auf den seichten Wellen. Sie hatte die Nacht mit zwei Täubchen im Taubenschlag verbracht. Um nicht einzuschlafen, tauchte sie alle zwei Minuten den Kopf ins Wasser und wäre fast ertrunken, als sie ein Sekundenschlaf übermannte.

Im erst vor kurzem eröffneten Lighthouse-Hotel stand ein Mann am Fenster und fluchte lauthals, weil er nichts sehen konnte. Er schimpfte auf die Hotelverwaltung, den Bürgermeister und die Landesregierung und drohte damit, beim nächsten Mal FDP zu wählen.

Seine Frau kannte das schon. Sie schlurfte gleichgültig zum Fenster, zog die Gardinen zurück, so dass ihr Mann nach draußen gucken konnte. Er grunzte nur kurz und überlegte, ob er sie umbringen sollte.

Am Kai des Museumshafens stand eine Frau und fütterte Pinguine. Als sie merkte, dass es gar keine Pinguine waren, sondern ganz gewöhnliche Enten, schmiss sie den Enten verärgert das Futter an den Kopf und schlenderte missvergnügt davon.

Vor dem Eingang zum *Hotel Miesmuschel* versuchte eine dünne Dame, ihren dicken Hund vom Laternenpfahl wegzuzerren. Offensichtlich konnte sich der Hund nicht entscheiden, ob er nun das rechte oder das linke Bein heben sollte. Als er sich schließlich für beide Beine gleichzeitig entschied, fiel er auf die Schnauze. Mit seinen schreckhaft aufgerissenen, hervorquellenden Augen sah er aus wie ein Frosch bei der Krebsvorsorge.

Die dünne Dame zog energisch die Leine an. Der dicke Hund machte sich erst gar nicht die Mühe, wieder aufzustehen, er hatte keine Lust mehr und ließ sich in stoischer Gleichgültigkeit über den Schotter schleifen. Das war zwar bequem, tat aber am Po ein bisschen weh.

Plötzlich schepperte ein Bustaxi dermaßen rasant um die Ecke, dass der dicke Hund erschrocken aufsprang, dreimal winselnd um sein Frauchen herum lief, wobei sich die Leine so um deren Beine zusammenzog, dass nun wiederum sie der Länge nach hinstürzte. Der Hund hetzte panisch davon, die dünne Frau über das Pflaster hinter sich herziehend. Das war nun wahrlich nicht bequem und tat auch ihr am Po ein bisschen weh.

Mit quietschenden Reifen kam der Kleinbus vor dem Eingang des Hotels zum Stehen. Die Tür wurde aufgerissen, und wie der Inhalt einer geplatzten Bratwurst quollen nach und nach die zwölf ›Vollpfosten‹ aus dem Bus.

»Ist das schön hier«, rief Grete Durchdenwald begeistert aus. »Guck mal, Martin, die alten Häuser – ist das nicht urig?«

Dr. Martin Durchdenwald nickte nur kurz und versuchte unter Ächzen und Stöhnen, seinen sperrigen Trolley aus dem Gepäckraum zu ziehen.

»Hey, das ist mein Ding!«, protestierte Ralle. »So weit kommt das noch, dass du dich nachher mit meinem Dingens ... mit meinem Schlafanzug zu Dings ... äh ... Grete ins Bett legst.«

»Ralle!«, ermahnte ihn seine Frau und setzte hinzu: »Martin trägt bestimmt nur Seidenschlafanzüge.«

Ralle verzog beleidigt seine Schnute.

»Ja, und? Du tust ja grad so, als würde ich nur Schlafanzüge aus Asbest tragen – für den Fall, dass mich einer im Schlafzimmer mit 'nem Flammenwerfer überfällt, oder was?«

Er stutzte. Irgendwas war anders. Hatte er irgendwas vergessen?

Dann setzte er hinzu: »Also ... jedenfalls diese Dingens ...«

»Hör doch mal auf!«, ranzte ihn seine Frau an.

Elfriede Wutz schob ihren Rollator vor und musterte eingehend das Hotel. »Das sieht ja ganz vielversprechend aus. Hoffentlich sind die Zimmer nicht so mies wie der Name.«

Dann strahlte sie ihren Sohn an. »Robert, haben die hier denn auch 'ne gemütliche Bar, wo wir nachher schön einen zwitschern können?«

Sie griff in ihren Stoffbeutel und tastete prüfend nach dem Inhalt.

»Oder muss ich hier mir etwa auf meine eigenen Drinks zurückgreifen? Ein paar Granaten hab ich ja noch im Beutel.«

»Nun kommt doch erst einmal zum Einchecken rein«, mahnte Wutz. Im Vorbeigehen raunte ihm Ralle zu: »Ich weiß aus erster Quelle, dass Martin nur Dingens ... Schlafanzüge trägt, bei denen die Dings ... die Hose offen steht.«

»Ralle!« stieß ihn seine Frau in die Rippen und zog warnend die Augenbrauen zusammen.

»Jaja«, winkte der ab und verschwand mit seinem nagelneuen Trolley im Hotel.

Dr. Martin Durchdenwald sondierte noch einmal das Gelände, warf einen langen, prüfenden Blick in die Richtung, in der der Hafen liegen musste und flüsterte seiner Frau zu: »Morgen will Wutz also mit dem Schiff zur Seehundbank rüberdonnern ... das soll wohl eines der Spektakel sein. Na, ich weiß ja nicht – hoffentlich löst sich das nicht noch in Luft auf.«

Eduard von Hademarsch hatte sich bei seiner Frau mehr eingehängt als eingehakt und tippelte mit kleinen Schtitten neben ihr her. Er war kreidebleich, er ahnte Schlimmes.

»Charlotte, vorhin im Bus habe ich kurz gefroren – meinst du, dass ich mir einen Virus eingefangen habe? Nicht, dass ich hier wie 'ne biologische Bombe durch Büsum laufe, ich die Seehunde mit dem Virus anstecke und alle elendig verrecken müssen.«

»Unsinn, Eddy. Du kriegst gleich ein Zäpfchen. Du wirst sehen: Danach geht's dir besser.«

Da erst bemerkten sie die dünne Frau, die immer noch auf dem Bürgersteig herumlag. Eduard von Hademarsch zog fragend die Augenbrauen zusammen und überlegte, ob sie sich vielleicht freiwillig flachgelegt haben könnte.

»Kann ich Ihnen helfen, junge Frau?« fragte er und beugte sich mit blassem Gesicht und geröteten Augen zu ihr hinunter.

Die dünne Frau starrte ihn verängstigt an und streckte ihm abwehrend eine Hand entgegen: »Gehen Sie weg! Verschwinden Sie, sonst hetze ich meinen Hund auf Sie!«

Eddy warf einen kurzen Blick auf den dicken Hund, lachte leise und ließ sich von seiner Frau zum Hoteleingang führen.

Der Taxifahrer atmete tief durch, vergewisserte sich, dass seine Fahrgäste – vor allem die alte Dame – wirklich weg waren, setzte sich schnell in seinen Bus und gab Gas.

In diesem Moment entschloss sich der Hund, zu pinkeln. Hier und jetzt, sofort, an Ort und Stelle.

Er konnte nicht mehr warten. Er war ein alter Hund.

»Nein, Theobald, bitte nicht!«, protestierte die dünne Frau, wälzte sich herum und versuchte, ihre teure Bluse aus der Schusslinie zu bringen.

Doch da war es bereits zu spät.

15

Auf dem Weg in sein behelfsmäßiges Büro im alten Fischkontor, nahm Kommissar Drösel zwei Dinge wahr: erstens eine Frau mit Hund, die sich im Halbdunkel des Flures unsicher in eine Ecke drückte und zweitens den penetranten Fischgeruch, der diesem Gemäuer zu eigen war.

Dann aber stutzte er. Drösel schnüffelte. Da war noch etwas anderes in der Luft. Nicht nur der übliche kalte Gestank nach totem Fisch, sondern etwas, das ihn an gebratenes Fischfilet erinnerte. Und schwang da nicht auch ein Hauch Zitrone mit?

Drösel drückte die Tür zu seinem Büro auf und stieß sie seinem Assistenten gegen die Wirbelsäule.

»Au ..!«, schrie Göttinger auf und rieb sich den Rücken.

»Was stehen Sie denn auch hinter der Tür rum? Haben Sie nicht Besseres zu tun?«, murrte Drösel.

Dann blickte er zum Schreibtisch. Aus einer Schale auf der Schreibunterlage stieg eine dünne Rauchsäule empor. Vor dem Schreibtisch, auf der hölzernen Sitzfläche des Besucherstuhls türmte sich ein gewaltiger Berg röstfrischer Kaffeebohnen.

Sein Blick wanderte zum Aktenschrank. Dort stand eine

flache Schüssel mit Wasser, in der etwas Gelbes schwamm.

Drösel stierte entgeistert auf die Szene und drehte sich dann gefährlich langsam zu Göttinger um. Einen Augenblick lang musterte er ihn schweigend, dann raunzte er los: »Was soll der Scheiß?«

»Eine Versuchsanordnung«, sagte Kriminalobermeister Göttinger zaghaft.

»Versuchsanordnung? Was versuchen Sie denn?«

»Also, es ist ja so, dass in diesem Gebäude der Fischgeruch sehr störend ist – wir beide mögen das ja auch nicht besonders.« Er deutete unsicher ein Lächeln an. »Und da habe ich mich der Hausrezepte meiner Großmutter erinnert. Wissen Sie, meine Großmutter war ...«

»Was interessiert mich Ihre Großmutter? Wenn sie mich interessieren würde, hätte ich sie geheiratet – hab ich aber nicht.«

Göttinger verfluchte seinen Chef innerlich, ließ sich aber nichts anmerken und ging zum Schreibtisch. »Das hier ist Versuchsanordnung A: eine Schale, in der ich Lorbeerblätter verbrenne.«

Er ging zum Aktenschrank. »Das ist Versuchsanordnung B: eine Schüssel mit destilliertem Wasser und aufgeschnittenen Zitronenscheiben.«

Mit einem Schritt war er zurück am Schreibtisch und wies auf den Besucherstuhl. »Und das ist Versuchsanordnung C: ein Berg röstfrischer Kaffeebohnen.«

Drösel ging um den Schreibtisch herum, ließ sich in seinen Bürostuhl fallen und schwieg.

»Und nun lasssen wir das mal einen Tag in Ruhe stehen und warten ab, welches Hausmittel sich als das beste gegen

Fischgeruch erweist«, resümierte Göttinger.

Drösel beugte sich weit vor, er lag fast auf dem Schreibtisch. »Sagen Sie mal, Göttinger«, sagte er mit einer Stimme, die an das ferne Grollen eines heranziehenden Unwetters erinnerte. »Sind Sie Kriminalobermeister oder Chemielaborant? Haben Sie sonst noch irgendwelche verborgenen Talente?«

Dann bellte er: »Abbauen! Sofort! Schmeißen Sie den ganzen Mist auf den Flur!«

Göttinger schlug sich an die Stirn. »Mein Gott, das hätte ich ja fast vergessen, Chef! Wo Sie gerade ›Flur‹ sagen – draußen wartet immer noch diese dünne Frau mit dem dicken Köter.«

»Ein Köter? Etwa dieser dicke da draußen, der so aussieht, als wäre er Seriensieger beim Big-Mac-Wettfressen?«

Drösel machte eine wegwerfende Handbewegung.

»Egal, was der Köter will: Übernehmen Sie das!«

»Die Frau besteht aber darauf, mit dem Chef zu sprechen, und will nur Ihnen persönlich Auskunft geben.«

Drösel seufzte. »Worüber?«

»Sie möchte im Interesse der nationalen Sicherheit eine Meldung zur Abwendung terroristischer Umtriebe zu Protokoll geben.«

Drösel guckte gequält. »Häh?«

Göttinger zuckte träge mit den Schultern.

»Na ja, das waren jedenfalls ihre Worte. Die faselt irgendwas von einer ›Terrorgruppe‹ und ›Seehundbank in die Luft sprengen‹.«

»Was?«

Drösel sprang auf, lief zweimal um den Schreibtisch, setzte sich wieder. »Und das sagen Sie mir jetzt erst? Los, los, holen Sie sie rein. Und Göttinger – bringen Sie mir eine Tasse Kaffee. Ich brauche dringend etwas, um meinen Kreislauf zu stabilisieren!«

Aufgeregt befeuchtete er seinen Zeigefinger und strich sich die Augenbrauen glatt.

16

Im Foyer des *Hotel Miesmuschel* scharte sich die Reisegruppe um Wutz.

»Also, Leute – die *Büsumer Überraschungstour mit Kapriolen und Spektakel* beginnt: Wir gehen jetzt zum *Gosch* rüber und nehmen da einen Happen zu uns. Jeder bekommt ein Fischbrötchen oder ein Krabbenbrötchen, ganz wie's beliebt, dazu ein Getränk eurer Wahl. Mehr gibt unsere Kriegskasse im Moment leider nicht her. Aber egal, wir marschieren jetzt in geschlossener Formation los und greifen an.«

Ein greiser Mann mit verschlissenen Gesichtszügen, der etwas abseits im Sessel saß und ein steifes Bein von sich streckte, zuckte bei dem Wort ›Kriegskasse‹ merklich zusammen. Und dann noch einmal bei dem Wort ›marschieren‹. Als dann noch die Bemerkung ›wir greifen an‹ fiel, spürte er wieder den Granatsplitter in seinem Bein.

Die ›Vollpfosten‹ setzten sich in Bewegung und trotteten dicht an seinem steifen Bein vorbei. Elfriede Wutz folgte als letzte und konnte gerade noch einen scharfen Schlenker machen, sonst wäre sie mit dem Rollator gegen das ausgestreckte Bein gefahren.

Sie warf dem Mann nur einen flüchtigen Blick zu. »Sie beanspruchen gerne viel Platz, was?« Dann steuerte sie den anderen hinterher.

Der alte Mann folgte ihr mit einem Blick, in dem achtzig Jahre Verdruss und Verbitterung lagen.

Ungeachtet dessen marschierten die ›Vollpfosten‹ in geschlossener Formation in Richtung Hafen.

»Also, Wutz«, sagte Helga Heimlich. »Das Hotelzimmer ist ja arg rudimentär ausgestattet.«

»Allerdings«, schimpfte Ralle. »Und dass dieses Dings ...«

»Hör auf!«, fiel ihm seine Frau ins Wort. Und dann an die anderen gewandt: »Was Ralle sagen wollte, ist, dass die Toilette auf dem Flur auch nicht gerade vorteilhaft ist.«

»Freu dich doch«, lästerte Wutz. »Dann kommst du auch mal raus.«

»Ich muss da immer an das *Hotel Alte Werft* in Papenburg denken«, sagte Dr. Martin Durchdenwald.

»Erinnert ihr euch noch? Tolles Hotel, die hatten da noch die alten eisernen Zweiträgerbrückenlaufkrane mit zwei Kopf- und drei Hauptträgern, Differenzialflaschenzug und doppeltem Flansch. Ich sag dir: Da kannst du einen Panzer dranhängen!«

Als keiner darauf antwortete, beschleunigte er und eilte den anderen schweigend voraus. Drinnen im Foyer war sich der alte Mann mit dem verschlissenen Gesicht sicher, das Wort ›Panzer‹ gehört zu haben.

Ihm wich das Blut aus dem Gesicht, und da es sich nicht in das steife Bein verflüchtigen konnte, sammelte es sich im Fuß des gesunden Beines. Das schmerzte. Seine gequälte Mimik gab ihm das bleiche, leidende Aussehen einer Gipsfigur von Ernst Barlach.

Am Hafenkai blieb die Gruppe stehen. Martin Durchdenwald war mit Eddy in ein angeregtes Gespräch über die Mängel des heimatlichen Golfplatzes vertieft.

»Ich sag dir, Eddy, Loch neun ist nicht in Ordnung. Da ist der Wurm drin!«

Eddy hatte der kurze Aufenthalt auf dem Hotelzimmer offensichtlich gut getan. Vielleicht hatte auch das Zäpfchen geholfen, das ihm seine Frau verpasst hatte. Nun stand er gut gelaunt am Kai, sortierte seine Tabletten und wunderte sich:

»Ein Wurm? Wie kommt denn der da rein?«

»Quatsch – ich meine, da ist was mit der Bahn nicht in Ordnung. Ich verziehe jedes Mal den Abschlag. Das kann doch nicht sein. Haben wir da etwa Scherwinde, oder liegt das an den magnetischen Störfeldern einer unterirdischen Wasserader oder was? Dabei führe ich den Schlag jedesmal sauber und technisch einwandfrei aus. Hier! Guck mal!«

Martin Durchdenwald stellte sich breitbeinig auf, balancierte wippend seinen Stand aus, streckte die Arme vor, umschloss mit beiden Händen einen imaginären Golfschläger, simulierte einen gewaltigen Abschlag und ließ beide Arme mit einer eleganten Körperdrehung schulbuchmäßig und kraftvoll weit nach hinten ausschwingen.

Was er nicht sehen konnte: In diesem Moment hatte sich ein Spaziergänger der Gruppe genähert. Am Ende des Durchschwungs traf ihn Dr. Martin Durchdenwald mit beiden Fäusten an der Schläfe. Der Mann gab ein gepresstes Grunzen von sich, sackte zusammen und drohte, ins Hafenbecken zu kippen.

Ralle erfasste die Situation als erster. Gedankenschnell

griff er zu, erwischte den Spaziergänger gerade noch an der Windjacke und zog ihn zurück. Dabei riss er zwar den rechten Ärmel der Jacke ab, aber er hatte den Mann gerade noch vor dem Sturz ins Hafenbecken und damit vor dem sicheren nassen Tod gerettet.

Etwas betreten umstanden die ›Vollpfosten‹ den Unglücklichen, der nur langsam wieder zu sich kam und sich wunderte, dass da jemand mit dem abgerissenen Ärmel seiner Windjacke vor ihm stand.

17

Kommissar Heinrich Drösel verteilte noch schnell ein paar Akten über seinen Schreibtisch, griff zum Telefonhörer und presste ihn fest ans Ohr, damit das Freizeichen nicht nach außen drang, dann wartete er. Die Tür öffnete sich, und ein dünnes, ausgetrocknetes Gesicht schob sich vorsichtig durch den Türspalt.

»Selbstverständlich, Herr Ministerpräsident«, bellte Drösel in den tutenden Hörer. »Ja, den Mörder habe ich eigenhändig verhaftet ... natürlich ... äußerst gefährlich ... es war grausam ... die Kugeln pfiffen nur so um meine Ohren.«

Zaghaft näherte sich die dünne Frau, dabei ihren Hund hinter sich herziehend, der eine frappierende Ähnlichkeit mit einer schlecht zusammengerollten Rinderroulade hatte. Unschlüssig blieb sie vor seinem Schreibtisch stehen.

»Natürlich, Herr Ministerpräsident ... vermitteln Sie bitte Ihrer Frau Gemahlin meine herzlichsten Grüße. Vielleicht treffen wir uns mal wieder zu einer Partie *Fang den Hut* ... ja, Sie auch, Mister ... äh, Herr Ministerpräsident.«

Drösel legte sorgfältig den Hörer auf, dann deutete er mit einer knappen Handbewegung auf den freien Besucherstuhl vor seinem Schreibtisch.

»Entschuldigen Sie – der Ministerpräsident ... na ja, Sie kennen das ja.«

Die dünne Frau kannte das zwar nicht, verschwieg das aber. Vorsichtig platzierte sie sich auf der vorderen Stuhlkante, so, als wolle sie sicherstellen, jederzeit wieder aufspringen zu können. Mit knochigen Fingern umkrallte sie ihre Handtasche. Der dicke Hund grinste Drösel an.

Der Kommissar musterte ihn unsicher. Ein solch dämlich grinsender Hund war ihm noch nie untergekommen. Der erinnerte ihn scharf an *Cheshire*, die Grinsekatze aus *Alice im Wunderland*. Was gab es nur für abstoßende Kreaturen auf dieser Welt. Er nahm sich vor, den Hund sofort zu erschießen, sollte dieser auch nur einen Ansatz abnormen Verhaltens zeigen.

Plötzlich hob die dünne Frau ihr Gesäß hoch, langte unter sich und zog eine Kaffeebohne hervor. Sie hielt sie unsicher zwischen Daumen und Zeigefinger.

»Das drückte ein bisschen«, sagte sie leise.

Sie öffnete ihre Handtasche, ließ die Kaffeebohne hineinfallen und verschloss die Tasche wieder.

Sie verzog ihr Zitronengesicht zu einem verkniffenen Lächeln und sah Drösel erwartungsvoll an. Der fühlte sich durch ihre Anwesenheit irgendwie unangenehm berührt. Außerdem irritierte ihn, dass ihre Bluse auf der linken Seite großflächig durchnässt war.

Die dünne Frau folgte seinem Blick, zuckte entschuldigend die Schultern und bemühte sich um einen gequälten Blick. »Ja, tut mir leid, es ist noch nicht ganz getrocknet – da hat mich der gute Theobald von Emsdetten und Tecklenburg ein bisschen angepinkelt.«

Drösel verzog angewidert das Gesicht. Er hatte schon immer geahnt, dass der deutsche Adel nicht ganz normal ist. Aber dass die soweit gehen …!

»Theobald ist mein Hund – mein treuer Gefährte«, beeilte sie sich zu sagen. Sie ahnte wohl, dass Drösel ihr unappetitliche Praktiken zutraute.

Der Hund grinste.

Drösel gab sich Mühe, einigermaßen verbindlich dreinzuschauen. »Würden Sie mir freundlicherweise auch Ihren Namen sagen?«

»Hannelore – Hannelore Mentzel. Also, eigentlich heiße ich ja Hannelore Eleonore Luise Mentzel. Aber …« Sie lachte geziert. »Die meisten sagen einfach nur Hannelore zu mir. Oder Hanni … manchmal auch Honey.«

Sie klapperte aufgeregt mit den Knochen und wartete auf eine Reaktion des Kommissars. Der aber guckte nur frostig geradeaus.

»Herr Kommissar«, fuhr sie fort. »Ich habe Angst.«

Sie machte eine Pause, knüllte nervös ihre Handtasche und stieß dann plötzlich hervor: »Ich glaube, morgen fliegt die Seehundbank in die Luft!«

Drösel erstarrte. War das die ganz große Nummer, auf die er schon so lange gewartet hatte? Das Verbrechen des Jahrhunderts? Wenn das zutraf, was diese Bohnenstange da vor ihm behauptete, und er, Kommissar Heinrich Drösel, eine

Katastrophe gigantischen Ausmaßes unter Einsatz seines Lebens verhindern könnte, dann wäre er ... Er wagte gar nicht, den Gedanken weiterzuspinnen. Ihm lief es kalt über den Rücken. Jetzt musste er Ruhe bewahren, kühl und abgeklärt kombinieren und entschlossen handeln.

»Frau Menschel ...«

»Mentzel«, sagte sie und wischte sich seine feuchte Aussprache aus dem Gesicht.

»Wie auch immer ...« Drösels Ton wurde amtlich.

»Berichten Sie, was Sie zu Ihrem Verdacht veranlasst hat. Lassen Sie nichts aus, versuchen Sie, sich an jede Kleinigkeit zu erinnern, verschweigen Sie nichts, beschönigen Sie nichts, vertuschen Sie nichts. Alles, was Sie sagen, kann vor Gericht gegen Sie verwendet werden.«

»Was?«

Drösel machte eine wegwerfende Handbewegung.

»Fangen Sie einfach an.«

Die dünne Frau rutschte unbehaglich auf der Stuhlkante hin und her und druckste herum.

Drösel beugte sich vor. »Ich kann Sie auch durchsuchen lassen, wenn Ihnen das lieber ist.«

»Was?« Die dünne Frau starrte ihn ungläubig an. Schließlich atmete sie tief durch und entschloss sich zu berichten. Der Kommissar schien knallhart zu sein, da war es sicher besser, sich kooperativ zu zeigen.

»Also, ich bin Garderobiere im Touristenzentrum. Ich war gerade auf dem Weg zum *Watt'n Hus* und musste dabei am *Hotel Miesmuschel* vorbei.«

Drösel rümpfte die Nase. »Was für'n Hotel?«

»*Hotel Miesmuschel*, – warum?«

Drösel schüttelte fassungslos den Kopf.

»Ist das 'ne Absteige?«

Die dünne Frau sah ihn fragend an und zuckte mit den Schultern. »Weiß auch nicht ... früher hieß das Hotel *Pension Kuschelmuschel*.«

Drösel sog hörbar die Luft durch die Nase.

»Die hatten immer die Vorhänge zugezogen und ...«

Drösel unterbrach sie schroff: »Hören Sie auf! Ich will das gar nicht wissen! Fahren Sie lieber mit Ihrem Bericht fort.«

»Wie ich schon sagte: Ich war gerade auf dem Weg zum *Watt'n Hus* ... Sie müssen wissen, ich nehme meinen Beruf sehr ernst und gehe gern frühzeitig los. Es gibt ja auch immer reichlich zu tun, und ich habe es gern, wenn mein Arbeitsplatz aufgeräumt und vorbereitet ist, wenn die Gäste hereinströmen.«

Sie hielt inne. Der Gedanke an Gäste schien sie irgendwie zu peinigen.

Mit einem theatralischen Seufzen fuhr sie fort.

»Wissen Sie, die Garderobe muss man nämlich sehr penibel und akkurat führen. Sie können sich das nicht vorstellen! Die Leute denken immer, man nimmt einfach einen Mantel, hängt ihn über den Bügel und hängt dann den Bügel an die Stange. Von wegen! Da gibt es so viel zu bedenken. Zum Beispiel passen genau fünfundzwanzig Bügel auf eine Stange – wenn sie belegt ist! Wenn die Stange leer ist, passen natürlich mehr darauf. Aber weil es ja danach geht, wenn sie belegt ist, und nicht, wenn sie leer ist, dann ist es eben besser, wenn man schon vorher auf jede Stange fünfundzwanzig Bügel hängt, damit man eine belegte Stange nicht mit einer scheinbar belegten Stange verwechselt, von der man nur annimmt, dass sie schon belegt ist, die aber in Wirklichkeit nicht belegt ist, weil auf der Stange ja ein Bügel fehlt, der auf einer anderen Stange zuviel sein muss, man aber nicht weiß, auf welcher Stange der fehlende fehlt – also quasi zuviel ist!«

Der dicke Hund kniff die Augen zusammen und pupste einmal kräftig durch. Dann grinste er wieder.

Sie beugte ihr spitzes Gesicht vor. »Wissen Sie, was ich meine?«

Drösels Augen begannen zu flackern.

»Nein ... äh, doch, doch ... natürlich!«

Sie stieß ihm ihren knochigen Zeigefinger entgegen. »Können Sie sich vorstellen, dass es Kolleginnen gibt, die auf eine Stange vierundzwanzig Bügel hängen und dann durcheinanderkommen, weil sie nicht mehr wissen, an welcher Stange jetzt der fehlende Bügel, also der fünfundzwanzigste, hängt?«

Sie machte eine dramaturgische Pause, um dem Gesagten mehr Gewicht zu verleihen.

»Und jetzt stellen Sie sich vor, dass auf der einen Stange ZWEI Bügel fehlen, auf der anderen Stange aber nur EINER zuviel ist! Da stellt sich dann die Frage: Wo sind die anderen beiden geblieben. Also quasi der eine und der andere. Verstehen Sie?«

Ihr Blick wirkte leicht verhangen, dann setzte sie monoton hinzu: »Das ist wie beim Schach!«

Drösel verspürte aufkommende Magenkrämpfe. Er begann, langsam bis zehn zu zählen. Bei vier rang er sich ein gequältes Lächeln ab.

»Bedauerlicherweise spiele ich kein Schach. Der Schwerpunkt polizeilicher Arbeit liegt auch eher auf kriminalistischer Untersuchungs- und Ermittlungsmethodik. Da bleibt leider wenig Raum für die Erörterung solch wichtiger Probleme wie die strategische Verteilung von Bügeln auf Garderobenstangen.«

Sie blickte traurig auf ihre zerknüllte Handtasche.

»Ja, es ist alles nicht so einfach.«

Drösel wartete.

Der dicke Hund sah sich suchend um und entschloss sich, zur Tür zu trotten. Da die dünne Frau die Leine aber fest in den Händen hielt und der Besucherstuhl zudem ein Bürostuhl mit Rollen war, wurde sie mitsamt dem Stuhl langsam in Richtung Tür gezogen.

Drösel verfolgte entgeistert die aberwitzige Szene, und als das groteske Gespann bereits zwei Meter vom Schreibtisch entfernt war, fiel ihm nichts Besseres ein, als ein verstörtes »Hallo?«

Die dünne Frau lächelte unsicher, hob entschuldigend die Schultern, zog an der Leine und wies mit dem Finger zum Schreibtisch: »Theobald, such!«

Der dicke Hund machte kehrt, zog die dünne Frau samt Stuhl zum Schreibtisch zurück, setzte sich hin und grinste.

»Theobald ist manchmal wie ein kleines Kind«, sagte sie.

»Ja, zu drollig«, quetschte Drösel hervor und zog vorsichtshalber die Schublade auf, um seine Dienstwaffe griffbereit zu haben.

»Wie weit waren wir gekommen?« fragte die dünne Frau.

Drösel sah die Frau fragend an, dann zeigte er auf eine Stelle, etwa zwei Meter von seinem Schreibtisch entfernt. »Bis dahin ungefähr«, sagte er.

»Nein, ich meine: Wo waren wir stehengeblieben?«

»Äh, ach so, ja ... Die Seehundbank sollte in die Luft ...«
»Genau!« Sie wurde merklich unruhig.

»Ich gehe da also mit Theobald friedlich am Hotel vorbei, da kommt urplötzlich, wie aus dem Nichts, ein Bus angerast, bremst mit quietschenden Reifen, die Tür wird aufgerissen, und heraus springt eine Bande höchst zwielichtiger Gestalten. Also, die sahen vielleicht aus ... Ich sage Ihnen, da hätten Sie auch Angst gekriegt. Erst haben sie ganz hinterlistig gelacht, und dann haben sie kofferweise Sprengstoff ausgeladen.«

»Sprengstoff?« Drösel wurde blass.

»Na ja, auf den ersten Blick waren das natürlich nur Koffer! Aber man kann sich ja denken, was da alles drin war. Ich vermute Sprengstoff, Handgranaten, Tretminen und sowas.«

Drösel quälte seine Augenbrauen hoch. »Aber liebe Frau Mensel ...«

»Mentzel.«

»Ja, meinetwegen. Aber vielleicht handelt es sich ja um eine ganz normale Reisegruppe. Kegelclub oder sowas. Die latschen hier doch ständig wie nervöse Hühner durch Büsum und machen Sachen, die keiner machen würde, der nüchtern ist.«

»Nee, nee, Herr Kommissar.«

Die dünne Frau schüttelte heftig ihre noch dünneren Haare. »Keine Kegler! Die nicht! Ich habe ganz genau gehört, wie die Frau mit dem Rollator in ihren Leinenbeutel griff und sagte, da hätte sie Granaten drin – nee, nee, das sind eindeutig Terroristen.«

Drösel überlegte. Offensichtlich hatte die dünne Frau nicht mehr alle Bügel auf der Stange. Koffer – Sprengstoff – Granaten – Terroristen! Schade. Sein eben noch geträumter Traum vom großen Fall zerbröselte ins Nichts.

Er erhob sich und streckte ihr die Hand entgegen: »Das war sehr interessant, Frau, äh ... wir werden ein Protokoll anfertigen und uns um die Sache kümmern.«

»Ja, aber«, maulte sie entrüstet, »ich habe doch noch gar nichts von den Drohungen erzählt!«

»Haben Sie nicht? Na, dann machen Sie's kurz.«

Drösel setzte sich widerstrebend und überlegte, ob er nicht irgendeinen Vorwand finden könnte, der dünnen Frau ins Bein zu schießen. Vielleicht aus Notwehr. Er könnte angeben, der Hund hätte ihn mit fletschenden Zähnen angegriffen, er hätte zur Waffe greifen müssen, um sein Leben zu schützen, leider habe der Schuss sein Ziel verfehlt und wäre der armen Frau ins Bein gefahren.

Andererseits würde das natürlich viel Schreibkram nach sich ziehen. Da sind die Behörden manchmal pingelig.

Die dünne Frau nutzte seine kleine Denkpause, um ihre Trumpfkarte auszuspielen.

»Es ist nämlich so: Als sich alle schon ins Hotel verdrückt hatten, ist einer von denen noch draußen stehen geblieben. Der guckte richtig fies seine Begleiterin an, und wissen Sie, was er gesagt hat?«

Sie sah Drösel triumphierend an. »Er hat das nur vor sich hingemurmelt und wohl gedacht, ich kriege das nicht mit, aber – hah! – ich hab gute Ohren. Sehr gute Ohren! Die hab ich nämlich von meinem Vater.«

Drösel guckte sich ihre Ohren an und befand, dass das gut sein könnte.

»Wortwörtlich hat er gesagt ...«

Sie machte eine Pause, um die Spannung zu steigern, dann platzte es aus ihr heraus: »Also, der Typ hat gesagt, dass er eine biologische Bombe dabei hat, und dass er die Seehunde mit einem hochgefährlichen Virus infizieren wird, damit die allesamt verrecken – das hat er nämlich gesagt.«

Sie lehnte sich atemlos zurück und wartete auf Drösels Reaktion. Der dicke Hund grinste.

Zum zweiten Mal an diesem Tag wurde Drösel blass. Das konnte sich die alte Vettel nicht ausgedacht haben. Da musste was dran sein. Vielleicht war er ja doch dazu berufen, einen Terroranschlag globaler Tragweite zu vereiteln. Dagegen wären die zehn Morde in Amerika kleines Dorftheater.

»Echt?« fragte Drösel tonlos.

»Ja! Echt! Und dann muss ich Ihnen noch was sagen«, setzte die dünne Frau nach.

»Als der Kerl meinen kleinen Theobald sah, ist er auf uns zugegangen und hat ihn aus bleichem Gesicht mit blutunterlaufenden Augen angestarrt, als wolle er ihn ... oh, mir wird jetzt noch ganz bange!«

Flüchtig empfand Drösel so etwas wie Sympathie für den Mann mit dem bleichen Gesicht. Dann aber rief er sich den Ernst der Lage ins Bewusstsein und entschloss sich, umgehend geeignete Maßnahmen zu treffen.

Er stand jäh auf. »Danke, Frau Menzing. Ihr Hinweis war äußerst wichtig. Bitte halten Sie sich zu unserer Verfügung. Und verlassen Sie Deutschland nicht.«

Sie stand auf und strahlte Drösel an. »Herr Kommissar! Ich bin so froh. Wenn es einer schafft, dann Sie! Retten Sie Büsum.«

Sie stakste durch den Raum, der dicke Hund watschelte

hinterher. An der Tür stieß sie fast mit Kriminalobermeister Göttinger zusammen, der Mühe hatte, die Kaffeetasse auszubalancieren, die er vor sich hertrug.

»Was machen Sie denn da?«, schnauzte ihn Drösel an.

»Ihr Kaffee«, stammelte Göttinger.

»Sind Sie noch ganz gesund?«, herrschte ihn Drösel an. »Wir stehen hier kurz vor einem verheerenden Terroranschlag, und Sie albern da mit 'nem Kaffee rum. Los, los, Göttinger, Sie fahren sofort zum *Hotel Miesmuschel* ...«

»Wohin?« Göttinger machte große Augen.

»Herrgottnochmal – *Hotel Miesmuschel!* Beschaffen Sie mir alle Informationen, die Sie über eine Gruppe einholen können, die heute Mittag da abgestiegen ist. Wahrscheinlich handelt es sich um eine international agierende und kreuzgefährliche Bande. Aber seien Sie vorsichtig: Die sind bewaffnet.«

Erst jetzt bemerkte Drösel, dass der Fischgeruch etwas in den Hintergrund getreten war. Dafür roch es jetzt stark nach nassem Hund. Er schüttelte sich.

»In zwei Stunden große Lagebesprechung im Frühstücksraum – für alle! *Operation Miesmuschel* ist angelaufen!«

18

In leicht bedrückter Stimmung stiegen die ›Vollpfosten‹ die Treppe hoch, die zu *Gosch* führt. Der Zwischenfall mit dem Spaziergänger hatte alle etwas mitgenommen und nachdenklich gemacht. Zumal sich herausstellte, dass es sich bei dem Spaziergänger um den Bürgermeister von Büsum handelte. Natürlich hatte man sich in aller Form bei ihm entschuldigt. Ralle hatte sogar sein geliebtes Schweizer Offiziersmesser hervorgezogen und dem Bürgermeister unter die Nase gehalten.

»Möchten Sie das Ding haben?«

Dr. Martin Durchdenwald hatte sich sehr förmlich als vereidigter Sachverständiger und Gutachter für Brandschäden, Vorstandsmitglied eines Golfclubs und Obmann für die Jagdhundeausbildung bei der Jägerschaft Cuxhaven Land vorgestellt und lud den Bürgermeister sogar zur Treibjagd auf zahme Wildschweine ein.

Der Bürgermeister machte allerdings noch einen sehr verwirrten Eindruck und war mit angstvoll geweiteten Augen und eingezogenem Kopf eiligst davongehumpelt.

Wortlos setzten sie sich an den Tisch und warteten auf die Kellnerin. Die kam aber nicht. Selbstbedienung.

Martin Durchdenwald nahm den abgerissenen Ärmel, den Ralle achtlos auf den Tisch geworfen hatte, und legte ihn sorgfältig über die Stuhllehne, damit er nicht verknitterte.

»Also, ich hab das Gefühl«, unterbrach schließlich Charlotte von Hademarsch die Stille, »dass Wutz das alles arrangiert hat – als Teil seiner *Büsumer Überraschungstour*.«

»Nee, Charlotte«, protestierte Wutz. »Mein Programm ist zwar ähnlich spektakulär, aber – das nicht! Woher hätte ich denn wissen sollen, dass Martin just in dem Moment Golfübungen veranstaltet, in dem der Opa hier vorbeitrottet. Sowas kann man doch gar nicht planen.«

»Na, ich trau dir nicht«, sagte sie und sah forschend in die Runde. Den anderen sah man deutlich an, dass sie sich da auch nicht ganz sicher waren.

Helga Heimlich kam mit einem voll beladenen Tablett an den Tisch und verteilte die bestellten Getränke. »Wer bekommt den dreifachen *Küstennebel*?«

»Ich!« Elfriede Wutz hob den Arm. Und zu ihrem Sohn gewandt meinte sie: »Was hast du dir als Nächstes ausgedacht? Eine fröhliche Wattführung, bei der wir die Wattführerin gemeinsam im Priel ertränken?«

Wutz grinste. »Mal sehen – der Tag ist ja noch lang.«

19

Kommissar Drösel saß nachdenklich an seinem Schreibtisch und überdachte die historische Dimension des vor ihm liegenden Falles.

Die ›Miesmuschel-Bande‹! Irgendwie erinnerte die ihn an die Olsen-Bande. Aber die operierte ja im fernen Dänemark. Außerdem stellten die sich immer ziemlich dumm an. Könnte es sein, dass die dazugelernt hatten? Dass sie cleverer, aber auch rücksichtsloser geworden waren und ihr Tätigkeitsfeld nach Büsum verlegt oder ausgeweitet hatten?

Die Tür flog mit einem Knall auf, und Kriminalobermeister Göttinger kam atemlos hereingestürzt. Mit hochrotem Kopf und schwer atmend ließ er sich ungefragt in den Besucherstuhl fallen und sah Drösel mit unruhigen Augen an.

»Volltreffer!« keuchte er. »Wir haben da in ein Wespennest gestochen. Da muss 'ne ganz große Nummer laufen.«

Er fuhr sich mit zitternder Hand über die Augen, als müsse

er einen quälenden Albtraum verscheuchen.

»Eine ganz große Nummer, sag ich Ihnen.«

»Was ist los? Was läuft da?« Drösel beugte sich angespannt vor und blickte Göttinger erwartungsvoll an.

»Eine ganz große Nummer!«

»Ja, was?«

»Eine Nummer ... ich sag Ihnen!«

»GÖTTINGER!« schrie Drösel und haute die Faust auf den Tisch. »Sind Sie meschugge? Erzählen Sie! Einzelheiten! Details! Wird's bald?«

»Ich hab einen Zeugen aufgetrieben«, keuchte Göttinger. »Einen älteren Herrn, Weltkrieg-II-Teilnehmer, der Stein und Bein schwört, dass das Wort ›Kriegskasse‹ gefallen ist. Und ›Angriff‹! Und ›Panzer‹!«

Göttinger schüttelte fassungslos den Kopf.

»Verstehen Sie? *Kriegskasse ... Angriff ... Panzer*!«

Drösel stützte beide Ellenbogen auf den Schreibtisch und legte die gespreizten Finger aneinander. Das hatte er mal im Fernsehen gesehen. Bei irgendeiner Frau. Wie hieß die nochmal? Es wollte ihm nicht mehr einfallen. Egal, jetzt hieß es, kühlen Kopf zu bewahren.

»Wie glaubwürdig sind die Aussagen des Zeugen?«, fragte er betont nüchtern und beherrscht.

»Absolut glaubwürdig«, sagte Göttinger. »Ich hab ihn in die Mangel genommen, richtig hart angefasst. Hab ihm eine Plastiktüte über den Kopf gestülpt und ihm mein Handy auf den Kopf gehauen. Trotzdem blieb er bei seiner Aussage. Seine Aussagen sind sozusagen hieb- und stichfest.«

»Gut«, nickte Drösel. »Wo ist er jetzt?«

»Im Krankenhaus.«

»Was haben Sie sonst noch herausgefunden?«

»Halten Sie sich fest, Chef – am Hafen, gegenüber von *Gosch,* haben die unseren Bürgermeister zusammengeschlagen und wollten ihn ins Hafenbecken schubsen.«

»Was?« Drösel riss die Augen auf. »Das gibt's nicht!«

»Doch, das gibt's«, bekräftigte Göttinger.

»Aber das ist noch nicht alles. Anschließend hat einer mit 'nem riesigen Messer wie wild vor seiner Gurgel rumgefuchtelt und gefragt, wo er das Ding reinhaben will. Und ein anderer hat sogar gedroht, man würde ihn wie ein Wildschwein vor sich hertreiben.«

Drösel schloss die Augen. Das war ja noch grauenvoller, als er befürchtet hatte. Die ›Miesmuschel-Bande‹ schien vor nichts halt zu machen. Gnadenlos verfolgten sie ihr Ziel, Büsum zu terrorisieren, die Seehundbank in die Luft zu jagen und sämtliche Seehunde auszurotten.

Drösel dachte an die vielen bedauernswerten Kinder, die auf den Deichen fröhlich lachend ihre Drachen steigen ließen und nicht ahnten, dass morgen ihr Leben ein jähes, viel zu frühes Ende finden würde. Und nicht nur das – ganz Deutschland könnte von diesem Flächenbrand erfasst werden. Vielleicht sogar Pellworm.

Nein, nein, nein – er, Kriminalkommissar Drösel, würde diese mordgierige Clique zur Strecke bringen. Kompromisslos und unbarmherzig wird er sie jagen. Und wenn es sein müsste, sogar bis nach Husum.

Er sah die Schlagzeilen schon vor sich: *Kommissar Heinrich Drösel entlarvt Terrorbande!*

Oder: *Bundeskanzlerin adelt Büsumer Kriminalkommissar: Sie schaffen das!*

Vielleicht würde man ihn sogar zum Hauptkommissar befördern und ihm zu Ehren eine Gedenksäule errichten. Direkt auf dem Marktplatz von Heide, zwanzig Meter hoch, vom Volksmund liebevoll *Drösel-Dödel* genannt.

Drösel schreckte hoch, irgendetwas spürte er auf seinen Lippen. Er riss die Augen auf und blickte direkt in das pickelige Gesicht von Göttinger, der seinen Mund fest auf Drösels Lippen presste.

Drösel sprang auf, prustete eine gewaltige Tröpfchenwolke in den Raum, wischte sich angewidert die Lippen ab und spuckte angeekelt aus.

»Sind Sie krank, Sie perverse Kanaille?«

Göttinger wich erschrocken zurück und stammelte: »Entschuldigung ... ich dachte ... Sie waren plötzlich weg ... also ... nicht nur geistig ...«

Göttinger schluckte.

»Und da wollte ich ... äh ... Wiederbelebungsversuche ... also quasi Mund-zu-Mund-Beatmung ...«

Drösel spuckte auf den Boden aus und fuhr sich mehrmals mit dem Ärmel über den Mund. »Ich habe doch nur nachgedacht, Sie Depp!«, schrie er. »Und Sie ... Sie ... nutzen die Situation einfach schamlos aus! Sie ... Sie Unhold!«

»Ich wollte doch nur ...«, begann Göttinger, wurde aber von Drösel unterbrochen, der einen schnellen Blick auf seine Armbanduhr warf: »In zehn Minuten Lagebesprechung im Frühstücksraum. Sehen Sie zu, dass Sie Ihren Arsch dahin bewegen, ich komm gleich nach.«

Und mit einem abschätzigen Blick auf Göttinger: »Ich muss mich erst einmal gründlich desinfizieren.«

20

Den Frühstücksraum des alten Fischkontors hatte man zum Besprechungs-, Verhör-, Aufenthalts- und Warteraum umfunktioniert. Es war zwar eng und roch nach Fisch, aber zumindest fand die ganze Mannschaft darin Platz. Nur die Tür musste offen bleiben. Wegen des Miefs.

Drösel ließ den Blick missgelaunt über seine Mitarbeiter wandern.

»Darf ich vielleicht mal um Ruhe bitten?«

Unter dem einsetzenden Sprühnebel zuckte die erste Stuhlreihe in geschlossener Formation zusammen.

»Meine Herren, ich habe Sie hergebeten ...«

Mit Verärgerung bemerkte er, dass Polizeianwärterin Mandy Leutselig-Eckershausen die Hand gehoben hatte. Er hasste es wie die Pest, unterbrochen zu werden.

»Was ist?«, herrschte er sie an.

»Entschuldigen Sie, Sie sagten gerade ›meine Herren‹ ...«

»Ja und?«

»Müsste es nicht richtiger heißen ›Meine Damen und Herren‹? Weil ...« Sie stockte und sah sich unsicher um. »Ich bin ja auch noch hier.«

Für einen Moment sah es so aus, als wollte Drösel den Raum verlassen. Dann hatte er sich wieder im Griff.

Er nahm Polizeianwärterin Leutselig-Eckershausen scharf ins Visier und formulierte betont förmlich: »Sehr geehrte Damen und Herren, liebe Gäste, sehr verehrter Herr Bundespräsident!«

Er blickte die Polizeianwärterin fragend an. Die sagte nichts, nahm sich aber fest vor, anschließend bei der Gleichstellungsbeauftragten vorbeizuschauen.

»Also, meine ... ich habe Sie hergebeten, um Sie mit einem Sachverhalt äußerster Brisanz und Dringlichkeit vertraut zu machen. Alle Ermittlungen zu anderen Fällen werden ab sofort zurückgestellt. Das betrifft vor allem die drei aktuellen Fälle: Die Brandstiftung beim Schlafstrandkorb auf der Watt'n Insel, den Krabbenbrötchendiebstahl und die Tierquälerei im Hundewaschsalon.«

»Zwei«, sagte Göttinger leise.

»Was ist?« Verärgert über die Unterbrechung stierte Drösel seinen Assistenten an.

»Es sind nur zwei akute Fälle, Chef. Die Brandstiftung hatten wir schon vor drei Wochen aufgeklärt.«

»Wie?«

»Ich weiß auch nicht wie.«

Göttinger zuckte mit den Schultern. »Irgendwie eben ...«

Drösel zeigte sich einen Moment lang verunsichert: »Was war denn da passiert?«

»Da ist ein Spät-Hippie mit seiner Tüte eingeschlafen, und als er das Feuer bemerkte, konnte er gerade noch seine Jesuslatschen retten und ist dann spurlos in der Dunkelheit verschwunden. Am nächsten Morgen fanden wir nur noch die Asche vom Strandkorb und sein Gebiss.«

Drösel verzog angewidert das Gesicht.

Dann wandte er sich wieder seinen Leuten zu. »Nochmal: Wir haben drei akute Fälle; wobei ich, wie Sie sicher wissen, die Brandstiftung schon vor vier Wochen aufgeklärt habe.«

»Vor drei«, sagte Göttinger.

»Wollen Sie mich ärgern?«, empörte sich Drösel.

»Wenn ich sage, dass ich ihn schon vor vier Wochen aufgeklärt habe, dann habe ich ihn schon vor vier Wochen aufgeklärt. Ich habe ich es Ihnen wahrscheinlich erst eine Woche später erzählt.«

Göttinger inspizierte angestrengt seine Fingernägel.

»Also«, fuhr Drösel fort. »Was ich sagen wollte, bevor mich dieser Kretin hier unterbrach, ist, dass wir heute einen Fall von eminenter Bedeutung auf den Tisch bekommen haben, dem wir uns ab sofort vordringlich widmen werden. Einzelheiten erläutere ich Ihnen jetzt.«

Er goss sich umständlich einen heißen Kaffee aus der bereitgestellten Thermoskanne ein und ließ seinen Blick durch den Raum wandern. Er hatte ihn kurz vorher zur Kommandozentrale umfunktioniert. Überall zogen sich Kabel durch den Raum und verbanden die unterschiedlichsten Geräte miteinander: Computer, Monitore, Laptops, Lesegeräte, Eingabegeräte, Ausgabegeräte, Scanner, Drucker, Fernschreiber, Faxgeräte, Fernseher, Bügelautomat und Waffeleisen.

Drösel blickte stolz über das technische Chaos. In einer Zeit, in der sich kriminelle Elemente modernster Technik bedienten, musste auch die Polizei alle Möglichkeiten der Kommunikationstechnik ausschöpfen, um mit der kriminellen Szene Schritt halten zu können.

Wir müssen sie mit ihren eigenen Waffen schlagen, dachte Drösel. Je dicker die Kabel, desto größer die Chancen.

Sein Blick fiel auf die große Plantafel am Kopf des Raumes. Dynamisch federnd sprang er auf und stellte sich an die Tafel. »Meine Herren, wenn ich für einen Augenblick um Ihre Aufmerksamkeit bitten dürfte...«

Er klopfte mit den Fingerknöcheln auf die Tafel, und als

er feststellte, dass alle Blicke auf ihm ruhten, nahm er einen grünen Stift von der Ablage, malte ein Quadrat links oben auf die Tafel und schrieb ein großes *HM* rein.

»Im *Hotel Miesmuschel* ist heute gegen Mittag eine Gruppierung krimineller Elemente abgestiegen, die sogenante *Miesmuschel-Bande* ...« Er malte links neben das Quadrat einen großen roten Kreis und setzte ein *MB* ein.

»... die wir als international agierenden, paramilitärisch organisierten Terroristentrupp identifiziert haben.«

Ein Raunen ging durch die Reihen. Zufrieden registrierte Drösel, dass er nun die ungeteilte Aufmerksamkeit der versammelten Mannschaft hatte. Alle Augen waren gespannt auf ihn gerichtet.

»Eine zufällig vorbeikommende Dame ...«

Er malte ein blaues Quadrat mit einem *D* in der Mitte.

»Oder sagen wir besser: eine Frau ...«

Er wischte das *D* weg und ersetzte es durch ein *F*.

»... hat beobachtet, dass die Terroristen mit Sprengstoff gefüllte Koffer mit sich führen. Gleichzeitig hat sie ein Gespräch belauscht, aus dem eindeutig und zweifelsfrei hervorging, dass die Terroristen beabsichtigen ...«

Er malte ein großes, dickes *S* an die Tafel.

»... die Seehundbank in die Luft zu sprengen.«

Den anschließenden Tumult unter den Polizisten nutzte Drösel zu einem langen Schluck aus seiner Kaffeetasse.

»Ruhe!«, mahnte er dann und klopfte mit dem Stift um Aufmerksamkeit heischend an die Tasse.

»Das ist aber noch nicht alles. Bevor die Seehundbank in die Luft gesprengt wird, wollen diese Scheusale sämtliche Seehunde mit einem unbekannten Virus anstecken, damit diese elendig verrecken.«

Im Frühstücksraum wurde es laut.

»Ruhe, verdammt nochmal!« Drösel warf einen scharfen Blick in die Runde.

»Zur Sache: Diese Schurken haben auch die dünne Frau bedrängt und damit gedroht, ihren Hund abzustechen, für was ich – diese Bemerkung sei mir gestattet – durchaus eine gewisse Sympathie empfinde. Nach dem Einchecken machte sich die Bande auf den Weg zum Hafen, wo sie unseren Bürgermeister niederschlugen und anschließend ins Hafenbecken schubsten. Glücklicherweise konnte ihnen der Bürgermeister gerade noch entkommen, hat dabei aber einen Arm verloren.«

Unter den Anwesenden hub ein aufgeregtes Flüstern an, eine junge Polizistin fing an zu weinen.

Drösel wandte sich wieder der Tafel zu und malte ein Sechseck mit einem *B* und ein Dreieck mit einem *H*.

»Unsere Aufgabe ist es nun, die Verbindungen zwischen den Terroristen und deren Aktionen zeitlich und räumlich einzugrenzen, die Berührungspunkte zwischen Personen und Örtlichkeiten zu analysieren sowie ein Bewegungsprofil des Terrorkommandos zu erstellen.«

Drösel wischte ein paar Tröpfchen von der Tafel, dann zog er eine Linie vom *HM* zum *MB*, verband das *B* und das *H* mit einer gestrichelten Linie, zog eine Linie vom *S* zum *F*, vom *H* zum *G*, punktierte eine Verbindung vom *F* zum *HM*, wechselte den grünen Stift gegen einen roten und verband dann *B* und *S* und *G* und *F* mit einer gezackten Linie. Schließlich setzte er zwischen die Quadrate jeweils zwei dicke Trennstriche und fügte unter das *HB* ein Pluszeichen ein.

»Ist Ihnen klar, was ich damit sagen will?«
Er sah prüfend in die Runde.
»Keiner?« Sein Blick fiel auf Polizeimeister Grotjohann. »Grotjohann?«
»Ich weiß nicht ...«, sagte der vorsichtig.
»Wuttke?«
Wuttke zuckte mit den Schultern.
»Wilke?«
»Was bedeutet nochmal das *G*?«, fragte Wilke.
Drösel fuhr sich unsicher durchs Haar, dann legte er den Stift zurück.

»Na gut«, sagte er leise. »Vielleicht ist es noch zu früh, über komplizierte Strukturen und Handlungsmuster ...«
Er brach ab, setzte sich und starrte still vor sich hin.

Nach einer ganzen Weile gedankenverlorener Einkehr hob er den Kopf: »Wissen Sie, eigentlich wollte ich Florist werden. Blumen sind ja so geduldige Geschöpfe.«

Drösels Blick heftete sich starr auf einen unbestimmten Punkt in weit entlegener Ferne. Seine Augen umspielte ein Hauch inneren Friedens und beglückter Harmonie.

»Wussten Sie eigentlich, dass die auf Madagaskar beheimatete Adelosa microphylla zu den Lippenblütlern gehört, eine vierkantige Sprossachse hat, aber trotzdem nur ganz schwach duftet?«

Für einen winzigen Moment sah es so aus, als erstrahle sein ganzer Körper in einem grünlichen Licht, dann umschatteten sich seine Augen wieder, er versteifte sich zusehends und wandte sich schroff an die Anwesenden: »Ich habe Brettschneider angewiesen, die ›Miesmuschel-Bande‹ zu beobachten und nicht aus den Augen zu lassen. Vielleicht kann er uns nachher weitere Hinweise geben. Apropos Hinweise: Haben Sie sonst noch irgendwas Brauchbares rausbekommen, Göttinger?«

»Nur, dass die Bande ihre Heimatbasis offenbar in der Nähe von Cuxhaven hat. Und dass einer von den Terroristen Jäger sein soll.«

»Cuxhaven?«, überlegte Drösel. »Liegt das nicht da unten irgendwo ... südlich von Pellworm oder so?»

Plötzlich sprang er auf und klatschte sich mit der Hand an die Sirn: »Cuxhaven! Dass ich da nicht eher drauf gekommen bin! Ich habe doch einen alten Bekannten in Cuxhaven. Also jedenfalls in der Nähe, in so 'nem kleinen, abseits gelegenen Dorf, in dem man nur Schritt fahren darf.«

Drösel fingerte aufgeregt sein Notizbuch aus der Tasche. Als er gefunden hatte, was er suchte, griff er zum Telefon.

»Ein guter Kumpel von mir – Jäger und in der Szene bestens vernetzt. Der kennt mehr Jäger als Hasen.«

Er tippte die Nummer ein.

»Jetzt könnt ihr was lernen. Das Geheimnis telefonischer Ermittlung: die richtigen Leute kennen, die richtigen Fragen stellen und aus den Antworten die richtigen Schlüsse ziehen. Ich stelle mal auf Mithören.«

Es tutete zweimal, dann ein Knacken, und aus dem Lautsprecher meldete sich nach kurzen Räuspern eine müde Stimme: »Was is?«

»Hier Drösel! Wir kennen uns vom ...«

»Der Schauspieler Dröse?«

»Drösellll! Nein, ich ...«

»Warten Sie mal, der heißt ja gar nicht Dröse, der heißt ...«

Drösel zog leicht genervt seine Augenbrauen hoch.

»Mein Name ist Drösellll! Mit einem *Ell*. Und ich ...«
»Also, dann sind Sie doch dieser Schauspieler?«
»Nein! Bin ich nicht!«
»Hab' ich mir doch gleich gedacht. Der Schauspieler heißt nämlich Brösel oder Kögel oder so ähnlich. Den haben Sie bestimmt schon mal gesehen. Der spielt in dieser Serie mit, in der auch der andere Schauspieler mitspielt. Mensch ... wie heißt der doch noch gleich? Wissen Sie, der mit der Brille.«

Drösel spielte nervös damit dem Kabel in seinen Fingern.
»Hören Sie ...«
»Nee, warten Sie, jetzt hab' ich's: Der heißt Waldmann! Dass ich nicht gleich darauf gekommen bin – Waldmann!«

Drösel stieß heftig die Luft aus.
»Jaja, Waldmann. Also, ich wollte Sie ...«
»Nee, Quatsch! Waldmann auch nicht. Wischmann, glaube ich. Oder Winkel ... Winkelhoff? Mein Schwager – kennen Sie eigentlich meinen Schwager?«
»Nein, kenn ich leider nicht. Ich möchte einfach nur ...«
»Wissen Sie, mein Schwager hat grundsätzlich was gegen Schauspieler. Er meint, die wären alle schwul – genauso wie Balletttänzer, Modeschöpfer und Friseure. Sind Sie zufällig Friseur?«

Drösel sah das Grinsen in den Gesichtern seiner Männer, und das machte ihn noch wütender.
»Ich bin kein Friseur! Ich bin von der Polizei! Und ich ...«
»Polizeifriseur? Um Gottes willen! Hat mein Schwager was ausgefressen? Also, zuzutrauen ist ihm das ja.«

Drösel rang mit seiner Beherrschung.
»Nein, Ihr sauberer Herr Schwager hat nichts ausgefressen. Ich ...«

»Moment mal! Was heißt denn hier ›sauberer Schwager‹? Wollen Sie damit irgendwas andeuten?«

»Ich will gar nichts andeuten«, bellte Drösel ins Telefon. »Ich will lediglich ...«

»Jetzt weiß ich! Wilmering heißt der! Oder ... Moment! Koch! Ganz genau! Jetzt hab' ich's: Koch! Werner Koch ... oder Hans Koch? Nee ...«

Der Kommissar nahm den Hörer vom Ohr, betrachtete ihn einen Augenblick lang angestrengt, dann legte er ihn leise auf die Gabel zurück. Er vermied es, seine Leute anzusehen. Er wusste auch so, dass sie allesamt grienten. Verzweifelt dachte er über eine halbwegs plausible Erklärung für dieses missglückte Gespräch nach. Ihm fiel aber so schnell nichts ein.

»Gibt's hier denn keine Brötchen?«, maulte er statt dessen. »Göttinger, besorgen Sie endlich mal ein paar Brötchen, verdammt nochmal!«

Aber Göttinger kam nicht mehr dazu, der Anordnung nachzukommen, da just in diesem Moment Brettschneider durch die offene Tür stürmte.

Drösel war dankbar für die Unterbrechung.

»Brettschneider! Gibt's Neuigkeiten?«

Kriminalpolizeihauptmeister Brettschneider blieb nach Atem ringend vor Drösel stehen. Wie immer war er topmodisch gekleidet: Jeans, graues Sakko, blau kariertes Hemd mit verdeckter Knopfleiste und rot gepunktete Fliege. Seine Mundwinkel zuckten unkontrolliert. Es fiel ihm offensichtlich schwer, die Fassung zu wahren.

»Ich bin völlig fertig! Es ist so grausam! Sowas hab ich noch nie erlebt ... nicht mal bei der Bundeswehr!«

»Himmelherrgottnochmal!«, donnerte Drösel los. »Nun reißen Sie sich mal zusammen!«

»Ich ... ich komme gerade von *Gosch* und habe ganz deutlich gehört, wie einer von denen sagte ...«

Ihm stockte die Stimme.

»Die wollen ...«

Er schluckte.

»Die wollen ...«

Er schluckte noch einmal.

»Die wollen die Wattführerin im Priel ertränken!«

21

Dem Tag ging langsam die Luft aus, der Nachmittag hatte auch keine Lust mehr und machte dem Abend Platz, der sein diffuses Tuch über die Stadt legte.

Gegenüber dem *Hotel Miesmuschel* drückte sich die dünne Frau in eine Mauernische und beobachtete den Hoteleingang. Irgendwann würden die Terroristen auftauchen. Dann wäre sie zur Stelle, um der Polizei jede verdächtige Bewegung zu melden.

Selbst dem dicken Hund war die Anspannung anzusehen. Mit düsterem Blick stierte er unter aufgequollenen Schlupflidern zum Hotel hinüber. Wenn er wollte, konnte er ganz gefährlich gucken.

»Pass schön auf, Theobald«, flüsterte die dünne Frau und griff in ihre Tasche, um dem Hund ein kleines Leckerli zuzustecken. Sie zog ein Krabbenbrötchen aus der Tasche, das sie schon vor Tagen in *Annelieses Krabbenbude* hatte mitgehen lassen und seitdem in ihrer Manteltasche warm hielt.

Behutsam wickelte sie das Brötchen aus dem Papier, nahm die obere Brötchenhälfte und warf sie dem Hund zu. Den Rest aß sie. Der Hund rührte sich nicht, er mochte keine Brötchenhälften, die nach Krabben stanken.

Die Stunden verrannen, es ging bereits auf dreiundzwanzig Uhr zu. Der dünnen Frau wurden die Lider schwer, die Müdigkeit kroch ihr in die klapprigen Knochen. Der dicke Hund hatte schon lange seinen gefährlichen Blick aufgegeben und lag platt wie ein nasses Sofakissen zu ihren Füßen. Die dünne Frau gähnte.

Da plötzlich hallte ein vielstimmiges »Prost!« durch die Nacht, und eine lärmende Meute näherte sich dem Hoteleingang. Die ›Miesmuschel-Bande‹!

Der dicke Hund sprang wie angestochen auf, lief dreimal um sein Frauchen herum und wickelte ihm die Leine um die Beine. Die dünne Frau achtete nicht drauf, mit den Ohren ihres Vaters horchte sie angestrengt zum Hotel rüber, um ja kein Wort zu verpassen.

»Kinder! Das war nicht schlecht«, hörte sie die Frau mit dem Rollator sagen. »Ich hab mir vorhin ganz geschmeidig 'ne zünftige ›Bloody Mary‹ reingezogen!«

»Da hätten Sie auch gleich 'nen ›Bullenschluck‹ nehmen können«, sagte der Mann mit dem bleichen Gesicht.

»Der schnürt auch die Kehle zu, schlägt derbe auf den Magen, verhärtet schlagartig die Leber und führt bei längerer Einnahme zur Schleimbeutelentzündung!«

Die dünne Frau hatte genug gehört: *Mary, Kehle zuschnüren, in den Magen schlagen …!*

Sie schüttelte sich angewidert. Offensichtlich planten die Terroristen, eine Frau namens Mary – vielleicht das Zimmermädchen – in ihre Gewalt zu bringen und zu erwürgen.

»Komm, Theobald«, flüsterte sie. »Wir müssen sofort den Kommissar anrufen.«

Der dicke Hund schreckte auf, wetzte dreimal um die dünne Frau herum und schlang ihr erneut die Leine um die staksigen Beine.

Diesmal aber stramm.

Richtig stramm.

Und dann zog er ...

22

Am nächsten Morgen schlurfte Drösel übermüdet ins Kommissariat. Er war etwas spät dran, fühlte sich wie gerädert, hatte er doch die ganze Nacht kaum schlafen können.

Seine Gedanken kreisten ständig um den bevorstehenden Terroranschlag. Zudem hatte er bis tief in die Nacht in dem Prospekt eines Herrenausstatters geblättert: *Mode für Männer, die Wert auf steil legen* (es stand dort tatsächlich *steil*).

Drösel brauchte unbedingt einen neuen Anzug. Der musste nicht unbedingt *steil* sein, aber zumindest *Style* haben. Schließlich konnte er schlecht mit seinem abgetragenen senffarbenen Sakko vor die Kanzlerin treten.

»Mit senffarbenen Sakkos laufen nur Leute rum, die psychische Proleme haben – wenn sie nicht sogar widernatürlichen Neigungen nachhängen«, hatte ihm seine Vermieterin an den Kopf geworfen, als er mal sein Fahrrad entgegen der Hausordnung vor dem Kellereingang abgestellt hatte.

Die alte Zicke hatte ihm zudem noch die Luft aus den Reifen gelassen. Ja gut – sie war zwar manchmal etwas impulsiv, mit dem Sakko aber hatte sie leider recht. Senffarbene Sakkos sehen tatsächlich aus, als hätte man ein ekliges Geheimnis. Diesen Gedanken nachhängend, lief er Kriminaldirektor Dr. Erich Haltermann gegen den Bauch.

»Passen Sie doch auf, Sie Drösel«, schimpfte der und versuchte krampfhaft, den Becher Kaffee in seiner Hand auszubalancieren, was ihm letztlich aber nicht gelang und er sich selbst den Kaffee über sein senffarbenes Sakko schüttete.

Dr. Haltermann verzog sein Gesicht zu einer weinerlichen Grimasse und sah entgeistert an sich hinunter.

»Das schöne Sakko. Habe ich erst letzte Woche bei *Steile Männer* gekauft«, jammerte er. »Sind Sie wahnsinnig?«

Drösel stammelte eine Entschuldigung und zog behende sein Taschentuch aus der warmen Hosentasche, um damit eilfertig den Kaffee von des Kriminaldirektors senffarbenem Sakko zu tupfen.

Der aber zuckte zurück, tatschte Drösel mit einer heftigen Bewegung auf die Finger und keifte: »Finger weg! Fassen Sie mich nicht an! Das ist ja widerlich!«

Polizeianwärterin Mandy Leutselig-Eckershausen, die just in diesem Augenblick vorbeikam, zuckte zusammen. Schon wieder der Kommissar! Sie fragte sich, ob zwischen den beiden Männern möglicherweise eine intime Beziehung bestand.

»Was glotzen Sie so«, herrschte der Kriminaldirektor sie an. »Ziehen Sie Leine!«

Polizeianwärterin Leutselig-Eckershausen drückte sich eingeschüchtert an der Wand entlang. Der Kommissar machte ihr Angst. Und der Kriminaldirektor hatte wohl auch seine dunkle Seite. Sie beschleunigte ihre Schritte und steuerte schnurstraks das Büro der Gleichstellungsbeauftragten an.

Kriminaldirektor Dr. Haltermann fixierte Drösel scharf. »Wie ich höre, sind Sie einer internationalen Terrorbande auf der Spur.«

Seine Augen wurden schmal. »Ich hoffe, Sie sind der Sache gewachsen! Nicht, dass sich hinterher herausstellt, dass Sie einem dieser dämlichen Kegelclubs hinterhergelaufen sind! Halten Sie mich auf dem Laufenden!«

Drösel hasste den aufgeblasenen Haltermann. Nicht zuletzt, weil er ständig damit prahlte, zu seligen DDR-Zeiten mit Günter Schabowski und Egon Krenz Skat gespielt zu haben. Besonders gern breitete er die Geschichte aus, mit nichts auf der Hand Schabowski bis neunundfünfzig hochgereizt zu haben, der daraufhin einen Null Ouvert Hand krachend verlor.

Haltermann verschwieg dabei aber, dass Schabowski zu dem Zeitpunkt unter der Wirkung von 2,9 Promille kaum noch gucken konnte.

23

»Na, endlich«, kam ihm Göttinger aufgeregt entgegen. »Wir warten schon auf Sie, Chef. Alle warten.«

»Sind wir hier in 'ner Wartehalle?«, schnauzte Drösel.

Göttinger guckte einen Moment lang irritiert, dann stieß er hervor: »Heute Nacht ist die dünne Frau gekillt worden!«

Hauptkommissar Drösel erbleichte. Er wankte, fühlte sich mit einem Mal elend und bis zu einem gewissen Grad sogar schuldig: Hatte er doch bequem und komfortabel zu Hause auf dem Sofa gesessen und gelangweilt im Prospekt des Herrenausstatters geblättert, während auf der anderen Seite der Stadt die dünne Frau ruchlos gemeuchelt wurde. Drösel musste sich an der Wand abstützen.

»Nein«, flüsterte er heiser. »Nein, das gibt es nicht!«

»Doch, das gibt's«, benutzte Göttinger seine Lieblingsredewendung. »Aber kommen Sie doch erst einmal ins Büro und setzen Sie sich. Sie sehen ja aus wie meine Tante an ihrem letzten Tag – Gott hab sie selig!«

»Sind Sie noch ganz bei Trost, Sie Blindgänger?«, schrie ihn Drösel an. »Was geht mich Ihre Tante an, die alte Zecke!«

Göttinger zuckte zusammen.

»Also, Chef ...«, begann er, verstummte aber gleich wieder.

»Holen Sie mir 'nen Kaffee! Dann berichten Sie mir ausführlich. Lassen Sie nichts aus, verschweigen Sie nichts, vertuschen Sie nichts. Alles was Sie sagen, kann vor Gericht ...«

Er stockte, winkte ab und schlurfte in sein Büro.

Fünf Minuten später hatte Göttinger ihm den Kaffee gebracht und saß etwas reserviert und in sich gekehrt an seinem Schreibtisch.

Drösel nahm einen Schluck und sah Göttinger an. Dann stellte er bedächtig die Tasse ab.

»Also, die dünne Frau ist ermordet worden? Mit 'nem Kleiderbügel erschlagen?«

»Nein, sie wurde erdrosselt. Mit 'ner Hundeleine. Direkt

gegenüber dem *Hotel Miesmuschel*. Und nachdem man sie erdrosselt hatte, wurde sie offensichtlich noch einige Meter weit übers Pflaster geschleift.«

»Mein Gott ...« Drösel zog die Nase kraus. Die Dame war zwar ziemlich nervtötend gewesen, aber das hatte sie nicht verdient. Na ja, nicht so ganz jedenfalls ...

»Man hat ihr die Hundeleine dreimal um den Hals geschlungen und dann zugezogen«, führte Göttinger weiter aus. »Sie muss noch ein bisschen gezappelt haben, aber dann ging ihr wohl ziemlich bald die Luft aus.«

»Hat sie ein Alibi?«, fragte Drösel, berichtigte sich aber schnell: »Ich meine: Hat man Spuren gefunden?«

»Ich kenne auch noch keine Einzelheiten. Brettschneider ist gerade am Tatort und sichert die Spuren.«

Drösel überlegte.

»Mmh – *Hotel Miesmuschel*, dünne Frau ... das deutet doch alles auf die ›Miesmuschel-Bande‹ hin oder?«

»Vermute ich auch, Chef. Zumal mir Brettschneider vorhin noch kurz durchgerufen hatte, dass zur ermittelten Tatzeit ein Hotelgast am offenen Fenster stand, um eine zu rauchen. Dabei hat er beobachten können, wie sich die dünne Frau still hinter einer Mauer versteckt hielt, während die Bande gerade lärmend und grölend ins Hotel einrückte. Vielleicht hat sie ja was mitbekommen und wurde umgebracht, um sie zum Schweigen zu bringen.«

»Wieso zum Schweigen? Sie haben eben gesagt, sie hätte sich still in eine Ecke gedrückt – gegrölt haben doch die anderen, oder?«

Darauf gab Göttinger keine Antwort.

Drösel nickte. »Ich tippe auf die ›Miesmuschel-Bande‹.«

Dann fügte er hinzu: »Göttinger, das haben Sie gut gemacht. Ich glaube, dieser Fall wird uns ganz groß rausbringen. Und ...«

Drösel hielt inne und zuckte bedauernd mit den Schultern. »Das mit Ihrer Tante tut mir leid. War nicht so gemeint. Ich weiß ja, wie sehr Sie an ihr gehangen haben.«

Göttinger spürte, wie eine wohlige Wärme sein Herz erfasste. Es tat ihm gut. Im Grunde genommen war sein Chef doch ein feiner Kerl.

»Wissen Sie ...« Drösel stand auf und legte seinen Arm väterlich um Göttingers Schultern.

»Ich habe sie ja gut gekannt, die Alma. Ein prima Mädchen – und so gesund! Wenn die den Mantel ablegte ... mein lieber Scholli, da hat aber so manch einer seinen Konfirmationsspruch vergessen.«

Drösel lächelte versonnen.

»Ich will damit sagen ... also, sie war immer fesch drauf, die Alma. Ob Wuttke, Wilke, Grotjohann oder der Praktikant oder alle zusammen, das war ihr egal – verstehen Sie, was ich meine? Deswegen nannten wir sie auch immer *Alma Hoppe-Hoppe*. Sogar der Kriminaldirektor hat sie mal in der Besenkammer ...«

Drösel hielt inne.

»Na ja, alte Geschichten ...«

Er klopfte Göttinger noch einmal auf die Schultern.

»So, jetzt aber Schluss mit den Sentimentalitäten. Rufen Sie die Leute zusammen. Es gibt Arbeit!«

24

Nach dem Frühstück versammelten sich die ›Vollpfosten‹ vor dem Hotel. Die Fahrt mit der *Lady von Büsum* zu den Seehundbänken stand an, da hieß es, pünktlich zu sein.

Doch kaum auf die Straße getreten, wurden sie schon aufgehalten. Ein großer Bereich war mit rot-weißem Flatterband abgesperrt, drei Polizeiwagen parkten etwas abseits, überall wimmelte es von Polizisten. Dazu Leute in Zivil, die auffällig unauffällig ein äußerst wachsames Verhalten zeigten.

»Hallo?«, wunderte sich Wutz und blickte sich suchend um. »Keine Feuerwehr hier?«

»Vielleicht hat's ja gar nicht gebrannt«, sagte Ralle.

Einer der umstehenden Zuschauer wandte sich erklärend an Elfriede Wutz. »Hier ist heute Nacht eine Frau erdrosselt worden, müssen Sie wissen!«, schrie er.

»Und warum schreien Sie mich so an?«

Der Mann fuhr sich nervös durch die blondierten Haare und blickte verunsichert auf ihren Rollator. »Ich dachte nur, weil ...«

»Weil ich schlecht gehen kann, muss ich auch schlecht hören, oder was?«

Dann winkte sie dem Mann, sich zu ihr herunterzubeugen. »Aber weil wir gerade dabei sind«, sagte sie vergnügt. »Kommt ein Mann mit 'nem Rollator in den Puff ...«

»Mutter!«, rief Wutz, ergriff sie beim Arm und zog sie behutsam, aber energisch aus der Gefahrenzone.

Charlotte von Hademarsch betrachtete Wutz zweifelnd von der Seite. »Sag mal, das hast du doch wieder arrangiert oder? Ist der Mord womöglich eines der Spektakel der *Büsumer Überraschungstour?*«

»Kein Wunder, dass die Reise so teuer geworden ist«, maulte Martin Durchdenwald, wurde dann aber durch einen Polizisten abgelenkt, der einen dicken Hund abführte.

»Großer Gott«, sagte er und inspizierte den Hund entgeistert. »Als Jäger und ehemaliger Ausbilder für Jagdhunde kann ich nur sagen: Zur Kaninchenjagd kannst du den nicht mitnehmen, der würde von sämtlichen Karnickeln gemobbt werden.«

»Vielleicht wird der ja nur als Dingens ... eingesetzt, also als ... äh ...«

»Ralle!«, sagte seine Frau, ohne sich umzudrehen.

»Also, ich versteh das Ganze nicht«, meldete sich Wutz wieder zu Wort. »Ohne Feuerwehr! Die könnten hier doch 'n Kasten Bier hinstellen und den Einsatzbereich ausleuchten.«

„Wieso denn das?«, fragte Grete Durchdenwald. »Ist doch taghell jetzt!«

»Ja und? Wozu haben die Kameraden denn die mobilen Notaggregate und die großen Scheinwerfer, wenn sie die nicht einsetzen?«

»Wir hatten mal 'n Brand am Dings ...«, begann Ralle, wurde aber soglerich von seiner Frau unterbrochen: »Ralle!«

Charlotte von Hademarsch schob sich näher an Eddy ran. »Guck mal ... da hinten der Mann! Der starrt mich schon die ganze Zeit über an! Das ist ja unheimlich!«

»Wo?«

»Der da mit der rot gepunkteten Fliege. Sieht aus wie ein Architekt oder Professor.«

Alle Augen wanderten zu dem Mann rüber, der mit seiner

topmodischen Kleidung gar nicht so recht zu den übrigen passen wollte. In angespannter Haltung hatte er sich etwas abseits postiert und sah mit zusammengekniffenen Augen zu ihnen rüber.

»Vielleicht ist das ein Arzt«, meinte Eddy.

»Wie kommst du denn darauf?«

»Weil er so guckt. Vielleicht hat er etwas in meinen Augen entdeckt ... ich weiß nicht, vielleicht eine unheilbare Krankheit. Eine beginnende Gelbsucht soll sich ja auch an gelben Flecken im Augapfel zeigen.«

»Eddy! Der hat mich angeguckt, nicht dich!«

»Ja, aus Mitleid. Weil du einen Mann hast, der von einer schweren Krankheit gebeutelt wird.«

»Eddyyyy ...!«

Eduard von Hademarsch blickte seine Frau ängstlich an.

»Und was ist, wenn der Arzt da hinten recht hat und ich tatsächlich unter Gelbsucht leide?«

»Ich gebe dir gleich ein paar Tabletten, und auf dem Schiff ziehe ich dir den Thrombosestrumpf über.« Sie streichelte seinen Arm. »Und vielleicht finden wir unter Deck auch ein stilles Plätzchen, wo ich dir unauffällig ein Zäpfchen verabreichen kann. Okay?«

»Guck mal, wie sich sein Sakko an der linken Brustseite ausbeult«, zeigte Grete Durchdenwald zur gepunkteten Fliege rüber. »Der hat doch 'ne Pistole dabei, oder?«

»Das ist ja ein Ding!«, staunte Ralle.

»Oder ein Flachmann!«, meinte Elfriede Wutz.

Robert Wutz klatschte in die Hände.

»So, Leute! Wir müssen! Sonst verpassen wir noch die *Lady von Büsum*.«

»*Lady von Büsum*«, wiederholte seine Mutter abschätzig. »Hoffentlich hat die Dame auch was zu trinken an Bord.«

Nach einigen Schritten blickte Charlotte von Hademarsch noch einmal zurück und sah, dass ihnen der Mann mit der rot gepunkteten Fliege langsam folgte.

25

Im Frühstücksraum rangelten sich die Mitarbeiter um die besten Plätze. Bei Besprechungen mit Drösel waren das die hinteren Reihen. Vor allem dann, wenn in den Ausführungen Drösels besonders viele Zischlaute vorkamen.

Einen Moment lang sah sich Drösel die kindische Balgerei an, dann schlug er mit der flachen Hand krachend auf den Tisch und brüllte: »Hinsetzen!«

Augenblicklich brach das Gerangel ab.

Göttinger, der keinen Stuhl ergattert hatte, verzog sich nach hinten und blieb an der Wand stehen. Seiner augenblicklichen Gemütslage entsprechend wollte er größtmöglichen Abstand zu seinem Chef halten.

Die erste Reihe blieb frei.

Drösel funkelte böse in die Runde und wischte sich mit dem Handrücken über die Mundwinkel.

»Meine Herren ...«

Mit einem schnellen Blick auf Polizeianwärterin Leutselig-Eckershausen korrigierte er sich: »Meine Damen und Herren! Heute Nacht ist vor dem *Hotel Miesmuschel* eine Frau erdrosselt worden. Es handelt sich um die Dame, die uns die ersten Informationen über die ›Miesmuschel-Bande‹ geliefert hat. Es ist davon auszugehen, dass sie zum Schweigen gebracht werden sollte.«

Allgemeine Unruhe machte sich breit.

»Ich habe Brettschneider vor Ort, den ich soeben angewiesen habe, die Bande unauffällig im Auge zu behalten. Im Moment bewegen sich die Zielpersonen in Richtung Hafen. Brettschneider wird mir Meldung machen, sobald etwas Ungewöhnliches passiert.«

Drösel wies mit dem Kinn in Richtung Wuttke. »Kriminalobermeister Wuttke hat alle greifbaren Informationen über die ›Miesmuschel-Bande‹ zusammengetragen.«

Wuttke stand auf und schwenkte einen Zettel in die Runde.

»Zunächst einmal habe ich hier die Namen der Verdächtigen. Die hab ich von Ute Küppers, der Concierge des Hotels. Allerdings ist davon auszugehen, dass es sich hierbei um Tarnnamen handelt.«

»Die Concierge hat einen Tarnnamen?«

Drösel war sichtlich überrascht.

Wuttge schluckte. »Die doch nicht ... die *Verdächtigen* bedienen sich wahrscheinlich unverfänglicher Tarnnamen.« Er blickte auf seinen Zettel. »Als erstes habe ich hier Helga und Ralf Heimlich.«

»Heimlich!«, schnaubte Drösel. »Was Blöderes fiel denen wohl auch nicht ein, was? Wahrscheinlich heißen die anderen *Unbekannt*, *Vertraulich* und *Inkognito* oder was?«

Wuttke schüttelte den Kopf.

»Nee, nach meiner Liste heißen die Wutz, Durchdenwald und von Hademarsch.«

»Von Hademarsch?« Drösel verzog angewidert das Gesicht. »Das ist doch mit Sicherheit wieder einer von diesen unappetitlichen Schmierfinken, die sich einen Adelstitel gekauft haben. Die machen sich beim Nachmittagstanztee an vermögende Witwen ran, um sie anschließend wie Weihnachtsputen auszunehmen ... ekelhaft!«

Wuttke ging zu einem Pult, auf dem ein Beamer stand, und nickte Polizeianwärterin Leutselig-Eckershausen zu: »Können Sie mal das Licht leiser machen?«

Die junge Polizistin pustete die Backen auf und sah sich empört um: »Nur weil ich 'ne Frau bin oder was?«

Drösel lief blau an. Das konnte er gar nicht ab. In gespielter Fassungslosigkeit starrte er die Polizistin an: »... 'ne Frau?«

Er maß sie langsam von oben bis unten mit ungläubigem Blick. »Mein Gott! So habe ich das ja noch nie gesehen!«

Dann bedeutete er Wilke mit einem knappen Kopfnicken, seine Anweisung auszuführen.

Wilke ging zum Lichtschalter und griente. Die junge Polizeibeamtin nahm sich vor, darüber später einen geharnischten Bericht zu schreiben.

»Wir haben von der ›Miesmuschel-Bande‹ heimlich Fotos machen können«, begann Wuttke und knipste den Beamer an. Ein scharfer Lichtkegel durchschnitt den Raum und warf ein Bild auf die Leinwand.

»Was'n das?«, wunderte sich Drösel. »Ein Gruppenfoto von Ihrer Goldenen Hochzeit oder was? Sie wollen mir doch nicht weismachen, dass dieser schlappe Haufen ein Terrorkommando sein soll? Die sehen aus wie ein Kegelclub auf Jubiläumsfahrt!«

Wuttke nickte. »Genau das! Aber das ist es auch, was sie so gefährlich macht! Die Tarnung ist perfekt. Die sehen zwar alle so aus, als würden sie sich am liebsten gleich hinsetzen wollen, aber lassen Sie sich nicht täuschen: Wenn's drauf ankommt, sind die flink wie die Eichhörnchen. Zack! - sind die auf'm Baum!«

Drösel unterbrach: »Auf'm Baum? Erzählen Sie mir jetzt nicht, dass die Weißhaarige da mit ihrem Rollator in den Bäumen rumturnt!«

»War doch nur bildlich gemeint!«

»Bildlich - bildlich - zeigen Sie lieber das nächste Bild!«

Wuttke wechselte das Bild.

»Hier sehen wir zwei der Frauen. Diese hier ...«, er sah auf seinen Zettel und zeigte dann auf die linke der beiden.

»Die nennt sich Charlotte von Hademarsch. Durchtrainiert bis in die Haarspitzen. Sieht aus, als könne sie sich die Schuhe zubinden, ohne sich zu bücken. Dazu trägt sie ständig eine Aktentasche mit sich rum, die sie nie aus der Hand legt. Wir vermuten, dass sie darin Drogen transportiert.«

»Pfff ...«, machte Drösel.

»Und die hier mit dem Rollator, diese angeblich *ältere* Dame«, fuhr Wuttke fort, »nennt sich Elfriede Wutz. Hält sich zur Tarnung immer etwas im Hintergrund. Aber ich garantiere Ihnen, wenn's drauf ankommt, ist die schneller als jedes Abführmittel.«

Er zog das Bild in einen größeren Ausschnitt.

»Sehen Sie hier den Stoffbeutel? Nach Aussage der dünnen Frau - Gott hab sie selig - befinden sich darin Granaten, wahrscheinlich Eierhandgranaten.«

Wuttke wechselte zum nächsten Bild, auf dem ein Mann und zwei Frauen zu sehen waren.

»Der hier gibt sich als Dr. Martin Durchdenwald aus. Vielleicht Arzt, vielleicht auch nicht. Macht einen auf harmlos, ist aber offensichtlich der Waffenexperte der Bande. Ausgebildeter Scharfschütze, Kleinkaliber-Jagdwaffen. Der ist in der Lage, auf zweihundert Meter einem galoppierenden Keiler seine Initialen auf die Arschbacken zu schießen.«

»Ist ja grauenhaft«, entfuhr es Drösel.

»Das kann ich Ihnen sagen«, pflichtete ihm Wuttke bei.

»Aber die hier ist nicht minder grauenvoll! Nennt sich Grete Durchdenwald – seine Frau. Die sieht nicht nur stabil aus, sondern ist es auch. Wenn die Hand anlegt, gibt es kein Entrinnen mehr. Die hat in ihrem Leben schon mehr Knochen geknackt als Bilderrätsel.«

Wuttke deutete auf die zweite Frau.

»Die nennt sich Helga Heimlich. Spezialgebiet: chemische und biologische Waffen. Beschafft sich in Drogerien hochgiftige Substanzen, mit denen sie ihre Opfer außer Gefecht setzt. Bei der heißt es, vorsichtig zu sein. Wenn die an der Theke einen ausgibt, ist das garantiert der letzte Drink, den man zu sich nimmt.«

»Das heißt also«, meldete sich Polizeimeister Grotjohann zu Wort, »dass diese drei als die Gefährlichsten der ganzen Bande anzusehen sind?«

»Nein!« Wuttke schüttelte den Kopf. »Das sind alles, ohne Ausnahme, gemeingefährliche, hochqualifizierte Spezialisten. Jeder auf seinem Gebiet.«

Wuttke schaltete zum nächsten Bild. Für den Bruchteil einer Sekunde war eine dralle Blondine zu sehen, die sich nackt auf einem Schreibtisch räkelte, dann hatte Wuttke das Bild auch schon wieder weggedrückt. Mit eingezogenen Schultern und hochrotem Kopf fummelte er hektisch am

Beamer herum und stammelte: »Oh ... ähem ...!«

Mit fiebrigen Händen korrigierte er die Bildfolge und projizierte schnell ein neues Bild auf die Leinwand.

»Moment ... Moment mal!«

Polizeimeister Grothjohann starrte entgeistert auf die Leinwand. »Das da eben ... das war doch meine Schwester!«

Totenstille. Keiner rührte sich.

»Natürlich war das meine Schwester!«

Grotjohanns Stimme flackerte. Seine Blicke hetzten panisch zwischen Leinwand und Beamer hin und her, dann sah er hilflos in die Runde und wies mit zitterndem Finger auf Wuttke: »Aber ... der kann doch nicht einfach meine Schwester ...!«

Alle blickten betont unbeteiligt irgendwohin, einige blätterten in ihren Unterlagen, einer hüstelte leise.

Drösel spürte, dass sein Eingreifen erforderlich war.

»Natürlich kann er das!«, sagte er und blickte in die Runde. »Alle können das ... oder?«

Die ganze Mannschaft feixte und trampelte vor Vergnügen. Drösel wandte sich an Grotjohann, der wie ein wächsernes Ebenbild seiner selbst zusammengesunken im Stuhl hing.

»Mein Gott, Grotjohann! Nun machen Sie sich Sie doch mal locker! Ihre Schwester hatte nun einmal ein Faible für ... na, sagen wir mal: Team-Building.«

Grotjohann schluckte schwer, stand dann abrupt auf und stapfte mit hochrotem Kopf aus dem Raum.

»Machen Sie weiter, Wuttke«, beschied Drösel.

»Aber achten Sie auf die richtige Reihenfolge. Nicht, dass hier noch Fotos von ›Alma Hoppe-Hoppe‹ auftauchen!«

Göttinger, der die ganze Zeit regungslos an der Wand gestanden hatte, zuckte zusammen, sagte aber nichts.

Wuttke lenkte die Aufmerksamkeit wieder auf die Leinwand. »Kommen wir zu diesen drei Männern. Der hier mit dem dicken Bauch: Ralf Heimlich, genannt ›Ralle‹. Von ihm wissen wir im Moment nicht viel mehr, als dass er des Diebstahls von Sauerkirschen und der Erschleichung eines Trolleys verdächtigt wird.«

»Scheint ja keine große Nummer zu sein«, warf Drösel ein.

»Auf den ersten Blick nicht. Aber wir haben beobachtet, dass ihm sofort das Wort abgeschnitten wird, sobald er nur etwas von sich gibt. Wir schließen daraus, dass er Geheimnisträger der höchsten Stufe ist, allerdings zu Geschwätzigkeit neigt und er deswegen von den übrigen Bandenmitgliedern überwacht wird und sie jede noch so kleine Bemerkung augenblicklich abwürgen.«

»Wer ist denn dieser Typ in der Mitte? Der sieht ja fürchterlich aus. Ist der krank?«, wunderte sich Dösel.

»Eduard von Hademarsch, genannt ›Eddy‹. Auf den ersten Blick mag er vielleicht etwas hinfällig aussehen. Aber ein ganz gefährlicher Bursche. Er ist derjenige, der im Falle einer überstürzten Flucht das Fluchtauto fährt.«

»Der?« Göttinger konnte es nicht glauben. »Der sieht doch so aus, als sei er schon bei der Gesundheitsprüfung zum Führerschein durchgefallen.«

Wuttke blickte auf den Zettel, dann schüttelte er den Kopf.

»Das täuscht. Hier steht, dass er mal einen ganzen Bus voller Touristen in seine Gewalt gebracht hatte und mit mörderischem Tempo durch Cuxhaven gebrettert war. Dabei soll er einen Mopedfahrer und eine alte Frau überfahren haben. Die Touristen sind letztlich nur deshalb mit dem Leben davongekommen, weil er auf den letzten Meter eine Thrombose erlitt und aus dem Bus fiel.«

Drösel fasste sich an den Kopf.

»Nicht zu fassen! Diese Adligen haben alle einen Knall.«

Er zeigte auf den Mann, der auf dem Bild ganz rechts außen stand. »Und wer ist dieser Wicht?«

»Das ist einer, der sich unter dem Namen Robert Wutz ins Anmeldeformular des Hotels eingetragen hat. Über ihn wissen wir am wenigsten. Angeblich ist er der Sohn der Frau mit dem Rollator und soll im höheren Management eines Konzerns tätig gewesen sein. Aber wie gesagt: Näheres wissen wir noch nicht.«

»Okay!« Drösel erhob sich. »Göttinger, holen Sie Grotjohann wieder rein. Und Sie, Frau Leutselig-Eckershausen ...«, wandte er sich der Polizeianwärterin zu, »schaffen Sie es, das Licht wieder anzuknipsen?«

26

Mittlerweile hatten die ›Vollpfosten‹ die Hafenstraße überquert und den Fischerkai erreicht. Hier, am Ankerplatz der *Reederei Adler-Eils*, lag die *Lady von Büsum*.

Ralle entdeckte sie als erstes: »Da drüben liegt sie ... die Dingens ... die *Lady* ...«

Er machte einen schnellen Schritt auf die Straße, achtete aber unglücklicherweise nicht auf den Verkehr.

Rrrums!

Eine Radfahrerin fuhr ihm über den Fuß, ratschte eine

hässliche Schramme in das Oberleder seiner Schuhe und verhakte sich in seinem weit geschnittenen Hemd.

Rrrratsch! machte das Hemd und gab seinen Bauch frei.

Ruckartig riss es die Frau aus dem Sattel, einen gefährlichen Moment lang sah es so aus, als wolle sie über den Lenker hinweghechten, dann kippte sie wie in Zeitlupe zur Seite und legte sich samt Rad und Einkaufsbeutel aufs Straßenpflaster.

Saftige, fast überreife Birnen mit Bio-Siegel kullerten aus dem Einkaufsbeutel und verteilten sich auf der Straße. Zusammen mit einem Blumenkohlkopf, drei Salatgurken, einer Schale Krabben, fünf Äpfeln und einer Fußnagelschere bildeten sie ein buntes Arrangement auf dem Pflaster.

Der Sturz zwang einen Autofahrer im offenen Porsche Cabrio zu einer qualmenden Vollbremsung. Ein nachfolgender Kleinlaster schaffte es nicht mehr rechtzeitig und krachte dem Porsche hinten ins Gebälk.

Der Porschefahrer, ein braungebrannter Mittfünfziger mit scharf gebügelter Flanellhose, Ray-Ban-Brille und pechschwarzer Haarpracht wurde nach vorne geschleudert, knallte gegen das Lenkrad und hatte anschließend Mühe, seine Perücke wieder zurechtzuschieben.

Einige Blutstropfen quollen ihm aus der Nase und tropften auf die hellgraue Flanellhose. Die Brille hing nur noch an einem Ohr und war wohl hin.

Mit weichen Knien registrierte Ralle das Chaos, das er angerichtet hatte. Das musste ein Alptraum sein. So etwas gab es nicht wirklich. Ein Blick auf den stämmigen Lastwagenfahrer, der bedrohlich auf ihn zugestapft kam, überzeugte ihn aber von der schauderhaften Realität.

»Bist du irre, Mann?«, schrie der ihm entgegen. »Hast du den Arsch offen, du Pfeife?«

Ralle wurde schlecht, in seinen Ohren dröhnte es dumpf. Wie durch Watte hörte er Helgas Stimme: »RALLE!«

Vor ihm mühte sich die Radfahrerin ab, sich von ihrem zerbeulten Rad zu befreien. Er machte einen Schritt auf sie zu, wollte ihr aufhelfen, trat dabei auf eine der überreifen Birnen, rutschte aus, verlor das Gleichgewicht, suchte mit wild rudernden Armen nach Halt und fand ihn in der Radlerin, die sich gerade wieder aufgerappelt hatte.

Nun suchte ihrerseits die Radfahrerin heftig fuchtelnd nach Halt, fand aber keinen und plumpste aufs Pflaster zurück, während Ralle mit aufgerissenem Hemd, blankem Bauch und seinem ganzen Lebendgewicht auf sie fiel.

»Scheiß Birne ...«, entfuhr es ihm.

»Was heißt hier scheiß Dirne? Spinnst du?«, empörte sich die Radfahrerin.

»Äh ... Dings ... Birne ... nicht Dirne ...«, stammelte er. Da wurde er auch schon am Kragen hochgerissen und sah sich dem rot angelaufenen Gesicht des Lastwagenfahrers gegenüber. »Hast du 'ne Macke, Mann? Bist du auf Amok?«

Ralle versuchte vergeblich, sich aus dem Griff des Grobians zu befreien. Der aber hielt ihn mit beiden Fäusten am Kragen gepackt und zog ihn zu sich hoch. Die Nähte seines weit geschnittenen Hemdes knackten, der angesetzte Kragen zog sich eng um seinen Hals. Zu allem Überfluss roch der Lastwagenfahrer auch noch ganz übel nach Knoblauch.

»Loslassen!«, protestierte Ralle. »Sie ziehen mir ja das ... Dings ... das Hemd aus der Hose!«

»Ich zieh dir gleich noch ganz was anderes aus der Hose«,

drohte der übelriechende Bär.

Mittlerweile hatten sich zahlreiche Schaulustige eingestellt, die aufmerksam das Geschehen verfolgten. Der Verkehr staute sich hinter dem Lastwagen. Ein Neuankömmling drängelte sich vor: »Was ist passiert? Ich habe den Anfang leider nicht mitbekommen!«

Einer der Umstehenden zeigte auf Ralle.

»Das da ist ein Verrückter. Erst hat er die Frau da vom Rad geschubst. Und anschließend ist er wie ausgehungert über sie hergefallen.«

»Lasst doch mal die Kinder nach vorne«, rief eine Frau. »Die Kleinen können ja gar nichts sehen!«

»Er hat *scheiß Nutte* zu mir gesagt«, beschwerte sich die Radfahrerein. »Dabei kenn ich den überhaupt nicht.«

»Das ist ja unglaublich«, rief jemand. »Der Typ mag keine Nutten!«

»Natürlich mag ich Nutten«, krächzte Ralle heiser. »Sehr sogar.« Ihm wurde langsam die Luft knapp.

»Ralle! Was erzählst du denn da ...?« Mit weinerlichem Ausdruck Helga Heimlich ihren Mann fassungslos an.

»Ach, nee«, sagte der Lastwagenfahrer gedehnt und zog ihm den Kragen noch enger zu. »Wenn du Nutten gerne magst, warum hast du dann die scheiß Nutte vom Rad geschubst?«

»Ich bin keine Nutte! Ich bin Sekretärin beim städtischen Betriebshof!«, schrie die Radfahrerin.

Unter dem Würgegriff des Lastwagenfahrers lief Ralle zunehmend blau an, gurgelte undeutlich etwas vor sich hin, kreiselte heftig nach Atem ringend mit seinen Armen in der Luft herum, aber das einzige, was er in seiner panischen

Angst zu fassen bekam, war unglücklicherweise die Bluse der Radfahrerin.

Rrrratsch! machte es.

»Mein Gott, bist du ein Schwein«, flüsterte der Lastwagenfahrer ungläubig. »Du gibst wohl nie auf, was?«

»Das ist ein Sexmonster!«, rief eine übertrieben stark geschminkte Frau und betrachtete Ralle sehr interessiert und sehr eingehend von oben bis unten.

»Vielleicht sollte man die Polizei rufen.«

Das allerdings hörte sich eher nach einer Frage an, die ebenso die Möglichkeit einschloss, sich mit dem Mann zu einigen – sie war ja schließlich unverheiratet ...

»Genau! Polizei!«, hörte Ralle noch jemanden rufen, dann wurde ihm schwarz vor Augen, ihm schwanden die Sinne und sanken die Knie.

27

Kriminalhauptmeister Brettschneider hatte einen Moment lang nicht aufgepasst, weil er sich an der Eisdiele gerade zwei Kugeln Vanilleeis mit Sahne und Schokoladenstreuseln gekauft hatte.

Die Sonne war heiss, das Eis war warm, und schließlich landete ein Tropfen Vanilleeis auf der rot gepunkteten Fliege. Verärgert rieb er mit einem Taschentuch an der Fliege herum. Statt besser wurde es aber nur schlimmer. Jetzt hatte er eine klebrig verschmierte rot gepunktete Fliege. Und so war ihm der Kontakt zur Gruppe verlorengegangen.

Suchend sah er sich um, da erblickte er weit vorn einen Menschenauflauf und mittendrin die ›Miesmuschel-Bande‹.

Und noch etwas nahm er mit Erschrecken wahr: Ein ahnungsloser Streifenpolizist hatte sich der Gruppe genähert. Brettschneider durchlief es eiskalt – Manni Runkel, das dümmste Streifenhörnchen des Reviers. Um Himmels willen! Ausgerechnet Runkel!

Runkel war mal Berufsfischer gewesen, auf Heringsfang auf der Doggerbank. Weil er aber die unselige Eigenschaft hatte, jeden einzelnen Hering am Schwanz zu packen und ihm eine Ohrfeige zu verpassen, musste er relativ schnell wieder abmustern.

Als er dann zur Polizeischule kam, hatte man versucht, ihm diese Marotte abzugewöhnen. Mit mäßigem Erfolg.

Diese Dumpfbacke hatte ja keine Ahnung von der hochgradigen Gefahr, die von der Bande ausging. Egal, was da gerade passiert sein mochte: Wenn der zu unsensibel vorging – und Runkel ging grundsätzlich unsensibel vor –, könnte es eskalieren und zur Katastrophe kommen.

Brettschneider warf seine Eistüte in den nächstgelegenen Abfallkorb und beeilte sich, den Ort des Geschehens zu erreichen. Er kam nur schleppend voran, weil er sich erst mühsam einen Weg durch die flanierenden Touristen bahnen musste. Er würde zu spät kommen.

Brettschneider kam zu dem Schluss, dass es das Beste wäre, Runkel anzuklingeln.

Er griff nach seinem Handy.

28

Inzwischen hatte sich Polizeimeister Runkel durch die Schaulustigen gedrängt, die mittlerweile auf etwa sechzig Personen angewachsen waren.

»Zurück, Leute! Gehen Sie bitte weiter, hier gibt's nichts zu sehen!«

»Woher wollen Sie 'n das wissen, Sie sind doch gerade erst gekommen«, schimpfte einer aus der vorderen Reihe.

Mit seinem weiträumigen Blick, den er sich auf See angeeignet hatte, erfasste Polizeimeister Runkel sofort die Situation: Ein hilflos auf dem Boden liegender dicker Mann und ein breitbeinig über ihm stehender grobschlächtiger Lastwagenfahrer mit drohendem Gehabe. Die Sache war klar.

Runkel legte eine Hand griffbereit auf sein Pistolenholster und packte mit der anderen Hand den Lastwagenfahrer am Arm. »So, Freundchen! Jetzt geht's aber ab aufs Revier!«

»Wieso denn ich«, protestierte der Lkw-Fahrer. »Ich hab doch gar nichts gemacht!«

»Das sagen sie alle«, antwortete der Polizist ungerührt und zog ihn mit sich.

»Ich protestiere«, schrie der Lastwagenfahrer und versuchte, sich aus dem Polizeigriff zu befreien.

Solche Leute machten Runkel Spaß. Er trat dem Lastwagenfahrer in die Kniekehle, so dass der plötzlich einknickte, riss ihm ruckartig den Arm auf den Rücken, packte ihm gleichzeitig mit festem Griff in den Haarschopf und schob ihn vor sich her.

»Es geht mich ja nichts an«, sagte einer aus der vorderen

Reihe, »aber der hat nun wirklich nichts gemacht.«

»Wieso nicht?«

»Keine Ahnung. Aber der Übeltäter ist der da«, zeigte er auf Ralle hinunter, der bedröppelt auf dem Pflaster saß.

»Der da war es! Der ist nicht ganz dicht!«

Der Polizist ließ den Lastwagenfahrer los.

»Nun ...«, sagte er, rückte ihm die grobe Cordjacke wieder zurecht und wischte ihm einen imaginären Fussel vom Kragen. »Unter diesen Umständen will ich nochmal ein Auge zudrücken. So, nun erzählen Sie mir mal, was hier eigentlich gespielt wird. Aber der Reihe nach!«

Der Lastwagenfahrer rieb sich seinen verdrehten Ellenbogen. »Dieser Irre da hat die Nutte vom Betriebshof vom Rad geschubst, sich dann über sie geschmissen und ihr die Bluse runtergerissen.«

»Welche Nutte? Wo ist die Nutte?«

»Die ist schon weg«, sagte einer der Umstehenden.

»Und wohin?«

»Keine Ahnung«, knurrte der Lastwagenfahrer. »Vielleicht hat sie einen Termin ... Hausbesuch oder sowas.«

Runkel guckte zweifelnd. »Und?«

»Der Irre da hat sich die Nutte gekrallt und aufs Pflaster geschmissen. Der Porsche musste schlagartig bremsen ...«

»Porsche? Welcher Porsche?«

»Der ist auch schon weg«, sagte der Lastwagenfahrer.

»Wohin?«

»Keine Ahnung. Vielleicht ist er der Nutte hinterher. Auf alle Fälle bin ich dem hinten reingeknallt, und nun ist meine ganze Front verbeult.«

Runkel trat einen Schritt vor, um sich den Schaden anzusehen.«Mmh, sieht übel aus. Wird 'ne Stange Geld kosten, das wieder zu reparieren. Und weiter?«

»Ja, nichts weiter! Jetzt ist mein Lkw im Arsch!«

Der Polizist kniff die Augen zusammen und sah interessiert zu, wie der Mann auf dem Straßenpflaster sich abmühte, wieder auf die Beine zu kommen.

»Sieht gar nicht danach aus, das Bürschchen. Na, den werd' ich mir mal vorknöpfen!«

Er war gerade im Begriff, Ralle, der sich mühsam wieder aufgerappelt hatte, in die Kniekehle zu treten und den Arm auf den Rücken zu drehen, als sein Diensthandy dudelte.

Er hasste es, mitten im Einsatz von dem dämlichen Gebimmel des Handys gestört zu werden, und er war bereit, das dem Anrufer auch deutlich zu machen. Er drückte auf die grüne Taste und meldete sich mit »Hundewaschanstalt Hamburg-Wandsbek, was gibt's?«

Im nächsten Augenblick wurde er blass. Wütend dröhnte ihm die Stimme von Brettschneider entgegen: »Was ist los?«

»Ich ... äh ... ich sagte, dass wir ... äh ...!«

»Lassen Sie dieses alberne Stottern, Runkel. Sagen Sie mir sofort, was sich bei Ihnen abspielt!«

»Ja also ... hier ist ein Irrer, der über eine Nutte hergefallen ist und ...«

»Stopp!«

Brettschneider fiel ihm ins Wort. »Hören Sie zu, Runkel. Bei diesem Fall steht die innere Sicherheit des Landes auf dem Spiel. Sagen Sie jetzt kein Wort mehr, sondern nicken Sie nur, wenn Sie verstanden haben. Der Mann ist unter allen Umständen geräuschlos zu KK Drösel zu bringen, klar?«

Runkel presste sein Handy fester ans Ohr und nickte.

»Unterlassen Sie alles, was einen reibungslosen Zugriff gefährden könnte, klar?«

Wieder nickte Runkel stumm.

»Kümmern Sie sich um nichts anderes mehr, als einzig und allein diesen Mann unauffällig und ohne Aufsehen ins Fischkontor auf der Hafeninsel zu überführen. Vergessen Sie aber nicht, dass der Typ höchst gefährlich ist. Versuchen Sie es daher möglichst auf die freundliche Tour. Sagen Sie ihm meinetwegen, dass wir im Präsidium Geburtstag feiern und ohne ihn nicht anfangen können. Sagen Sie ihm, dass er unsere tausendste Verhaftung ist und ihm der Kommissar persönlich einen Präsentkorb überreichen will. Sagen Sie ihm irgendwas. Aber seien Sie um Gottes willen nett zu ihm. Zur Not schießen Sie ihm ins Bein. Haben Sie verstanden?«

Runkel nickte.

»Ob Sie mich verstanden haben?«

Runkel nickte nochmals.

»VERSTANDEN?«, brüllte Brettschneider durchs Telefon.

»Ich hab doch schon genickt«, sagte Runkel kleinlaut.

»Das kann ich doch nicht hören, Sie Heringsdompteur! Los jetzt, schaffen Sie den Kerl weg!«

Polizeimeister Runkel überlegte kurz, ob das mit dem ›Heringsdompteur‹ eine Anspielung auf seine Vergangenheit als Berufsfischer sein sollte. Zuzutrauen war ihm das. Brettschneider war zu allem fähig und ekelte sich vor nichts. Davon zeugte schon seine rot gepunktete Fliege.

Runkel holte tief Luft, zwang sich ein gütiges Lächeln ins Gesicht, dann trat er auf Ralle zu und legte schützend den Arm um ihn.

»Der Arme! Och, Mensch ... der hat schon soviel durchmachen müssen. Wie heißen Sie denn?«

»Ralf ...«, begann Ralle zaghaft und sah verlegen zu Boden.

»Okay, Ralf. Ich bringe Sie erst einmal zur Kriminalpolizeistation, wissen Sie? Da trinken wir eine schöne Tasse Kaffee zusammen und machen es uns richtig gemütlich.«

»Ich höre wohl nicht richtig«, versperrte ihm der Lastwagenfahrer den Weg.

»Erst läuft dieser Wahnsinnige Amok und fährt meinen Wagen zu Schrott, dann vergewaltigt er 'ne Nutte mitten auf der Fahrbahn, und dann seid ihr plötzlich die dicksten Freunde? Ich will mich ja nicht in euer Intimleben einmischen, aber wer kommt jetzt für den Schaden an meinem Wagen auf?«

Runkel blickte nachdenklich den Lastwagenfahrer an, dann schlenderte er, ohne den Arm von Ralle zu nehmen, mit ihm zum Kleinlaster und wiegte bedächtig den Kopf.

»Mmh, ich stelle fest, dass Sie mit einem verkehrsunsicheren Fahrzeug unterwegs sind. Eigentlich müsste ich die Karre stilllegen lassen. Außerdem scheinen Sie dem Vordermann aufgefahren zu sein. Kann passieren. Kann aber auch passieren, dass ich Ihnen den Führerschein abnehmen muss. Kann natürlich auch sein, dass ich gar nichts gesehen habe. Wissen Sie was?«, er lächelte den Lastwagenfahrer freundlich an.

»Du setzt dich jetzt in deine Schrottkiste und verpisst dich, einverstanden?«

Runkel bahnte sich mit Ralle im Arm einen Weg durch die gaffende Menge.

»So ... und wir beiden Hübschen fahren jetzt kurz aufs Revier und ruhen uns ein bisschen aus, was?«

Ralle verstand überhaupt nichts mehr. Er fühlte sich einfach nur schlecht und elend und wollte so schnell wie möglich ins Hotel.

»Ich will ins Hotel«, sagte er schwach.

»Kommt gar nicht in Frage«, sagte Runkel bestimmt. »Sie sind vielzusehr durcheinander. Wir müssen erst einmal zusehen, dass Sie wieder auf die Beine kommen. Und wenn wir Glück haben«, flüsterte er ihm ins Ohr, »hat Kommissar Drösel einen leckeren Kuchen gebacken. Na ja, Sie werden ihn ja bald selbst kennenlernen. Ein beeindruckender Mann!«

Da trat ihm Helga Heimlich in den Weg. »Lassen Sie sofort meinen Mann los! Der hat doch gar nichts gemacht!«

Runkel fixiert sie mit zusammengekniffenen Augen.

»Kann es sein, dass Sie mir gerade gedroht haben? Häh? Kann es sein, dass Sie sich der Staatsgewalt widersetzen?«

Er schob sie rüde zur Seite. »Mach' Platz, Mädchen!«

Ralle hatte das Gefühl, im falschen Film zu sein. Er fühlte sich ausgelaugt, in seinem leeren Kopf kullerte eine Erbse ständig hin und her. Alles um ihn herum schien unwirklich zu sein. Fast willenlos, wie hypnotisiert, ließ er sich von Runkel in den Streifenwagen setzen.

Stumm sahen der Lastwagenfahrer und die Schaulustigen dem davonbrausenden Streifenwagen nach. Erst nach einer ganzen Weile durchbrach einer das Schweigen.

»Ich geh' nach Hause«, sagte er leise. Langsam löste sich die Versammlung auf. Still und nachdenklich schlich sich einer nach dem anderen davon.

Helga Heimlich weinte.

Die ›Vollpfosten‹ bildeten einen Kreis um sie. Grete Durchdenwald nahm sie tröstend in den Arm.

»Der kommt sicher bald wieder zurück«, sagte sie.

»Das mit den Nutten wusste ich gar nicht«, schluchzte Helga. »Und jetzt ist auch noch sein Dingens ... sein Hemd kaputt!«

»Kinners«, rief Elfriede Wutz. »Ich weiß nicht, wie's euch geht. Aber ich brauche jetzt erst einmal einen Kurzen.«

29

Während der Fahrt zum alten Fischkontor kam Ralle allmählich wieder zu sich. Er riskierte einen verstohlenen Seitenblick auf den Polizisten und fragte sich, was dieser Irre eigentlich von ihm wollte. In einer Tour quasselte der etwas von den ›supertollen, ganz große Klasse leckeren Erdbeertörtchen‹ von Kommissar Drösel, dann wieder irgendeinen Stuss über Geburtstagsfeiern und Präsentkörbe, und zu allem Überfluss schwärmte er auch noch davon, wie kuschelig es auf der Kriminalpolizeistation sei.

Ralle kam zu dem Schluss, dass die Polizei auch nicht mehr das war, was sie mal gewesen war. Allerdings hatte die Vorstellung, dort auf Törtchen backende Kommissare in Rüschenschürzen und verweichlichte Polizisten zu treffen, die auf kuscheligen Pritschen herumlümmelten und von überbordenden Präsentkörben naschten, durchaus etwas Sympathisches an sich. Vielleicht wäre das auch mal ein Job für ihn.

»Ich bin Ihnen sehr dankbar für Ihre Dingens ... Ihre Hilfe«, sagte Ralle. »Aber ich denke, wenn wir angekommen sind, mache ich mich auf den Dings ... zurück ins Hotel. Ich fühle mich wieder ganz prima!«

»Aber klar doch«, nickte Runkel. »Sobald wir da sind, machen Sie sich auf den Weg ins Hotel und fühlen sich ganz prima. Logo! Klar doch! Machen wir!«

»Ich glaube, ich will auch keine von diesen Dingern ... also von den Erdbeertörtchen. Ich bin ziemlich satt.«

»Scheiß auf die Erdbeertörtchen!«

»Und Präsentkörbe will ich eigentlich auch nicht.«

»Ach wat! Scheiß auf die Präsentkörbe!«

»Das Beste wäre, ich könnte jetzt zurück ins Dings ....«

»Natürlich, das wird das Beste sein.«

Ralle schien mit einem Polizisten im Auto zu sitzen, der sich bereits in einem fortgeschrittenen Stadium des Wahnsinns befand.

»Ist es noch weit?«, fragte er.

»Ach was – gleich da!« Runkel warf dem Mann einen aufmunternden Blick zu. »Wissen Sie was? Jetzt machen wir mal 'n bisschen Theater. Das wird Ihnen Spaß machen.«

Er drückte auf zwei Knöpfe am Armaturenbrett. Augenblicklich ertönte das ohrenbetäubende Gekreische der Sirene, und vom Wagendach zuckten die blauen Blitze der Rundumleuchte. Runkel trat das Gaspedal durch, der Wagen machte einen Satz nach vorn.

»Na, ist das was?«, griente er und radierte mit quietschenden Reifen um die Kurve. »Jetzt kriegen alle anderen richtig Schiss!«

Ralle traute sich nicht zu sagen, dass er auch Schiss hatte. Ängstlich drückte er sich tiefer in den Sitz und krallte sich an den Seitenpolstern fest.

Runkel fuhr wie der Henker, kümmerte sich nicht die Bohne um den fließenden Verkehr, schnitt anderen den Weg ab, fuhr über Fußwege und Verkehrsinseln und tat im übrigen alles, was man sich wohl nur mit Sirene und Blaulicht erlauben kann. Das einzig Gute war, dass er sich so stark auf seinen Höllentrip konzentrieren musste, dass er jegliche Unterhaltung einstellte.

Ralle hätte sowieso nicht antworten können, da ihm irgendetwas im Halse steckte. Möglicherweise war es sein Blinddarm, der es da unten nicht mehr ausgehalten hatte und nun seine Nähe suchte.

Polizeimeister Runkel stellte die Sirene ab.

»Wir sind da«, freute er sich. »Na, was sagen Sie zu unserer Heulsuse auf dem Dach? Das Scheißding macht 'n Mordslärm, wa?«

Er stellte den Wagen vor dem alten Fischkontor ab. Ralle sprang schnell aus dem Auto, bevor der Polizist es sich anders überlegen und noch eine Freifahrt dranhängen konnte.

»Sehr schön«, krächzte er heiser und zog das zerrissene Hemd über seinem blanken Bauch zusammen. »Kann ich jetzt ins Dingens ...?«

Der Polizeimeister ging um den Wagen herum und lächelte ihn freundlich an. »Ich glaube, daraus wird nichts.«

»Warum nicht?«

Aber Runkel gab schon keine Antwort mehr. Er trat Ralle mit Wucht in die Kniekehle, riss ihm den Arm auf den Rücken und griff ihm in die Haare.

»So, Freundchen, jetzt ist Schluss mit lustig! Jetzt geht's ab in den Kohlenkeller. Wegen dir bekloppten Arsch markier' ich doch nicht ständig den Hanswurst!«

In brutal gekrümmter Haltung wurde Ralle ins Gebäude geschoben und nach zügiger Durchquerung einiger Gänge in einen kargen Raum geschubst, dessen einzige Einrichtung aus einem verbeulten Blechschrank, einem Tisch, vier Holzstühlen und einem durchdringenden Fischgeruch bestand.

Runkel stieß ihn hart zu Boden und funkelte ihn böse an. »Das eine lass dir noch gesagt sein, du Gnom: Wenn du glaubst, dass wir hier Backkurse abhalten, dann solltest du mal unser Nudelholz sehen!«

Wütend schlug er die Tür hinter sich zu.

Ralle hörte das Drehen des Schlüssels im Schloss, dann war er allein.

In der Stille des Raumes versuchte er, das soeben Erlebte einzuordnen, zu verstehen. Aber er verstand es nicht. Auch die Vorstellung vom gemütlichen Polizistenjob in behaglicher Atmosphäre war wohl nur ein Trugbild.

30

Nachdem Ralle von dem Polizisten weggeschafft worden war, blieben die ›Vollpfosten‹ ratlos zurück.

»Und nun? Was machen wir jetzt?« Charlotte von Hademarsch hatte sich als erste wieder gefangen.

Wutz ginste: »Jetzt geht's ab zur Seehundbank – mit Kapriolen und Spektakel.«

»Sag mal, spinnst du?« Helga Heimlich stemmte zornig die Fäuste in die Hüften.

»War 'n Witz«, sagte Wutz.

Das war das Stichwort für seine Mutter.

»Apropos Witz – Kinder, ich hab da einen ganz schweinischen: Kommt ein Seehund zum Augenarzt und ...«

»MUTTER!«

Wutz warf seiner Mutter einen bösen Blick zu.

Die winkte gleichmütig ab, griff in den Stoffbeutel und zog ein Fläschchen Eierlikör hervor. Sie betrachtete es kurz, warf es wieder rein, wühlte ein wenig herum und fand schließlich, was sie suchte: ein Fläschchen *Husumer Lakritzliqueur*. Mit gübtem Griff schraubte sie es auf, goss sich die Spirituose in einem Schwung rein und schüttelte sich.

»Boah, ist dat scharf!«

Dann fügte sie hinzu: »Kinners, ihr müsst mal lernen, entspannter durchs Leben zu gehen. Macht euch locker. Der Tag kommt, an dem ihr ungelenk mit einem quietschenden Rollator über'n Hof stolpert. Dann ärgert ihr euch, das Leben nicht so gelebt zu haben, wie ihr es hättet leben können.«

»Haben Sie denn so gelebt, wie Sie es hätten können?«, fragte Grete Durchdenwald.

»Klar, Mädchen«, nickte Elfriede Wutz vergnügt. »Deswegen brauche ich heute ja einen Rollator.«

»Ich will meinen Ralle wieder zurückhaben«, klagte Helga Heimlich. »Vorher setze ich keinen Fuß auf das Schiff!«

»Den holen wir schon da raus«, beruhigte sie Martin Durchdenwald. »Zur Not legen wir Feuer, dann können wir mitsamt Ralle unbemerkt verduften.«

Er winkte die anderen zusammen.

»So, reden wir nicht lange herum, wir marschieren jetzt zum Polizeirevier und klären die Sache. Das ist wie bei 'ner Treibjagd. Da muss man auch immer ganz gehörig Krach machen und entschlossen vorrücken.«

Er holte tief Luft und marschierte voran. Dabei reckte er den abgerissenen Ärmel des Bürgermeisters wie das Erkennungszeichen eines Stadtführers in die Luft.

»Folgt mir!«

Entschlossen stapften sie los. Entgegenkommende Passanten wichen erschreckt aus. Manche wechselten die Straßenseite. Vereinzelt begannen Kinder zu weinen.

»Nicht so schnell«, mahnte Eddy.

»Mein Magen ...«

31

Nach der Lagebesprechung steuerte Drösel die Toiletten an. Nachdenklich besah er sich im Spiegel und stellte fest, dass er abgespannt und müde aussah. Seufzend beugte er sich übers Waschbecken, drehte den Kaltwasserhahn auf und erfrischte sein Gesicht mit dem kühlen Nass.

Hinter ihm öffnete sich knarrend eine der Toilettentüren.

Im selben Moment erfüllte ein gellender Aufschrei den Raum. »Das ist ja wohl die Höhe«, kreischte eine schrille Frauenstimme.

Erschrocken drehte er sich um und blickte direkt in das empörte Gesicht der Gleichstellungsbeauftragten Beverly Große-Kleinewächter. Mit von grenzenlosem Abscheu verzerrtem Gesicht starrte sie Drösel entgegen.

»Äh ... oh Gott!«, stammelte Drösel. »Ich hab wohl ...«

Dann sprang er hastig zur Tür und schlüpfte eiligst hinaus.

»Sie widerlicher Lüstling ... ich kriege Sie noch«, zeterte Frau Große-Kleinewächter ihm hinterher.

Mit wackeligen Knien eilte sie in die Kabine zurück, schloss sich ein, setzte sich keuchend auf die Toilettenbrille und versuchte, die aufkommende Übelkeit zu unterdrücken.

Drösel schlich in sein Büro zurück. In sich zusammengesunken saß er an seinem Schreibtisch und starrte wie abwesend auf den Wandkalender mit dem sinnigen Spruch *Morgen ist auch noch ein Tag.*

Seine Hände zitterten leicht. Würde es morgen auch für ihn einen neuen Tag geben? Würde es überhaupt noch Tage für ihn geben? Das unerfreuliche Zusammentreffen mit dieser grässlichen Große-Kleinewächter hatte ihn gänzlich durcheinandergebracht. Er fühlte sich elend und auf eine unbestimmte Art schuldig.

Wie hatte es nur passieren können, dass er sich in die Damentoilette verirrt hatte?

Ihm schwante etwas. Der Vorbesitzer des Fischkontors hatte es wohl für eine unendlich witzige Idee gehalten, die Toilettentüren mit Fotos von Fischen zu kennzeichen: Die Damentoilette mit einer Scholle, die Herrentoilette mit einem Aal. Logisch: *die* Scholle, *der* Aal.

Mein Gott! Wieviel Fisch muss man eigentlich essen, um so schräg zu denken? Drösel fürchtete, bei der Deutung dieser Bildersprache in der Eile schlicht durcheinander gekommen zu sein.

Oder – ein schrecklicher Verdacht schlich sich in seine Überlegungen: War er vielleicht doch richtig abgebogen? Hatte sich die Gleichstellungsbeauftragte etwa bewusst in die Herrentoilette geschlichen, um ihn dort kaltblütig sexistischer und voyeuristischer Umtriebe bezichtigen zu können? Zuzutrauen wäre ihr das.

Ihm kam wieder das Bild der Polizeianwärterin Leutselig-Eckershausen vor Augen, die ihm entsetzt nachgestarrt hatte, als er von dem Geschäftsführer mit den Worten *altes Schwein!* aus dem Reisebüro gejagt wurde.

Kurz darauf sein unglückliches Zusammentreffen mit dem Polizeidirektor, der ihn in Gegenwart der Polizeianwärterin angeschrien hatte: *Fassen Sie mich nicht an!*

Und nun die Große-Kleinewächter, die ihn in der Damentoilette erwischt und ihn als *widerlichen Lüstling* beschimpft hatte. Wie mochte das alles auf Außenstehende wirken?

Unvermittelt kam ihm zudem eine Begebenheit vom gestrigen Abend in den Sinn. Ihm wurde siedend heiß. Er hatte zu Hause duschen wollen. Leider fiel ihm erst, als er bereits nackt und mit aufgesetzter Duschhaube unter der Dusche stand, ein, dass sein Badetuch noch auf der Dachterrasse am Wäscheständer hing.

Da es schon dunkel war, verzichtete er darauf, sich zu verhüllen und warf sich nur kurz sein senffarbenes Sakko über. Um sich auf den rauen Holzbohlen keine Splitter in die nackten Fußsohlen einzufangen, schlüpfte er kurzerhand in die für Regenwetter bereitstehenden Gummistiefel. Damit huschte er schnell auf die Dachterrasse, um sich das Badetuch zu greifen.

Er konnte wirklich nicht wissen, dass seine Vermieterin, mit einer Taschenlampe bewaffnet, draußen nach ihrer entlaufenen Katze suchte: »Musch, Musch, Musch ...!«

Sekunden später traf Drösel der Strahl ihrer Taschenlampe. Zunächst blieb der Lichtkegel auf seinem senffarbenen Sakko hängen, wanderte dann langsam weiter nach unten. Sogleich erzitterte der Lichtstrahl, wurde fortgerissen, der Vermieterin fiel die Taschenlampe aus der Hand, und mit spitzen Schreien hetzte sie panisch davon.

In der Ferne kläffte ein Hund.

Drösel erschauderte noch nachträglich. Wenn man das alles in einen Zusammenhang brachte ...

Mitten in seine düsteren Gedanken hinein platzte Göttinger. »Kommen Sie! Wir haben die Bande dingfest gemacht!«

Mit einem Satz sprang Drösel auf. »Was?«

»Wir haben die ganze Bande dingfest gemacht!«

»Ja, das hab ich verstanden«, bellte Drösel. »Ich will wissen, wo sie jetzt sind!«

»Wir haben sie im Frühstücksraum eingesperrt.«

»Im Frühstücksraum? Geht's noch? Da entwischen die uns doch sofort und machen uns noch 'ne lange Nase!«

»Nee, Chef, das machen die bestimmt nicht!«

»Was macht Sie so sicher?«

»Na ja, die fühlen sich da offensichtlich wohl. Diese angebliche Helga Heimlich besteht darauf, ohne ihren Mann nicht mehr wegzugehen, und die alte Frau mit dem Rollator hat schon gefragt, ob wir Bier im Kühlschrank hätten.«

Drösel atmete tief durch. Die ›Miesmuschel-Bande‹ war offensichtlich noch abgebrühter, als er gefürchtet hatte.

Ein Blick auf Göttinger sagte ihm, dass seinen Assistenten noch etwas beschäftigte. Drösel kannte das: Wenn Göttinger einen gequälten Dackelblick aufsetzte, die Mundwinkel bis zum Hemdkragen runterzog und wie ein Walross zu schnaufen begann, dann wollte er noch etwas sagen, von dem er sich nicht sicher war, ob er es wirklich sagen sollte.

Drösel verdrehte die Augen.

»Göttinger, ich weiß, Sie glauben, wie ein Walross zu schnaufen. Ich kann Ihnen aber versichern, dass Sie nicht wie ein Walross schnaufen, sondern wie ein Schwein! Also lassen Sie das Getue und rücken Sie mit der Sprache raus. Was ist?«

Göttinger hasste es, sich ständig von seinem Chef beleidigen zu lassen und schüttelte betrübt den Kopf.

Drösel reagierte darauf ungehalten.

»Haben Sie's im Kopf, oder was? Glauben Sie etwa, durch unkontrolliertes Kopfschütteln purzeln Ihre unstrukturierten Gedanken von selbst in eine geordnete Reihe?«

»Nein, ich ...«, begann Götiinger. Er winkte kraftlos ab.

»Ist auch egal ... alles, was ich Ihnen sagen wollte, ist, dass ich nähere Details zu diesem Dr. Durchdenwald habe.«

Drösel fuhr auf. »Was haben Sie rausbekommen?«

»Nicht ich – die Informationen habe ich von unserem V-Mann Roy Black.«

»Roy Black?« Drösel staunte. »Ich denke, der ist tot?«

»Nein, der natürlich nicht ... doch, der schon, aber unser V-Mann nicht«, berichtigte sich Göttinger.

»Der V-Mann nennt sich nur Roy Black, weil er ein großer Fan von Rex Gildo ist und ...«

Drösel starrte ihn ungläubig an.

»Moment mal: Der nennt sich Roy Black, weil er ein Fan von Rex Gildo ist? Was soll denn der Scheiß?«

Göttinger zuckte mit den Schultern.

»Keine Ahnung, wie der darauf kam. Wir hatten uns damals alle gewundert, aber er hat uns gesagt, dass er damit die Gegenseite verwirren will.«

Drösel presste die Lippen zusammen. »Fahren Sie fort.«

»Roy Black hat uns gemorst ...«

»Gemorst?«

»Naja, das machen die da doch so, die beim Geheimdienst. Die morsen statt zu telefonieren.«

Als Drösel darauf nichts sagte, fuhr er fort: »Also, zuerst hat er uns gemorst, dass der Typ – also Dr. Durchdenwald – alle großen deutschen Versicherungen unterwandert hat. Er gibt sich als Sachverständiger für Brandschäden aus. In der Szene nennt man ihn daher auch ›Zippo‹.«

»Aha ...«

»Roy Black vermutet, dass die Chose folgendermaßen läuft: Durchdenwald schleicht sich des Nachts an große Industrieanlagen ran, legt an allen vier Ecken Feuer, fackelt das gesamte Gelände inklusive aller Gebäude und Maschinen ab und macht sich wieder heimlich vom Acker. Dann setzt er sich gemütlich in sein Büro und wartet.«

»Mein Gott!«

»Sobald die Versicherung Wind davon gekriegt hat, dass die Anlage abgebrannt ist, rufen die ihn an, damit er den Schaden schätzt und die Brandursache ermittelt.«

»Aaah«, sagte Drösel gedehnt. »So langsam verstehe ich.«

»Genau«, nickte Göttinger.

»Was macht nämlich Dr. Durchdenwald? Er fährt hin, zieht sich seinen Overall an und beginnt sofort damit, sämtliche Spuren zu verwischen und falsche Fährten zu legen, damit nichts mehr auf seine Täterschaft hinweisen kann. Anschließend denkt er sich irgendeine abgedrehte Geschichte aus, die er den Versicherungsfuzzies auftischt.«

»Und die glauben ihm das?«

»Natürlich. Der Typ konstruiert dermaßen obskure Stories, die so haarsträubend, gleichzeitig aber auch so spannend und unterhaltsam sind, dass sich die Versicherungsheinis schon regelrecht darauf freuen.«

»Das gibt's doch nicht!«

»Doch, das gibt's! Eine dieser hanebüchenen Geschichten hat mir Roy Black übermittelt. Durchdenwald hat nämlich die Verpflichtung, seine – allesamt erstunkenen und erlogenen – Untersuchungsergebnisse zu dokumentieren und die Berichte den Versicherungsleuten zu übergeben. Roy Black ist es nun gelungen, sich in die Versicherung einzuschleichen und eines Berichts habhaft zu werden.«

»Donnerlittchen! Wie hat er das geschafft?«

»Er hatte sich als Fensterputzer verkleidet, sich in den Aktenraum gemogelt und so getan, als würde er die Fenster putzen, während er verstohlen nach den Berichten Ausschau gehalten hat. Allerdings wäre er um ein Haar aufgeflogen.«

»Wie das?«

»Na ja, einem dieser Versicherungsmenschen ist plötzlich aufgefallen, dass der Raum gar keine Fenster hat.«

»GÖTTINGER!«

»Ja, was? – Ich hab mir das ja nicht ausgedacht!«

Göttinger verzog das Gesicht. Eigentlich hatte er schon keine Lust mehr. Dann aber nahm er sich zusammen und fuhr fort.

»Dem Bericht zufolge war Dr. Durchdenwald bei einer abgefackelten Nudelfabrik als sachverständiger Gutachter eingesetzt. Die Brandursache habe er im Maschinenraum vermutet. Er sei dann in den Trocknungsofen gekrochen und habe sich das Ritzel von der Einschubschnecke über dem Rohrbündelwärmetauscher angesehen. Und was hätte er dort gefunden? Das abgebrochene Ende einer handelsüblichen Haarklammer. Da sei ihm klargeworden, was passiert sei: Jemand hätte entdeckt, dass die Einschubschnecke eine Unwucht hatte und wollte sie provisorisch mit einer Haarklammer fixieren.«

Göttinger hob den Finger.

»Und jetzt kommt's: Durch die enormen Fliehkäfte sei das Ding irgendwann gebrochen, ein Bruchstück sei durch den Trocknungsofen geschleudert worden, gegen das Federrührwerk gedonnert, dann in das Kühlgebläse geknallt und habe sich dort zwischen Nietblech und Gewindebolzen der Thermoplast-Klemmmuffe verkantet und damit die Doppelflügelventilatoren blockiert, wodurch prompt die Motorwicklung durchgeknallt ... also, durchgebrannt sei.«

Göttinger schöpfte kurz Atem, dann nahm er den Faden wieder auf. Auf einmal schien es ihm Spaß zu machen.

»Zur Katastrophe sei es aber letztlich gekommen, weil diese Kettenreaktion zum Kurzschluss in den Quecksilberdampflampen geführt habe, woraufhin ein Zündfunken in die darunterliegenden Kartons mit den knochentrockenen Nudelkreuzbodenbeutel überspringen konnte, die natürlich wie Zunder brannten.«

Drösel staunte.

»Und diese Geschichte hat man ihm abgenommen?«

Göttinger lachte bitter.

»Nicht nur das. Die Versicherungsheinis waren so versessen auf die kurzweiligen und haarsträubenden Stories von diesem angeblichen Sachverständigen, dass sie sogar selbst losgezogen sind und Industrieanlagen in Brand gesteckt haben, nur weil sie es nicht abwarten konnten, noch mehr Geschichten vom ihm zu hören.«

»Das gibt's doch gar nicht.«

»Doch, das gibt's«, bekräftigte Göttinger und fügte hinzu: »Sagt jedenfalls Roy Black.«

Drösel war die letzte Frische aus dem Gesicht gewichen. Er sah fahl aus.

»Was ist bloß aus dieser Welt geworden!«

Dann sah er Göttinger mit einem Ausdruck an, der – gänzlich ungewohnt – fast bewundernd zu nennen war.

»Aber Sie überraschen mich, Göttinger! Seit wann können Sie denn Morsezeichen dechiffrieren?«

»Kann ich gar nicht.«

»Ja ... aber wie sind Sie an die Informationen gekommen, wenn Ihnen diese zugemorst wurden?«

»Ich hab ihn angerufen!«

»Wen?«

»Roy Black.«

»...?«

»Na ja, weil ich keine Morsezeichen lesen kann, hab ich Roy Black angerufen und gefragt, was das Ganze soll ... und dann hat er mir alles erzählt.«

Bei Drösel wechselte die Gesichtfarbe schneller als bei einem Chamäleon, das man an eine Steckdose angeschlossen hat. Die Farben changierten von fiebergelb über kotzgrün nach puterrot und blutleer-farblos.

Erst nach einer endlos langen Minute hatte er sich halbwegs wieder im Griff.

»Verteilen Sie die Bande auf alle freien Räume«, ordnete

er an. »Wir müssen sie isolieren. Ich will nicht, dass die sich untereinander absprechen können.«

Göttinger sah sich fragend um.

»Soviele Räume hat diese Fischbude doch gar nicht.«

Drösel verzog genervt das Gesicht.

»Sie haben immer nur Einwände. Egal, was ich anordne, Sie haben Einwände, Vorbehalte, Bedenken, Fragen ... Mann! Dann verteilen wir sie eben paarweise auf die Räume. Wir werden ja wohl vier freie Räume zur Verfügung haben!«

Drösel wischte eventuell aufkeimende Einwände mit einer unwirschen Geste beiseite.

»So, und nun sagen Sie mir, in welche Butze Sie diesen Ralf oder Ralle oder wie auch immer der heißt, eingesperrt haben!«

»Der sitzt im Wäscheraum.«

»Okay, dann werde ich ihn gleich in die Mangel nehmen.«

Drösel griff zum Aktenstapel, der sich auf seinem Schreibtisch hoch auftürmte, suchte fahrig in den Unterlagen und zerrte schließlich ein Blatt hervor, auf dem er sich die Namen der ›Miesmuschel-Bande‹ notiert hatte.

»Brettschneider soll sich im Frühstücksraum diese angeblichen Adligen vornehmen, und Sie übernehmen die Durchdenwalds im Heizungsraum. Leutselig-Eckershausen kann ja mal versuchen, ob sie mit diesem Wutz und der Rollator-Dame klar kommt.«

Drösel machte eine Pause, dann grinste er.

»Für kleine Mäuschen reichen auch kleine Räume – sagen Sie ihr, sie soll die Besenkammer nehmen.«

Göttinger zog zweifelnd die Nase kraus, mochte sich dazu aber nicht weiter einlassen. Stattdessen fragte er: »Und was machen wir mit der vorgeblichen Helga Heimlich?«

»Ab in die Wäschekammer! Die übernehm ich auch noch. Die versucht doch sowieso ständig, diesem Ralle das Wort abzuschneiden, damit der nichts verraten kann. Und genau deswegen bringe ich den jetzt zum Reden.«

Als Drösel Anstalten machte zu gehen, hielt ihn Göttinger zurück.

»Und wo soll ich das Verhör durchführen?«

Der Kommissar guckte ihn an wie einen Notfallpatienten, der auf dem Operationstisch liegt und fragt, ob er hier rauchen darf.

»Haben Sie nicht zugehört? ... im Heizungsraum!«

An der Tür drehte sich Drösel noch einmal um.

»Passt Ihnen das nicht? Dann ziehen Sie sich doch einen Sack über den Kopf. Der passt Ihnen bestimmt.«

Göttinger ballte die Faust, und als Drösel weg war, machte er sich schnurstraks auf den Weg zum Kriminaldirektor.

32

Ralle saß zusammengesunken neben seiner Frau im ehemaligen Wäscheraum des Fischkontors. Seit dem unglücklichen Missverständnis mit der Radfahrerin zeigte sich Helga ihm gegenüber stoisch reserviert.

Doch nicht nur das – sie reckte auch demonstrativ die Nase in die Luft und schnüffelte, als zöge sie ins Kalkül, der abscheuliche Fischgeruch könne von ihm ausgehen.

Zaghaft hatte er versucht, mit ihr wieder ins Gespräch

zu kommen, indem er betrübt sein zerrissenes Hemd befingerte: »Das schöne ... Ding!«

Helga aber reagierte gar nicht darauf und blieb stumm.

Er versuchte, sie zu provozieren: »Das schöne Dings ... Dingens ... Ding ... Dingsbums ...«

Helga blieb ungerührt.

Ralle fühlte sich gar nicht gut.

Da wurde die Tür aufgerissen. Ralle erblickte einen genervt aussehenden Mann in einem verschlissenen, senffarbenen Sakko, der hereingestürmt kam, die Tür geräuschvoll hinter sich zuwarf, einen Aktenordner auf den Tisch knallte und sich ihnen gegenüber auf den freien Stuhl plumpsen ließ.

Der Mann im senffarbenen Sakko nahm seine Armbanduhr ab, richtete sie sorgfältig und im rechten Winkel zum Aktenordner aus und, ohne aufzublicken, sagte er: »Ich bin Kommissar Drösel. Und wer sind Sie?«

»Ralf ...«

»Ich habe Sie nicht gefragt.«

Er wandte sich an Helga Heimlich. »Sie?«

»Helga Heimlich.«

»Und Sie?«

»Ich?« Ralle fühlt sich unbehaglich.

Drösel verdreht die Augen. »Sehen Sie hier noch jemanden?«

Ralle warf einen knappen Blick zu Helga rüber: »Nee.«

»Also – wie heißen Sie?«

»Ralf ... äh ... Heimlich.«

»Aha – Heimlich. Nicht zufällig *Unheimlich*? Oder vielleicht sogar *Klammheimlich*?«

Drösel beugte sich vor und fixierte sein Gegenüber mit gefährlich glimmenden Augen.

»Pass auf, Meister: Wir machen uns jetzt gegenseitig nichts vor, dann werden auch schneller fertig und sind beide ganz hurtig wieder bei der Mammi, okay? Also: Wie heißen Sie?«

»Ralf Heimlich.«

Drösel lehnte sich zurück und schnaufte. Dann schnellte er vor, schlug mit der flachen Hand auf den Aktenordner und bellte: »Weißt du, was hier drin ist? Die ganze verdammt elende Wahrheit über dein verdammt armseliges Dasein! Also, erzähl mir jetzt keine Märchen!«

Drösel holte tief Luft und schickte einen Funken sprühenden Blick in Ralles Augen.

»Soll ich dir sagen, was darin schwarz auf weiß steht? Ja? Soll ich dir auf die Sprünge helfen?«

Drösel zog den Aktenordner zu sich, öffnete ihn aber nicht. »Ich gebe Ihnen mal ein paar Stichworte: *Granaten ... Kriegskasse ... Sprengstoff ... Panzer* ... na – rührt sich da was?«

Grabesstille. Nicht das kleinste Geräusch war zu hören. Nur Helga hob eine Augenbraue hoch.

Drösel ließ die Stille einen Moment lang wirken, bevor er nachsetzte. »*Seehundbank in die Luft sprengen!*«, schrie er Ralle entgegen. »Warum? Warum in aller Welt wollen Sie die Seehundbank in die Luft jagen? Das ist doch Schwachsinn!«

Ralle nahm einen Zipfel seines zerrissenen Hemdes und wischte sich damit übers Gesicht. Er rückte mit seinem Stuhl vom Tisch ab. »Weiß nicht ...«

»Okay, Themenwechsel: Warum haben Sie die Nutte vom Rad gerissen?«

»Ja, warum?«

Seit sie in diesen Raum verfrachtet wurden, sah Helga zum

ersten Mal Ralle direkt an. »Das möchte ich auch gerne wissen.«

»Da haben Sie's«, sagte Drösel und deutete mit dem Kinn auf Helga Heimlich. »Das würden wir beide gerne wissen.«

Ralle kauerte wie ein Häufchen Elend auf seinem Stuhl und versuchte, die Hände vor seinem dicken, entblößten Bauch zu falten, schaffte es aber nicht, weil seine Arme dafür zu kurz waren. Sichtlich unwohl räkelte er sich auf dem Stuhl und ließ schließlich die Arme seitlich runterhängen, was ihm das Aussehen eines sitzenden Walrosses gab.

»Die ... also ... die Dingens ...«

»Ralle!« Helga funkelte ihn giftig an.

»Jetzt reicht's!«

Drösel hieb die Faust dermaßen vehement auf die Tischplatte, dass die Armbunduhr hochsprang und er sie wieder gerade ausrichten musste.

»Hören Sie auf, das Geständnis zu unterbrechen oder zu verhindern.«

»Welches Geständnis?«

»Schluss jetzt!« Drösel wandte sich wieder Ralle zu.

»Also, was hatten Sie gerade so schön sagen wollen?«

Ralles Augen flackerten. »Ich ... also ... die Dings ... oder vielmehr ... die Dingens ...«

Helga konnte nicht anders: »Ralle!«

»Ruhe!«

Drösel beugte sich vor und versuchte beruhigend auf Ralle einzuwirken. »Der Anfang war ja schon mal gut. Fangen Sie einfach nochmal an.«

Ralles Stimme klang weinerlich.

»Die ... äh ... Dings ... die Dingens ... ich meine die Birnen-

Dinger da ... also wegen der Dings ...«

Ralle keuchte verzweifelt. »... oh, Mann!«

Kommissar Drösel war lange genug im Geschäft, um zu spüren, dass da ein ganz harter Knochen vor ihm saß. Der würde nichts sagen, das wurde ihm in diesem Moment klar. Dennoch versuchte er es noch einmal von hinten herum: »Wie heißen Sie?«

»Ralf Heimlich.«

»Okay, Sie wollen es offensichtlich nicht anders.«

Er wandte sich Helga Heimlich zu. »Wie heißen Sie?

»Helga.«

»Im ganzen Satz ...«

»Ich heiße Helga Heimlich.«

Drösel zog den Aktenordner zu sich und öffnete ihn.

»Hier steht, dass Sie die Leute zwingen, sich auf die Seite zu legen und durch den Bauch zu atmen.«

»Ja ... die *Inspiratorische Bauchatmung in der Seitenlage*.«

»Im Klartext: Sie haben eine fatale Neigung, Leute, die Sie nicht mögen, auf die Seite zu legen, stimmt's?«

Verwirrt und gleichermaßen verängstigt versuchte Helga dem bohrenden Blick des Kommissars standzuhalten.

»Wie meinen Sie das?«

»So wie ich das sage. Wir haben einen Hinweis darauf, dass sich neben Ihrem Wohnhaus ein eingezäuntes Gelände befindet, auf dem mehrere tausend Gräber angelegt wurden.«

»Ja, das ist ein Friedhof!«

»Ja, sicher ist das ein Friedhof. Das haben wir auch schon rausgekriegt. Aber von wem wurde der angelegt? Und wozu? Und wer sind die Toten?«

Er blickte fragend von Helga zu Ralle und wieder zurück.

»Fragen über Fragen. Vor allem frage ich mich, wie abgebrüht man sein muss, wenn man sich extra einen eigenen Friedhof anlegt, nur um seine Opfer bequem entsorgen zu können.«

Er warf Helga einen spöttischen Blick zu.

»Womöglich liegen die sogar alle inspiratorisch auf der Seite? Nur mit dem Nachteil, dass sie nicht mehr atmen können. Noch nicht mal durch den Bauch.«

Helga presste die Lippen zusammen. Die Anschuldigungen machten sie sprachlos. Um sich zu beruhigen, konzentrierte sie sich auf eine normale Pressatmung im Sitzen.

Drösels Ton wurde eisiger.

»Hier steht, dass Sie sich hin und wieder auch in Drogerien herumtreiben.«

»Ich treibe mich da nicht rum, ich arbeite da.«

»Das heißt also, dass Sie ungehindert freien Zugang zu sämtlichen Ingredienzen haben, die in einer Drogerie aufzutreiben sind?«

Helga nickte zögerlich.

»Da stelle ich mir doch mal ganz unvoreingenommen die Frage: Wurden die Toten auf Ihrem Friedhof vergiftet?«

»Ich muss doch sehr bitten«, empörte sich Helga Heimlich.

»Nun spielen Sie doch nicht ständig die entrüstete Unschuld. Wir sind hier nicht auf der Schauspielschule.«

Nachdenklich musterte er sie.

»Ich vermute mal, Sie sind eine Meisterin im Mixen hochtoxischer Cocktails, die schon nach dem ersten Schluck den Durst für immer und ewig löschen. Was ist denn Ihre bevorzugte Mixtur? Arsenik? Quecksilberchlorid? Vitriol? Oder etwa Krötenfett?«

»Also nee, das ist jetzt aber ...«, rief Helga aus.

Drösel ließ sich nicht aus dem Konzept bringen.

»Wir wissen, dass Sie geplant haben, die Seehundbank in die Luft zu sprengen. Wozu benötigt man dann noch Ihre Spezialkenntnisse? Wollen Sie die Seehunde betäuben, bevor Sie sie in die Luft jagen? Oder halten Sie Ihre Giftküche für den Fall bereit, dass einige der Seehunde die Sprengung überleben?«

Helga Heimlich bekam Schnappatmung, brachte aber nicht mehr hervor als ein dünnes »Pffff ...«

Drösel legte nach.

»Zumindest beweisen die Toten auf Ihrem Friedhof, dass Sie sich im Giftschrank der Drogerie besser auskennen als im Kräuterregal Ihrer Küche.«

»Ralle, sag du doch auch mal was«, klagte sie.

Ralle zuckte zusammen.

»Äh ... also ... Dings ...«

Drösel klappte den Aktenordner wieder zu.

»Okay, fangen wir noch einmal mit dem Wichtigsten an: Wie heißen Sie?«

»Ralf Heimlich ...?« Die Antwort kam leise und fragend.

»Hör endlich auf, mir solch einen Mist zu erzählen! Ich bin doch nicht doof!«

Mit den Fingern hämmerte Drösel einen dermaßen rasanten Trommelwirbel auf den Aktenordner, dass jeder Schlagzeuger sofort beschämt auf Klarinette umgestiegen wäre.

»Hier drin steht, dass Sie sogar Überlegungen angestellt haben, sich als Pizzabote verkleidet auf Truppenübungsplätze zu schleichen. Stimmt das, Kollege?«

Drösel stellte das Hämmern seiner Finger ein. Er lauerte auf eine Regung seines Gegenübers.

Als die nicht kam, fuhr er fort: »Sie hatten doch nicht etwa vor, mit einem geklauten Panzer in Büsum reinzuknattern und die Seehundbank unter Beschuss zu nehmen?«

Ralle erbleichte. Er wirkte verzweifelt, rutschte unruhig auf dem Stuhl herum.

»Was ist?«, fragte Drösel. »Wollen Sie jetzt beichten?«

Ralle schüttelte den Kopf.

»Ich muss mal!«

33

Kriminalhauptmeister Brettschneider trieb Charlotte von Hademarsch vor sich her in den Frühstücksraum. Eduard von Hademarsch folgte zögernd.

Er ging leicht gekrümmt. Als er heute morgen vom Frühstückstisch aufstand, hatte er ein leises Geräusch gehört. So, als würde man ein Loch in einen Joghurtbecherdeckel pieksen. Nun fürchtete er, einen Leberriss erlitten zu haben.

Brettschneider steuerte den ersten Tisch an und knurrte: »Hinsetzen!«

Eddy hielt seiner Frau einen Stuhl bereit und setzte sich erst, nachdem sie sicher Platz genommen hatte.

»Danke, Eddy«, sagte sie.

»Bitte, Charlotte«, sagte er schwach. Dann setzte er sich vorsichtig und blickte betrübt in die Gegend.

»Was ist mit dir, Eddy?«

Charlotte von Hademarsch klang besorgt. Obwohl sie seine Neigung zu vorschnellen Eigendiagnosen kannte, schien es jetzt doch etwas Ernsthaftes zu sein.

»Ich hab's vergessen ... ich hab's einfach vergessen und kann mich nicht mehr erinnern.«

Eddy schluchzte.

»Was hast du vergessen?«

»Ich hab vergessen, was du mir heute morgen gesagt hast.«

»Wieso? Was habe ich dir denn gesagt?«

Eddy schniefte niedergedrückt.

»Du hast mir gesagt, wann die nächste Bus-Sonderfahrt für Schwerhörige zum Nord-Ostsee-Kanal stattfinden soll.«

»Hab ich dir nicht gesagt. Kann ich auch nicht, die nächste Fahrt haben wir noch gar nicht geplant. Das wollten wir erst Anfang der Woche machen.«

»Oh ... Gottseidank!« Eddy wirkte erleichtert.

»Und ich hatte schon Angst, ich leide unter Demenz.«

Brettschneider sah die beiden leicht ungehalten an.

»Können wir jetzt mit dem Verhör beginnen?«

Eduard von Hademarsch hob die Hand: »Momentchen, ich muss erst noch eine Frage klären.«

Er richtete sich wieder an seine Frau.

»Trotzdem habe ich es vergessen – also doch Demenz?«

»Ach was! – Man kann nur vergessen, was man vorher im Kopf abgespeichert hat. Heute Morgen hattest du aber noch nichts im Kopf, also kannst du auch nichts vergessen haben.«

Eddy lehnte sich langsam zurück.

»Dann bin ich ja beruhigt. Ich hatte schon Angst, ich hätte vergessen, dass ich Demenz habe.«

Danach trat Stille ein.

Brettschneider guckte irgendwie. Er hatte von Beginn an das Gefühl, neben der Spur zu stehen und ständig von links und rechts überholt zu werden. Schließlich fing er sich wieder und begann mit verhaltener Stimme: »Also ...«

Aber Charlotte von Hademarsch kam ihm zuvor.

»Trotzdem Eddy, irgendetwas hast du. Was bedrückt dich noch?«

»Mein Leberriss!«

»Was?« Charlotte von Hademarsch erschrak.

»Wie kommst du darauf?«

»Als ich heute nach dem Frühstück aufstand, hörte ich ein Geräusch ... ganz eklig ... als würde jemand in einen Joghurtbecherdeckel pieksen ... ich bin mir sicher, so hört sich das an, wenn einem die Leber reißt.«

Charlotte von Hademarsch warf sich nach hinten gegen die Stuhllehne und prustete los. Sie lachte und lachte, während Eddy immer mürrischer dreinblickte.

»Was gibt's da zu lachen?«

»Ach, Eddy – als du heute Morgen vom Frühstückstisch aufgestanden bist, habe ich nur so aus Jux ein Loch in den Deckel meines Joghurtbechers gepiekst.«

Sie griente: »Das war alles.«

Er: »Ach – *das* war das?«

Sie: »Ja, das war *das*!«

Er: »Na, wenn das das *war* ...«

Kriminalhauptmeister Brettschneider hatte den abstrusen Dialog mit offenem Mund verfolgt. Er wähnte sich in einer anderen Welt, in einer anderen Zeit und vor allem in einer anderen Kultur.

Er brauchte einen Moment, um sich wieder zu fangen. Dann aber erinnerte er sich an die Aufgabe, derentwegen er hier war. Er gab sich einen Ruck.

»Schluss jetzt! Das hier ist keine Diskussionsrunde, sondern ein Verhör. Ich stelle die Fragen!«

Eduard von Hademarsch war erleichtert, dass ihm ein Leberriss und sogar eine schleichende Demenz erspart geblieben waren. Und so fand er auch wieder zu seiner natürlichen Autorität zurück, die ihn als alleinunterhaltender Sightseeingtour-Buskapitän stets ausgezeichnet hatte.

Er legte die Hände vor sich auf den Tisch, faltete sie und sah Brettschneider aufmerksam an.

»Sie werden uns sicherlich Aufklärung geben über die Umstände und die Gründe, die Sie dazu bewogen haben, uns hier in diesen kargen Raum zum Gespräch zu bitten.«

Eddy sah sich aufreizend langsam im Frühstücksraum um.

»Wobei ich hoffe, dass dieser unausstehliche Gestank dem Raum schon vorher zu eigen war und sich nicht erst mit Ihrem Eintreten hier festgesetzt hat.«

Brettschneider war fassungslos.

»Hast du nicht mehr alle Datteln im Beutel?«

In Eddys Augen blitzte es kaum merklich auf.

»Entschuldigen Sie – haben wir beide zusammen schon mal im volltrunkenen Zustand Schweine gefüttert?«

»Hä? Wieso?«

»Dann frage ich mich, woher Sie die Berechtigung nehmen, mich so plump zu duzen.«

Eddy nickte Brettschneider freundlich zu.

»Lassen Sie uns doch bitte beim *Sie* bleiben, ja?«

Nun war Brettschneider nicht der allerschnellste, wenn es darum ging, einen Gedanken erfolgreich zu Ende zu denken, weswegen er mit dem Dienstgrad Kriminalhauptmeister auch die höchste Sprosse der Karriereleiter erreicht hatte.

Er überlegte krampfhaft, wie er diesen anmaßenden Worten am besten antworten könnte. Dann entschied er sich für ein knappes »Hast du ...«

Er korrigierte sich schnell: «Haben Sie den Arsch offen?«

Eddy bleib gelassen.

»Wenn es an dem wäre, dann wäre es ja wohl eher ein Fall für die Ärzte, weniger eine Aufgabe, mit der sich die Polizei beschäftigen sollte, richtig?«

»Was?« Brettschneider verkrampfte innerlich. Er wünschte sich, weit weg zu sein.

Eduard von Hademarsch hob fragend die Hände.

»Also – was werfen Sie uns vor?«

»Sie ... Sie befinden sich hier ... äh ... Sie werden verhört.«

»Sie werfen uns vor, verhört zu werden?«

Brettschneider quälte sich sichtlich.

»Nein, das nicht ...«

»Oder werfen Sie uns etwa vor, an der Unsicherheit Schuld zu tragen, von der Sie gerade sichtlich geschüttelt werden?«

»Wie? Was? Nein!«

Brettschneider spürte, wie seine Stimme schwangte und ins Weinerliche kippte, und er ärgerte sich darüber.

»Zum Teufel nochmal«, schrie er. »Mir reichts! Mir passt das alles nicht!«

Eddy zeigte auf Brettschneiders rot gepunktete Fliege.

»Genausowenig wie die da.«

»Was?«

»Ich meine, dass die rot gepunktete Fliege einfach nicht passt. Das heißt, sie *passt* Ihnen schon, aber sie *steht* Ihnen nicht. Sie korrespondiert weder mit dem blau gewürfelten Hemd, dass Sie offensichtlich im Dunkeln aus dem Kleiderschrank gefischt haben, noch befindet sie sich im modischen Kontext zu Ihrem Sakko, das sicherlich auch schon seine Zeit gehabt hat.«

»Was erlauben Sie sich«, empörte sich Brettschneider.

»Außerdem ist die Fliege dreckig«, ließ sich Eddy nicht beirren. »Was haben Sie denn da Ekliges reingeschmiert? Das sieht ja unappetitlich aus.«

Charlotte von Hademarsch sah ihren Mann bewundernd an. Zu was er doch fähig war, wenn er nicht gerade von Krankheiten gebeutelt wurde.

Eddy fixierte Brettschneider scharf.

»Bedauerlicherweise neigen Sie auch noch zu unreiner Haut. Erkenntlich an den kleinen roten Pickelchen, die hier und da etwas vorwitzig aus Ihrem blassen Teint hervorlugen. Da wirken die roten Punkte Ihrer Fliege ja geradezu wie eine Persiflage Ihres Gesichts. Sie sollten mal untersuchen lassen, ob das nicht Hinweise auf eine Erkrankung sind – Masern, Scharlach, Röteln, Windpocken ...! Glauben Sie mir, ich weiß, wovon ich rede.«

Brettschneider knetete verzweifelt und in nervöser Anspannung die Hände. »Hören Sie auf damit!«

»Womit?«

»Mit ... mit dem, was Sie sagen«, stammelte Brettschneider und stierte ziellos vor sich hin.

Charlotte von Hademarsch, die bis dahin dem Gespräch stillschweigend zugehört hatte, wandte sich nun verärgert an ihren Mann.

»Ich sag dir, diese ganze Farce, die gesamte groteske Kommödie, die hier vor uns abgezogen wird – all das ist von Wutz arrangiert. Das läuft alles unter dieser blöden *Über-*

raschungstour mit Gladiolen und Tentakel.«

»... *Kapriolen und Spektakel*«, verbesserte Eddy.

»Sag ich doch!«

Mit einem unwilligem Schnaufen und erregter Stimme ging sie Brettschneider an.

»Sie sind Schauspieler, stimmt's? So wie Sie benimmt sich kein ernsthafter Kriminaler – aber auch kein Schauspieler! Und dann der Gestank in dieser maroden Absteige ...«

Darauf antwortete Brettschneider nicht. Charlotte von Hademarsch war aber auch noch nicht fertig.

»Der Wutz ist doch bescheuert, oder? So ein billiges Schauspiel! Hätte der kein anderes Programm buchen können?«

»Stopp!«

Brettschneider hatte diesem Ausruf eine schneidende Schärfe geben wollen, brachte aber nur ein heiseres Krächzen hervor.

»Welches andere Programm? Habt ihr ... haben Sie etwa noch mehr geplant als nur die Seehundbank ...?«

Eddy nickte leichthin. »Natürlich. Glauben Sie, wir sind nur wegen dieser stieseligen Seehunde gekommen? Hier gibt's doch noch viel mehr, was wir in Angriff nehmen können. Den Hafen, den Deich, den Leuchtturm, das Aquarium, das Sperrwerk ...«

Brettschneider erbleichte.

»Das Sperrwerk auch?«

»Ja, natürlich. Das machen wir alles in zwei Tagen – hintereinander weg!«

Kriminalhauptmeister Brettschneider hatte sich schon die ganze Zeit über unwohl gefühlt. Nun aber kam es ihm hoch.

Das Sperrwerk auch!

Wenn das gesprengt wurde, und dazu noch der Deich, dann – er mochte es gar nicht zu Ende denken – dann würde ganz Büsum überschwemmt werden. Und das flache Hinterland noch kilometerweit dazu.

Er würgte, die Angst packte ihn, etwas in seinem Gedärm krampfte sich panisch zusammen, sein Magen rebellierte, ihm wurde schlecht.

Hastig sprang er auf, stieß den Stuhl um, lief wie gehetzt aus dem Frühstücksraum zur Toilette, um sich zu übergeben.

Leider bemerkte er nicht, dass es die Damentoilette war. Er riss die Tür auf und übergab sich.

Just in diesem Moment verließ Frau Große-Kleinewächter die Kabine, in der sie sich nach dem Zwischenfall mit Kommissar Drösel angewidert eingeschlossen hatte ...

34

Im Heizungsraum saßen Dr. Martin Durchdenwald auf einem Holzhocker und seine Frau Grete auf einem Karton mit der Aufschrift *Haftbefehle und Formulare ohne Belang*.

Kriminalobermeister Göttinger hatte ihnen gegenüber auf zwei übereinandergestapelten Bierkästen Platz genommen.

Er begann: »Ich will Ihnen reinen Wein einschenken ...«

»Au fein! In den Kisten sind aber nur leere Bierflaschen«, fiel ihm Martin Durchdenwald ins Wort.

Göttinger bedachte ihn mit einem warnenden Blick. »Ich weiß nicht, ob das der richtige Augenblick für Witze ist.«

Dann fügte er hinzu: »Wissen Sie, ich bin ein gläubiger Mensch und gehe regelmäßig in die Kirche. Und ein eherner Grundsatz in der Kapelle lautet: Wenn der Pastor spricht, muss die Gemeinde mit dem Lachen aufhören.«

Als keiner der beiden darauf etwas sagte, fuhr er fort.

»Mein Name ist Göttinger. Kriminalobermeister Hartmut Göttinger, Assistent von Kommissar Heinrich Drösel. Ich bin achtunddreißig Jahre alt, verheiratet, kein Kind, aber ein Wellensittich und ...«

Er brach verlegen ab und blickte verlegen zu Boden. Dann räusperte er sich.

»Sie wissen, warum Sie hier sind?«

»Nein«, fuhr die Frau auf. »Das wissen wir nicht! Und ich verbitte es mir, dass Sie uns wie Verbrecher behandeln. Sowas habe ich ja noch nie erlebt, weder beim Kegeln, noch in meiner Praxis, noch nicht mal bei den Damen unserer Selbsthilfegruppe.«

Göttinger hörte aufmerksam zu und fragte dann eher beiläufig: »Selbsthilfegruppe?«

»Ja, Selbsthilfegruppe zur Raucherentwöhnung!«

»Aha, und was machen Sie da?«

»Wir erzählen uns was, rauchen eine zusammen, atmen durch den Bauch, und manchmal greife ich auch zur Blockflöte und flöte den Damen etwas vor.«

Man sah Göttinger an, dass es in ihm arbeitete.

»Und was flöten Sie?«

»Na ja, sowas wie *Kein schöner Land in dieser Zeit* oder auch *Vom Himmel hoch, da komm ich her*. Das Übliche eben.«

Göttinger wurde blass.

»Das nennen Sie *das Übliche*? Nur weil Sie das Land nicht

schön finden, greifen Sie es aus der Luft an?«

Grete Durchdenwald stutzte und warf ihrem Mann einen fragenden Blick zu. Der wusste aber auch nicht, was er dazu sagen sollte.

Göttinger setzte nach.

»Sie stürzen sich also vom Himmel herab auf das Land. Wie kann ich mir das vorstellen: So wie Kamikaze-Flieger? Direkt aus der Sonne? Mit Sturzkampfbombern oder ferngelenkten Drohnen?«

Da schaltete sich Martin Durchdenwald energisch ein.

»Was soll das hier eigentlich werden? Mit welchem Recht halten Sie uns fest und stellen uns solch dämliche Fragen?«

»Das kann ich Ihnen genau sagen: Sie werden terroristischer Umtriebe, der Planung eines Sprengstoffanschlags auf die Seehundbank, des geplanten Mordes an einer Wattführerin durch Ertränken im Priel und des versuchten Mordes an unserem Bürgermeister beschuldigt. Hinzu kommen unzählige weitere Morde, die Ihnen zur Last gelegt werden und an deren Beweisführung wir zur Zeit arbeiten. Und glauben Sie mir: Wir kommen Ihnen schon auf die Schliche.«

Martin Durchdenwald fasste es nicht.

»Das ist ein Witz!«

Göttinger hob bedauernd die Schultern. »Ich sagte Ihnen doch schon: Es ist keine gute Zeit für Witze.«

»Wie kommen Sie dazu, mich des Mordes zu bezichtigen?«

»Nicht Sie allein. Sie beide!«

Göttinger lehnte sich zurück. Da die Bierkästen aber keine Rückenlehne hatten, wäre er fast hintenüber gekippt. Er fing sich gerade noch.

»Also ... verlieren wir keine Zeit. Wie heißen Sie?«

»Grete Durchdenwald«, sagte Grete Durchdenwald.

Göttinger wiederholte leise: »... Durchdenwald.«

Dann brüllte er los: »*Durchdenwald* – warum nicht gleich *Überalleberge*? Erzählen Sie mir doch nicht solch einen Mist.«

Aufgebracht nickte er Martin Durchdenwald zu.

»Also, wer sind Sie?«

»Dr. Martin Durchdenwald.«

Göttinger musterte ihn interessiert.

»Sind Sie Arzt?«

»Nein«, sagte Dr. Martin Durchdenwald. »Ich habe nur einen Doktortitel.«

»Aha, dann praktizieren Sie also nicht mehr?«

»Ich bin kein Arzt – nur Doktor!«

»Sehen Sie: Genau das ist der Punkt. Sie kommen selber schon durcheinander! Sie wissen gar nicht mehr, was für eine Legende Sie sich zurechtgelegt und zusammengestrickt haben. Sie wissen gar nicht mehr, wer Sie sind, wer Sie hätten sein sollen, was Sie sind, was Sie hätten sein sollen und warum überhaupt.«

Göttinger blätterte in seinem Notizbuch. Von Zeit zu Zeit zog er die Augenbrauen hoch, rümpfte angewidert die Nase, kräuselte bestürzt die Lippen, und setzte schließlich eine finstere Miene auf.

»Was hier drin steht, gefällt mir nicht. Das gefällt mir ganz und gar nicht. Aber das Gute ist, dass es Ihnen auch nicht gefallen wird.«

Göttinger klappte das Notizbuch zu und klopfte damit leicht auf die Tischkante.

»Ich trage Ihnen mal vor, was wir alles über Sie wissen. Sie müssen nichts sagen, nur zuhören. Und am Ende bin ich mir sicher, dass Sie singen werden wie eine Rohrdommel.«

»Rohrdommel?« Grete Durchdenwald war erstaunt.

»Na ja, als *Spatz von Avignon* gehen Sie ja wohl nicht mehr durch, oder?«

»Ich muss doch sehr bitten!«

»Nur zu«, sagte Göttinger. »Bitten Sie ruhig. Unser Pastor sagt immer: ›Bitten ist wie Beten – nur schneller‹.«

Einen Moment lang überlegte er, ob er das auch richtig zitiert hatte, dann wischte er den Gedanken beiseite.

»In diesem schlauen Büchlein steht geschrieben, dass Sie«, er nickte Martin Durchdenwald zu, »in den einschlägigen Kreisen als eiskalter und ganz abgefeimter Brandstifter gelten.«

Martin Durchdenwald sprang auf. »Hallo?«

»Hinsetzen!«, befahl Göttinger.

»Weiterhin steht hier in meinem schlauen Buch, dass Sie in der internationalen Auftragskillerszene einen hervorragenden Ruf als Meisterschütze genießen. Sie sollen in der Lage sein, auf zweihundert Meter Entfernung einem galoppierenden Wildschwein Ihre Initialen in die Arschbacken zu schießen. Stimmt das?«

Martin Durchdenwald stierte Kriminalobermeister Göttinger entgeistert an.

»Häh?«

»Von Ihnen höre ich immer nur *häh?*, *wie?* und *was?* Könnten Sie auch mal eine konstruktive Antwort geben? Zum Beispiel zu der Frage, warum und wofür Sie blutrünstige Kampfdackel züchten?«

»Kampf...?«

»Ja, Kampfdackel!«

Martin Durchdenwald konnte es nicht glauben.

»Ich bin Obmann für die Jagdhundeausbildung bei der Jägerschaft Cuxhaven Land – nichts weiter! Und wenn ich mit einem Dackel auf die Pirsch gehe, dann sind das ausnahmslos nach jagdrechtlichen Vorschriften ausgebildete Teckel für die Jagd auf Dachse, Füchse und Enten.«

Göttinger kniff die Augen zusammen.

»Aha. Und was ist mit Seehunden?«

»Ich bilde doch keine Seehunde aus. Wie stellen Sie sich das vor? Dass der Seehund unter die Enten taucht, sie an den Beinen packt und solange unter Wasser zieht, bis sie aufhören zu schnattern?«

»Ich hatte eigentlich mehr daran gedacht, dass Sie Ihre Kampfdackel auf die Seehunde hetzen …«

»Quatsch! Warum sollte ich?«

Göttinger ließ sich mit einer Antwort Zeit. Schließlich hob er den Blick und betrachtete Martin Durchdenwald eingehend.

Dann sagte er sanft: »Wissen Sie, ich empfinde ja eine gewisse Sympathie für Sie. Sie machen beide einen gepflegten Eindruck, und ich könnte mir sogar vorstellen, unter anderen Umständen gemeinsam mit Ihnen Silvester zu feiern. Aber wir haben jetzt nicht Silvester. Und vor allem haben wir auch keine anderen Umstände. Und bei Ihnen …«, er wedelte mit der Hand in Richtung Grete Durchdenwald. »Bei Ihnen wäre ich mir nicht sicher, ob ich den Jahreswechsel überhaupt erleben würde.«

Grete Durchdenwald fehlten die Worte. Sie schüttelte nur ungläubig ihre Locken.

Göttinger kostete für einen Moment ihre Fassungslosigkeit

aus, dann strahlte er sie triumphierend an.

»Überrascht, was wir alles wissen? Wir wissen noch mehr. Zum Beispiel, dass Sie reihenweise junge Frauen zu sich ins Haus locken, sie auf einer Liege fixieren und dann Hand an sie legen.«

Grete Durchdenwald weiteten sich entgeistert die Augen.

Göttinger beschwichtigte: »Nein, keine Sorge, ich meine nichts Anrüchiges oder Unmoralisches – sondern schlicht und einfach brutale Grausamkeiten, sadistische Misshandlungen und bestialische Folter.«

Göttinger holte tief Luft.

»Unter dem Vorwand, ihren Tennisarm oder Hexenschuss zu behandeln, werden die armen Dinger von Ihnen aufs Entsetzlichste malträtiert, Gelenke verdreht, Schultern ein- und wieder ausgekugelt, sämtliche Gliedmaßen gedehnt, gestreckt, gebogen und sogar gebrochen.«

Göttinger schwitzte. Er sah mitgenommen aus. Zwei-, dreimal setzte er tonlos zu einer Äußerung an, das Unaussprechliche schien ihm nicht über die Lippen zu kommen.

Schließlich platzte es aus ihm heraus: »Ich habe den Verdacht, dass Sie Ihre Opfer zum Schluss mit bloßen Händen erwürgen!«

35

Mittlerweile war die Gleichstellungbeauftrage völlig aufgelöst aus der Damentoilette geflohen. Das war zuviel! Erst der unsägliche Drösel, dann auch noch Kriminalhauptmeister Brettschneider, der wie eine entfesselte Furie in die Damentoilette gestürmt kam und sich wortlos und direkt vor ihren Füßen übergeben hatte. Und das auch noch unter Einbeziehung ihrer neuen Pumps!

Berverly Große-Kleinewächter lehnte sich erschöpft an die Wand. Das Blut pochte ihr wie wild in den Schläfen, ihr war schwindelig.

In diesem Moment kam Polizeimeister Runkel den Flur entlang.

Zu seiner Entschuldigung muss man anführen, dass er mit der Gleichstellungsbeauftragten bislang noch nichts zu tun gehabt hatte, sie folglich auch nicht kannte.

Außerdem muss man ihm zugute halten, dass sich ihm bei seiner Annäherung eine Situation darstellte, die zu falschen Schlüssen geradezu einlud. Selbst bei kritischer Beurteilung konnte man ihm daher aus den folgenden Abläufen keine Vorwürfe machen. Es war einfach alles nur ein furchtbares Missverständnis.

Polizeimeister Runkel bot sich folgendes Bild: Eine nachlässig gekeidete Frau mit halb heraushängender Bluse stützte sich keuchend an der Wand ab. An ihren Schuhen hafteten bereits einmal gegessene Speisereste. Die Haare hingen ihr wirr ins Gesicht. Ihre Mimik war grässlich verzerrt und ihre Augen flackerten unstet.

Als sie Runkel ansichtig wurde, griff sie mit fahrigen Händen in ihre Jackentasche und fingerte hektisch nach etwas, von dem Polizeimeister Runkel nicht wusste, was es sein könnte. Und weil er nicht wissen konnte, dass Beverly Große-Kleinewächter nur etwas unbeholfen nach ihrem Taschentuch fummelte, durchzuckte ihn schlagartig der schreckliche

Verdacht, sie könne nach einer Waffe greifen und wahllos um sich ballern.

»Stopp!«, schrie er.

Mit zwei raumgreifenden Sätzen war er bei ihr, trat ihr in die Kniekehle, riss ihr den Arm auf den Rücken und griff ihr in die Haare.

»So, Madame, jetzt aber ab in die Kiste.«

Mit einem hässlichen *Ratsch!* riss die Naht ihrer Schlupfhose in voller Länge, und während sie von Polizeimeister Runkel stolpernd vorwärts geschoben wurde, hielt sie mit der freien Hand krampfhaft die Hose fest, damit sie ihr nicht vollends herunterrutschte.

36

Polizeianwärterin Leutselig-Eckershausen versuchte, sich nicht anmerken zu lassen, dass es ihr erstes Verhör war, zu dem sie Wutz und die alte Dame mit dem Rollator führte.

Als Göttinger ihr Drösels Anweisung mitgeteilt hatte, das Verhör in der Besenkammer durchzuführen, vergaß er zu erwähnen, dass dies durchaus auch ein Scherz gewesen sein könnte.

Missmutig blieb sie am Ende des Flures vor einer schmalen Tür stehen und öffnete sie.

»Los, rein da!«, befahl sie.

»Entschuldigung«, sagte Wutz und zeigte entgeistert in das dunkle Loch. »Das ist eine Besenkammer.«

»Das sehe ich auch«, sagte sie. Ihrer Stimme war anzumerken, dass ihr das ebenfalls unpassend schien.

»Da gehen wir nicht rein, Kindchen«, stellte Elfriede Wutz fest. »Wie soll ich alte Frau denn da mit dem Rollator reinkommen? Außerdem stehen da noch Besen und Aufwischeimer rum.«

»Dann stellen Sie den Besen und den Eimer raus«, befand die Polizeianwärterin.

Wutz guckte sein Mutter an: »Lass doch den Rollator draußen. Das ist so eng, da kannst du gar nicht umkippen.«

»Es geht nicht ums Umkippen, min Jung«, nörgelte Elfriede. »Ich will meinen Rollator nicht draußen stehen lassen. Hier im Beutel habe ich noch ein paar Fläschchen Eierlikör. Meinst du, die lass ich unbeaufsichtigt?«

Mandy Leutselig-Eckershausen zuckte zusammen. *Eierlikör!* War das ein Codewort? Für Eierhandgranaten?

Mit einem Satz sprang die Polizeianwärterin zur Seite, noch im Sprung riss sie ihre Pistole aus dem Holster und richtete sie auf Elfriede Wutz.

»Stopp! Keine Bewegung! Nehmen Sie die Hände hoch. Gehen Sie zurück! Und Finger weg vom Rollator!«

Und mit einem kurzen Schwenk der Pistole auf Robert Wutz: »Sie auch. Zurück!«

Mutter und Sohn wichen einen Schritt zurück. Langsam schob sich die Polizeianwärterin an den Rollator heran, steckte den Pistolenlauf in den Stoffbeutel und hob den Stoff vorsichtig an. Mit einem Auge schielte sie in den Beutel, mit dem anderen behielt sie die Verdächtigen im Blick.

Der Stoffbeutel enthielt tatsächlich nur lauter Mini-Flaschen. Sie griff hinein und besah sich das Etikett eines der Fläschchen.

Eierlikör – Scharfes aus dem Hühnerstall las sie.

Elfriede Wutz stützte sich wieder auf ihren Rollator. »Wenn Sie wollen, können Sie sich ruhig ein Eierlikörchen reinkippen. Im Hotel habe ich noch reichlich davon.«

Leutselig-Eckershausen deutete mit dem Pistolenlauf gereizt in die Besenkammer.

»Los, rein da!«

Elfriede Wutz rührte sich nicht.

»Kindchen, der Raum ist zwei Meter fünfzig hoch. Das ergibt einen Rauminhalt von dreikommafünfundvierzig Kubikmeter, umgerechnet also 3.450 Liter Luft. Jeder von uns atmet 12 bis 15 mal in der Minute circa 600 Milliliter Luft ein. Macht im Schnitt 8 Liter pro Person, bei drei Personen 24 Liter in der Minute. Mit anderen Worten: Wenn wir da reingehen, werden wir nach 143 Minuten ohnmächtig und sind zwei Minuten später erstickt.«

Mandy Leutselig-Eckershausen starrte die alte Dame ungläubig an.

»Sind Sie Mathematikerin?«

»Nein, aber ich war Wirtin einer Hafenkneipe. Da müssen Sie schneller rechnen als die Gäste trinken können.«

Elfriede Wutz lächelte in Erinnerung an turblente Zeiten.

»Mal ein Beispiel: Wenn vier Seeleute drei Stunden lang am Tresen standen und alle zwanzig Minuten ein Bier und alle dreißig Minuten einen Doppelkorn bestellten, dann hieß es aber Obacht, wenn's ans Kassieren ging! Das machte schließlich sechsunddreißig Bier, vierundzwanzig Doppelkorn und vier Malibu-Cocktails mit Limettenscheibe und Zuckerrand.«

Polizeianwärterin Leutselig-Eckershausen stutzte.

»Aber die hatten doch keine Cocktails bestellt ...?«

Die alte Dame nickte nachsichtig.

»Ach, Mädchen! Wenn vier Seeleute drei Stunden lang am Tresen stehen und sich alle zwanzig Minuten ein Bier und alle dreißig Minuten einen Doppelkorn reinschütten – glauben Sie, die wissen noch, ob sie sich vorher eine Runde Malibu-Cocktails mit Limettenscheiben und Zuckerrand bestellt haben oder nicht?«

Mandy Leutselig-Eckershausen umkrallte die Pistole. Für einen kurzen Moment war sie versucht abzudrücken. Dann entspannte sie sich widerstrebend und steckte die Pistole zurück ins Holster. Von Drösel hatte sie mal gehört, dass die Behörden in dieser Hinsicht etwas pingelig sind.

Ungehalten schob sie die beiden Verdächtigen in die Kammer und musste kräftig nachdrücken, weil der Rollator ziemlich sperrig war. Erst als Elfriede Wutz mit einem Bein in den Eimer stieg, ging es.

Die Polizeianwärterin war zwar von kleinem Wuchs, hatte aber ebenfalls eine ziemlich sperrige Oberweite. Dennoch schaffte sie es schließlich, sich inklusive Oberkörper in die Kammer hineinquetschen. Nach mehreren Versuchen gelang es ihr sogar, die Tür zu schließen.

»Mutter«, stöhnte Wutz auf.

»Was ist?«

»Du drückst mir den Rollator von hinten in die Beine.«

»Entschuldige«, sagte sie und richtete den Rollator neu aus. Was zur Folge hatte, dass sie ihn noch weiter nach vorne drückte, weil es nach hinten nicht ging. Wutz schob sein Becken vor.

Nun kann es schon mal zu Berührungskonflikten kommen,

wenn sich ein relativ großer Mann mit strammem Bauchansatz und eine relativ kleine Frau mit sperriger Oberweite nahe, sehr nahe gegenüberstehen.

»Unterlassen Sie das!«, beschwerte sich die Polizistin.

»Was denn?«

»Sie drücken mir ständig Ihren dicken Bauch an meine ... äh ... lassen Sie das gefälligst!«

»Du meine Güte! Das ist hier eben zu eng. Hab ich doch gleich gesagt.«

Soweit es möglich war, versuchte die Polizistin, sich etwas bequemer einzurichten. Das ging natürlich nicht ohne weitere Berührungen.

»Hören Sie auf, sich an mir zu reiben!«, keifte sie schrill.

»Wie bitte?«, empörte sich Wutz.

»Robert, was machst du da?«, fragte Elfriede Wutz.

»Nichts! Ich stehe hier steif wie eine Wäscheklammer und die Frau hier räkelt sich vor mir rum wie ein Regenwurm bei Platzregen. Was soll ich denn machen, wenn du mir ständig den Rollator in die Kniekehlen schiebst?«

Im Bemühen, sich Luft zu verschaffen, trat Polizeianwärterin Leutselig-Eckershausen mit dem rechten Fuß etwas zurück. Dabei trat sie auf einen Besen. Aufgrund der Hebelwirkung knallte ihr augenblicklich der Besenstiel mit einem dumpfen *Bums!* gegen den Hinterkopf. Schwer atmend rieb sie sich den Kopf und stöhnte mehrmals gequält auf.

»Robert, was machst du?« Elfriede Wutz klang nicht wirklich besorgt, sondern eher neugierig.

Um die Situation zu entspannen, hatte Wutz in den letzten dreiundfünfzig Sekunden den Bauch eingezogen und die

Luft angehalten. Nun aber platzte es aus ihm heraus.

»NICHTS!«

Gleichzeitig entspannte sich sein Bauch wieder, ploppte in seine usprüngliche Form zurück und presste die Polizistin gegen die Wand. Die stieß Wutz mit aller Kraft von sich, der fiel rückwärts gegen den Rollator. Elfriede Wutz versuchte ihrerseits auszuweichen. Da sie aber mit einem Bein noch in dem Eimer stand, verlor sie das Gleichgewicht und stürzte seitlich gegen die Tür, die unter dem Druck mit einem lauten Knall aufsprang.

Heftig mit den Armen rudernd fielen alle drei mitsamt Rollator auf den Flur und versperrten Kriminaldirektor Dr. Haltermann den Weg, der just in diesem Moment in Begleitung von Kriminalobermeister Grotjohann den Flur entlanggeeilt kam.

Aus dem Stoffbeutel des umgekippten Rollators kullerten acht Fläschchen Eierlikör und ein Fläschchen *Küstennebel* dem Kriminaldirektor vor die Füße. Robert Wutz rutschte die Geldbörse aus der Gesäßtasche, das Kleingeld verteilte sich ungleichmäßig auf dem Flur und mittendrin – das Bild von *Mausi98*.

Entgeistert starrte der Kriminaldirektor auf die sich ihm bietende Szenerie.

Mandy Leutselig-Eckershausen blickte hilflos zu ihm hoch.

»G-g-guten Tag«, stotterte sie.

Dann fing sie an zu weinen.

Grotjohann beugte sich vor, um ihr aufzuhelfen, da fiel sein Blick auf das Bild von *Mausi98*.

Mit einer hastigen Bewegung nahm er es auf.

Und als er es aufnahm, erblickte er eine Frau, die sich

in Gesellschaft eines gelben Quietscheentchens lasziv auf einem halbschlaffen Schwimmring räkelte.

Grotjohann wurde bleich, seine Augen weiteten sich unnatürlich, und mit zitternden Lippen hauchte er: »Meine Schwester ...«

37

Im Wäscheraum kämpfte Drösel derweil mit der abgebrühten Sturheit des Verdächtigen, der beharrlich darauf bestand, Ralf Heimlich zu heißen.

Drösel hatte ihm mehrfach angedroht, rabiatere Methoden anzuwenden. Er kenne da eine Menge Möglichkeiten, wobei Kreuzverhör, Ausgangssperre oder Schlafentzug noch zu den harmlosen Anwendungen gehörten.

»Schlafanzug?« Ralle staunte. Das hatte er noch nie gehört.

Drösel schluckte. Der Typ vor ihm war der abgefeimteste Galgenvogel, den er je im Verhör gehabt hatte. Er verspürte große Lust, über den Tisch zu langen, den Typen am Schopf zu packen und dessen Kopf auf die Tischplatte zu schlagen.

In diesem Moment wurde die Tür aufgerissen. Kriminaldirektor Dr. Haltermann hielt sich nicht lange mit Vorreden auf, sondern bellte schroff in den Raum hinein: »Drösel, kommen Sie her!«

Das mochte Kommissar Heinrich Drösel nun gar nicht gerne. Respekt und Anstand waren ihm wichtig, er reagierte sehr empfindlich auf jede Art von Befehlen, Kommandos und Anordnungen. Vor allem, wenn sie derart rüde und ultimativ vorgetragen wurden. Da fühlte er sich regelrecht bevormundet.

Schon als Kind hatte das in ihm nur Widerstand und Rebellion hervorgerufen. Er erinnerte sich noch deutlich an eine Begebenheit, als er bei seinen Großeltern im Wohnzimmer auf dem Teppich lag und mit seinen Autos spielte.

Dabei entfuhren ihm nicht nur Geräusche wie das Brummen der Motoren und das Tröten der Hupen, sondern auch ein paar sehr laute und übel riechende Töne aus dem Auspuff. Und zwar aus seinem.

Sein Großvater, ein verkniffener, verbiesterter Mann mit spitzem Adlergesicht, mieser Laune und eisernen Moralvorstellungen, hatte ihn derbe angefahren.

»Wenn du noch einmal pupst, fliegst du hier raus, Bengel, und zwar achtkantig!«

Daraufhin hatte sich der kleine Drösel schmollend in die Diele verzogen. Dort entdeckte er Großvaters speckige Aktentasche, die bereits mit Thermoskanne und Brotdose für die anstehende Spätschicht in der Tischlerei gepackt war. Vorsichtig hatte sich der kleine Drösel umgesehen, und als er sich unbeobachtet wähnte, hatte er flugs die Aktentasche geöffnet, die Brotdose herausgenommen und einmal kräftig reingepupst.

Rache ist süß!

Als nun der Kriminaldirektor einen ebenso herrischen Ton wie einst sein Großvater anschlug, blickte Drösel noch nicht einmal auf, sondern beschied ihm kurz und bündig: »Ich bin beim Verhör.«

»Herkommen!«

Der scharfe Ton, den Dr. Haltermann jetzt anschlug, war

allerdings von einer Bestimmtheit, die Drösel veranlasste, sich doch – wenn auch widerstrebend – zu erheben und aufreizend gemächlich zur Tür zu schlendern.

»Nun machen Sie mal zackig«, blaffte der Kriminaldirektor, zog Drösel am Ärmel auf den Flur und schloss die Tür.

Ralle und Helga blieben zurück.

Draußen kam Dr. Haltermann gleich zur Sache.

»Lassen Sie diese Miesmuschel-Typen frei. Sofort!«

»Wie bitte?«

Drösel glaubte, nicht richtig gehört zu haben. »Ich hab die weichgekocht. Ich stehe kurz der Aufklärung!«

Dr. Haltermann musterte ihn mit kaltem Blick.

»Sie stehen vor gar nichts! Außer vor einem Disziplinarverfahren.«

»Was?«

»Sie haben richtig gehört. Aber zu Ihren persönlichen Konsequenzen komme ich gleich noch. Zunächst einmal ...«

Dr. Haltermann straffte sich und rückte sein senffarbenes Sakko zurecht.

»Ich habe mich mit einem Kollegen kurzgeschlossen, einem pensionierten Polizeidirektor aus Cuxhaven. Den kenn ich noch von früher, vom ... na, ist auch egal. Jedenfalls ist der geschieden, weil er Nerze züchtet und seine Frau gebeten hat, auszuziehen, damit er Platz für zusätzliche Käfige bekommt. Wie auch immer – jedenfalls wohnt seine Exfrau jetzt in Münster. Die Mutter von seiner Exfrau wohnt dagegen in Stuttgart und hat einen Klassenkameraden, der in den neunzehnhundertachtziger Jahren nach Kanada ausgewandert ist. Dessen Onkel hat eine Cousine, die mit einem Oberfeuerwehrmann liiert ist. Und der wiederum hat einen guten Draht zum Löschmeister von der Freiwilligen Feuerwehr Geestenwerder.«

Dr. Haltermann holte einmal tief Atem und vergewisserte sich, dass sein Untergebener ihm noch folgen konnte.

»Geestenwerder – das ist so 'ne Art Bushaltestelle auf dem Land, in der Nähe von Cuxhaven. Jedenfalls hat dieser Löschmeister erklärt, dass es sich bei den Miesmuschel-Typen ganz eindeutig um einen Kegelclub handelt – ein paar harmlose Durchgeknallte, die sich ›Die Vollpfosten‹ nennen. Warum auch immer. Bekloppter Name, bekloppte Kegler! So einfach ist das!«

Drösel erstarrte. Das Blut wich ihm aus dem Kopf und verzog sich in die abgelegenen Winkel seines Körpers.

»Aber ... «

»Nichts aber«, fauchte Dr. Haltermann.

»Das ist ein ganz gewöhnlicher, mittelmäßiger, stink-profaner Kegelclub, verstehen Sie? Die machen nichts, die tun nichts, die können nichts! Wahrscheinlich können die noch nicht mal richtig geradeaus werfen. Also, lassen Sie die jetzt frei!«

Drösel wurde schwindelig. »Wie – jetzt?«

Kriminaldirektor Dr. Haltermann machte unversehens einen geistesabwesenden Eindruck, blickte gedankenverloren in eine ungewisse Ferne und antwortete leise: »Das tritt nach meiner Kenntnis ... ist das sofort, unverzüglich!«

Doch schnell hatte er sich wieder im Griff und bekräftigte: »Natürlich sofort! Das sind harmlose Zeitgenossen, die ständig Kugeln in die Gegend schmeißen und darauf hoffen, dass irgendwo irgendwas umfällt.«

Wie in Trance wandte sich Drösel der Tür zu, um der Aufforderung seines Vorgesetzten nachzukommen und die beiden Verdächtigen freizulassen.

»Stopp«, befahl ihm Dr. Haltermann und versperrrte ihm mit ausgetrecktem Arm den Weg.

»Wir sind noch nicht fertig.«

»Nein?« Drösel blickte gequält auf.

»Nein. Wenn Sie die Typen freigelassen haben, kommen Sie zu mir ins Büro. Ich habe da eine Beschwerde Ihres Assistenten, des Kriminalobermeisters Göttinger, wegen fortgesetzter Beleidigungen und Diskriminierungen durch seinen Vorgesetzten. Und das sind Sie doch, oder?«

Der Kriminaldirektor ließ den Arm wieder fallen und gab den Weg frei.

»Ach ja, und dann liegen noch fünf Anzeigen wegen sexueller Belästigung und schamverletzender Zurschaustellung gegen Sie vor. Eine von einem Reisebüro, eine von Ihrer Vermieterin, eine von dieser Leutselig-Dingsbumsfallera und zwei von der Gleichstellungsbeauftragten.«

38

Aus den Lautsprechern knackte es kurz, dann dröhnte es blechern über den Bahnsteig: »An Gleis eins hat Einfahrt die Nordbahn RB 63 nach Heide. Abfahrt sechzehn Uhr einunddreißig. Bitte Vorsicht an Gleis 1!«

Helga zupfte ihren Mann am Ärmel.

»Ralle, komm mal von der Bahnsteigkante weg.«

»Nach dieser Kegeltour bleibt einem ja nichts anderes

übrig, als sich vor den Zug zu werfen«, lästerte Grete Durchdenwald, und es war nicht auszumachen, ob sie wirklich nur einen Scherz machte.

Ralle trug immer noch das zerrissene Hemd. Er hatte nur dieses eine für das Wochenende eingepackt. Mit einer Hand hielt er es über dem Bauch zusammen.

Er blickte müde von einem zum anderen. Er sah traurig aus. Er räusperte sich.

»Ganz ehrlich: Mir hat diese Fahrt nicht besonders gut gefallen. Vor allem der Unfall mit der Radfahrerin und die Geschichte mit den Birnen haben mir doch arg zugesetzt. Dazu kommt, dass der Kommissar sehr unhöflich zu uns war. Außerdem hat der beim Sprechen in einem fort gespuckt.«

Helga fuhr herum und starrte ihren Mann ungläubig an. »Ralle?«

Alle Kegelfreunde hatten sich ihm zugewandt. Von sich selbst überrascht, hob Ralle entschuldigend die Schultern. »Ich meine ... das Dingens hier ...«

Er brach ab und zog sich schweigend zurück.

Plötzlich wurde die Gruppe von Eddys angstvollem Aufschrei aufgeschreckt. »NEIN!«

Sofort war Charlotte von Hademarsch bei ihm. »Was ist, Eddy?«

Er wirkte bestürzt. »Mein Thrombosestrumpf!«

»Was ist damit?«

»Hast du den eingepackt?«

»Natürlich! Der steckt hier im Koffer.«

»Dann ist ja gut.«

Eddy wirkte erleichtert.

»Ich hatte schon Angst, du hättest ihn liegenlassen.«

»Jetzt mal was ganz anderes«, versuchte Dr. Martin Durchdenwald das Thema zu wechseln.

»Ich möchte zu gern wissen, warum ich am Loch neun den Abschlag so verziehe.«

»Führ das jetzt bloß nicht vor«, beschwor ihn seine Frau.

Der Zug fuhr ein, und alle nahmen ihr Gepäck auf.

»Hat der Zug einen Bistrowagen?«, ließ sich Elfriede Wutz vernehmen.

»Der doch nicht. Ist doch nur ein Bummelzug nach Heide«, sagte Wutz.

»Ui-jui-juih! Da muss ich aber noch schnell hier einen zu mir nehmen«, befand seine Mutter und fingerte flugs ein Fläschchen Eierlikör aus dem Stoffbeutel.

»Beeil dich, sonst musst du noch hier bleiben«, trieb sie Wutz zur Eile an.

»Da fällt mir ein Witz ein. Kommt ein Schaffner in die Sauna …«

»MUTTER!«

»Ist ja gut«, maulte sie. »Ich weiß aber nicht, ob ich nächstes Jahr wieder mit euch fahren will.«

Der Zug hielt. Nacheinander stiegen die ›Vollpfosten‹ ein. Dr. Martin Durchdenwald schleppte immer noch den Ärmel vom Bürgermeister mit sich herum. Unschlüssig besah er sich das Teil, dann warf er den Ärmel kurzerhand aufs Gleisbett und stieg ein.

Die Türen schlossen sich.

Der Zug fuhr ab.

39

Eine Gruppe junger Männer war dem Zug entstiegen und strebte schwankend und lärmend dem Ausgang zu. Alle trugen T-Shirts mit der Aufschrift *Der HSV macht Radau!*

»Ich sag dir«, lallte einer von ihnen und schwenkte seine Bierflasche.

»Heute knalle ich mir solange die Granaten rein, bis der Kopf explodiert und die Lichter ausgehen!«

»Jo«, grölte ein anderer. »Aber nur Hochexplosives! Eine nach der anderen – wie beim Schiffeversenken.«

Etwas abseits stand ein dicker Mann mit einem dünnen Hund. Er war zwar leicht schwerhörig und hatte nur ein paar Wortfetzen aufgefangen, die aber reichten ihm. Schließlich war er im *Freundeskreis Büsumer Ornithologen* als Horchposten aufgestellt.

Energisch zog er die Leine zu sich und den dünnen Hund hinter sich her. Getrieben von sorgenvoller Ahnung machte er sich eiligst auf den Weg zur Polizei. Wie er gehört hatte, war gerade jetzt eine Kriminalspezialeinheit aus Heide im alten Fischkontor stationiert ...

VOM AUTOR SIND BISHER ERSCHIENEN:

Bauer Hansen sein Viehzeug

Bauer Hansen mag schrullige Tiere. Er hat eine Vorliebe für schräge Vögel, flotte Käfer, krumme Hunde und Querfeldeinschweine. Ob man allerdings seinen abenteuerlichen Erzählungen glauben kann – das wissen wir nicht.
Aber urteilen Sie selbst:

Da gibt es Nocturno, den Kater mit dem dunklen Blick, der die Mäuse so lange durchdringend anstarrt, bis sie sich unter seiner hypnotischen Kontrolle bereit erklären, sich das Rauchen abzugewöhnen. Chantalle, das affektierte Seidenhuhn, versteigt sich sogar zu dem Vorsatz: Eierlegen nur noch mit Kaiserschnitt!

Die Küken Klaus-Dieter und Heinzi, bekannt und gefürchtet als Die Eier-Gang vom Hansenhof, ziehen aus purem Übermut einen Regenwurm so in die Länge, dass der danach vier Tage lang Rückenschmerzen hat und nur auf der Seite schlafen kann.

Diese wunderbar schrägen, humorvollen Geschichten sind so übermütig vergnügt erzählt und witzig illustriert, dass man nach der letzten Seite am liebsten gleich wieder von vorne anfangen möchte.

Sie werden nicht wissen, was Sie mehr lieben:
das Buch oder die Tiere!

Format: 15 x 21 cm
132 Seiten, gebunden
ISBN 978-3-9819364-3-8

www.dreimastbuch.de

Zwei Möwen und ein halbes Hähnchen

Windstille. Sie sitzen allein auf dem Deich. Aus blauem Himmel brennt Ihnen die Sonne heiß auf den Scheitel und erhitzt Ihre Gedanken, die alsbald zu tanzen beginnen:

Das Schaf da drüben – ist das vielleicht ein Mörderschaf auf der Jagd nach frischen Touristen? Und die Möwe dort – eine Piratenmöwe, die im Begriff ist, ein Rotkehlchen ausrauben und nach Helgoland zu verschleppen?

Besuchen Sie in Sankt Peter-Ording den Wattführer Jasper Ketelsen, der den Kopf tief ins Watt steckt, nur um die Wattwürmer zu erschrecken. Oder in Westerhever den Vogelwart Jan-Hinrich Ommen, der sich bestens in der Vogelwelt auskennt: »Heute hab ich nur zweieinhalb Vögel gesehen. Morgens zwei Möwen und mittags 'n halbes Hähnchen.«

Dieses humorvolle, kurzweilige Buch entführt Sie in die fantastische Welt der Nordsee mit wunderlich überdrehten Tieren und schrulligen Typen – manchmal etwas skurril, aber immer mit einem Augenzwinkern und mit originellen Bildern illustriert.

Zudem erfährt der Leser eine Menge erstaunlicher Dinge. Zum Beispiel zu der Frage, warum auf den Krabbenbrötchen immer nur Weibchen herumliegen.

Format: 15 x 21 cm
132 Seiten, gebunden
ISBN 978-3-9819364-0-7

www.dreimastbuch.de

Is was? – Leuchtturm Cartoons & Portraits

Leuchttürme umweht stets ein Hauch von Nostalgie, Romantik und Fernweh. Stolz und aufrecht leuchten über Klippen hinweg aufs Meer und leiten den Seemann sicher in den Hafen.

Als Tourist und Küstenwanderer kennt und liebt man »seinen« Leuchtturm: Den Leuchtturm von Büsum, den Leuchtturm von Hörnum, von Warnemünde oder von Hiddensee.

Was aber, wenn sich der Nebel lichtet? Dieses Buch zeigt Ihnen die ungeschminkte Wahrheit über das wundersame Eigenleben der Leuchttürme und das skurrile Treiben ihrer Wärter.

Da findet sich der Leuchtturm Roter Sand auf einem rapide schmelzenden Eisberg wieder.
Die Frau des Leuchtturmwärters von Westerheversand »verschönt« ihren Leuchtturm mit einem heimelig anmutenden Lampenschirm, während der Leuchtturmwärter von San Antón ein Aquarium im Lampenhaus einrichtet, weil er Fische für schicker hält als monotone Lichtsignale.
Und in Plymouth brettert Santa Claus mit seinem Rentierschlitten direkt auf den Leuchtturm zu und hinterlässt ein klaffendes Loch im Turm. Klarer Fall von Trunkenheit am Zügel.

Ein Buch für alle, die Leuchttürme lieben
und bei ihrem Anblick zu träumen beginnen ...

Format: 21 x 21 cm
132 Seiten, gebunden
ISBN 978-3-9819364-1-4

www.dreimastbuch.de